史學研究叢書・人物傳記叢刊

傳記研究論集

鄭尊仁　著

目次

附錄

導言

傳記是歷久不衰的一類書籍，多年來受到無數讀者喜愛。但是卻一直到晚近才開始進入到研究者的視野。現今傳記的研究已成為一個新的主流，西方探討傳記的文章及專書不斷出現，國內的傳記研究也呈現蓬勃發展之勢。由於傳記的型態與寫作手法十分複雜，傳記的解讀方式也隨著時代而不斷更新。在傳記研究的領域中，實在有太多的可能等待發掘。

傳記必須真實呈現一個人的生命故事，這是恆久不變的要求，可是內容如何組織，作者著書的主旨，社會環境的限制，讀者閱讀的期待，乃至於傳主本身的心理認同等等，都會使傳記呈現出各種不同面貌。也因為傳記的組成方式太多，內容也千姿百態，很難將其限制在某個定義之下，這也造成傳記長期以來的歸屬不明。事實上，傳記記載著許多人的生命故事，但是人的生命原本就沒有定規，就猶如這個世界，它是迷人的，卻也是複雜多變的，不可能用單一標準衡量與歸類。由於傳記的實際內容龐雜，又混合了各種寫作方式與形式，將之歸為史學或文學都不能毫無疑義。許多學者曾做過各種嘗試，但是都沒有定論。事實上，如果不拘泥於文學或者史學，而是將傳記獨立出來討論，不僅反映現實，也讓傳記研究有更多可以實踐的空間。

本書之組成，收錄筆者曾發表之單篇論文共十二篇，以及書評一篇。各篇文章以發表年份排列如下：〈郁達夫的傳記文學理論與實踐〉發表於二○○一年《淡江大學中文學報》第七期；〈臺灣宗教人物傳記〉發表於二○○九年七月香港《中華傳記文學國際學術研討會》；〈傳記類圖書的編目方式與查找問題〉發表於二○一○年《東海大學圖書館館訊》新一一〇期；〈中國古代傳記文學理論述評〉發表於二〇一〇年十二月北京《中國傳記文學國際學術研討會》；〈由忠義傳到烈士傳：殉國傳記的書寫傳統〉發表於二〇一二年四月臺北《第三屆東亞漢學研究國際學術會議》；〈《史記》的忠義觀及其對後世忠義傳的影響〉發表於二〇一二年十月陝西韓城《司馬遷傳記文學國際學術研討會》；〈臺灣孔子傳記的出版與寫作評析〉發表於《書目季刊》二〇一二年十二月第四十六卷第三期；〈臺灣身障者傳記的發展〉發表於二〇一三年十月上海《華人傳記與當代傳記潮流國際學術研討會》；〈身障者傳記的價值〉發表於二〇一四年《現代傳記研究》第二期；〈早期美國華裔女童自傳的主體與認同：林太乙《林家次女》與黃玉雪《華女阿五》〉發表於二〇一五年《現代傳記研究》第五期；〈鄧麗君傳記的空間解讀〉發表於二〇一五年九月山東東平《東平歷史文化名人傳記文學國際學術研討會》；〈聶華苓的生命表述：從自傳書寫到影像紀錄〉發表於二〇一七年《現代傳記研究》第八期。由於十二篇論文涉及之範疇廣泛，故不以時間順序排列，而是劃分到三輯之中分別呈現。最後一篇附錄為書評〈評 *Remembering China from Taiwan: Divided Families and Bittersweet Reunions after the Chinese Civil War*〉，發表於二〇一三年《漢學研究通訊》第三十二卷第三期。

本書依據文章內容概略分為三輯，分別是「傳記理論與傳記文學」、「類型傳記與傳記分類」、「自傳與傳記解讀」。

在輯一「傳記理論與傳記文學」內，收錄兩篇文章，分別由古代與近代角度，探討傳記寫作的要求，以及不同時代學者對於傳記的看法。本部分跟隨傳統傳記文學觀點的腳步，探討由古代到近代的傳記文學理論與作品。在理論上，傳記的先天屬性使其一直難以被歸類，文學與史學之爭也由古代持續到近代。由胡適、郁達夫等人的文章可知，即使古代傳記已有追求真實的主張，但是直到近代這仍然是一個批評的焦點。古代傳記雖早有「秉筆直書」的要求，可是同時又受到

「懲惡勸善」的史書功能所制約，加上各種隱晦考量，最後呈現出的結果往往只是一個類型人物。近代作家如胡適等人閱讀西方傳記後大受震撼，於是極力鼓吹寫新體傳記，提出要寫一個活潑潑的人，要將長處短處全部寫出來。不再滿足於扁平式人物描寫。

在傳記的文學性上，文質之爭在古代早就是一個議題。傳記要寫得好看，除了人物本身經歷吸引人，作者的文字功力也是重點。近代對此所提出的看法很多，有主張可以稍微虛構一點人物對話者；有主張藉由仔細安插事件，妥善布局以結構故事性者；有主張寫實主義手法者。但是最後的成書又與資料的多寡有絕對的關係，二者盤根錯節，造成現實中的形態各異的傳記作品，文章中對此有深入探討。

在輯二「類型傳記與傳記分類」中，收錄與類型傳記相關的文章七篇，以及與傳記分類相關的文章一篇。

傳記將人分門別類古已有之，當司馬遷為歷史人物歸類編寫合傳時，其實就已經將區隔「類型」這一傳記的重要特性以史書的型態強化加固，確立為日後做書立傳的主要目的。原本的隱惡揚善，懲惡勸善功能，在人物日漸繁多，事態愈趨複雜的情況底下，逐漸演化出各種各樣不同的人物類型傳記。

各種人物類型傳記均有其不同敘述重點，後來也發展出特殊的敘述模式，再加上讀者的要求與期待，使得各種人物類型被定型，其生命故事變成了某一種類的類型傳記。這樣的類型傳記很多，從古到今均有，例如研究者最眾的「列女傳」即是，此外近年來流行的勵志類「身障者傳記」亦是一例。

這樣的類型傳記給予讀者相當的便利，他們知道跟隨類型尋找，就可以找到所要的生命故事。可是當我們跟隨著作者的敘述探索某人的一生之時，其實可能正走進某個預設的框架而不自知。尤有甚者，此框架或許正是讀者閱讀的追求目標。若傳記敘述溢出框架邊界，有可能招致讀者的反彈，即使它反而才是傳記閱讀的真正目的。本書中的第二部分收錄八篇文章，分別由各方面探討這個議題。

傳記類型也影響了傳記的分類，在圖書館的分類標準中，某些傳記會因為傳主屬於某種職業，具有某項專長，甚至是隸屬於某個黨派而劃分到不同的大類別之中，此一問題在第九篇文章探討。

輯三「自傳與傳記解讀」，首先將焦點集中於自傳之上。自傳與傳記有著先天上的不同，傳記是由他人代筆，作者必須多方收集各種形態的資料，透過文獻整理，口述訪談等等程序，最後整合成為一本書。而自傳則是自己寫自己，雖說也可參考文件，但是大部分的資料來源就是自己腦中的記憶。因此自傳的寫作明顯受到傳主本人的意願所影響，不論是事件的回憶，或是自我形象的塑造，個人內心的呈現，自我認同的主體等，都比傳記有更多的寫作與解釋可能。在此情況下，自傳與傳記必然會有不同的討論方式。它既融合了傳記寫作技巧，也有文學和史學特性，卻又獨立於傳記之外。

Julie Rak 和 Leigh Gilmore 將自傳由文類提升到論述（discourse）層次，這個轉向相較於把傳記視為獨立文類又更進了一步，開啟了研究的全新視野，也將自傳研究由文本擴展至各種形態的生命敘述。本單元的三篇文章，均以此為立足點，收錄的兩篇自傳研究，主要關注自傳作者對於自我的認同議題，可看出自傳作者對於以文字呈現自我的考量與堅持，最後一篇則是由空間角度對於傳記的全新解讀嘗試。

最後一篇附錄，乃是 Mahlon Meyer 所著之 *Remembering China from Taiwan: Divided Families and Bittersweet Reunions after the Chinese Civil War* 一書之書評。該書採訪國共內戰後，來臺官兵的人生故事，擴及第二、三代，為口述訪談的生命故事紀錄，故附於篇末。

由於本書為不同時期及不同主題研討會或期刊論文合集，時間上跨域十多年，某些觀點或有前後不一致的情況。加上作者前些年對於類型傳記較有興趣，所以這方面相關文章較多，其他研究較少。凡此種種均保留原貌，視為個人的研究紀錄，不另做增補。但因集結成書後，需要有統一之體例，故調整了各篇文章的註釋格式，以及年代、書名等呈現方式。

本書紀錄了個人研究的進程，由傳統傳記文學觀點入手，逐漸進展至傳記類別以及生命敘事。各篇論文探討傳記的各種不同面向，時間上跨越了古代到近代，不過大部分還是以近代傳記為主。以傳記領域的廣度及深度，各種新的作品和閱讀方式又不斷推陳出新，本書的各篇文章僅僅是滄海一粟，但是所做的一些嘗試相信對於傳記研究的持續發展會有所助益。

輯一
傳記理論與傳記文學

中國古代傳記文學理論述評

一　前言

中國古代有悠久的傳記寫作傳統，相對而言，古代傳記文學理論的研究則較為冷清，除了《史記》的研究以及少數理論專書如《文心雕龍》、《文史通義》曾為傳記訂立專章探討之外，其餘相關文字則散見於各處，且遊走於史學與文學之間。本文僅就所見資料，梳理出幾個共通的理論問題，分別加以討論。

二　文類

（一）傳記圖書之歸屬

首先是傳記的分類問題，傳記究竟該屬於何種文類？中國古代對此問題的看法如何？筆者以為這個問題可以由古代的目錄之學尋求線索。目錄之編纂乃是將同性質的書歸在一類，以方便讀者即目求書。因此由目錄之設計編排，可以看出古人對傳記圖書的看法。

在《漢書》〈藝文志〉中沒有歷史類，也沒有傳記類，史書附於春秋類之下。因漢代的傳記甚至史書不多，不足以列為一類。

至三國時期，史部已經獨立出來，《隋書》〈經籍志〉云「魏秘書郎鄭默始制中經，秘書監荀勗又因中經更著新簿，分為四部，總括群書……三曰丙部，有史記、舊事、皇覽、簿雜事。」[1]但傳記仍不能

1　〔唐〕魏徵：〈經籍志〉，《隋書》（北京：中華書局，1991年12月），卷32，頁906。

自成一類。

〔劉宋〕王儉根據目前已亡逸的《七略》撰《七志》，對圖書採七分法而非四分法重新編目，在第一〈經典志〉下，乃是「紀六藝、小學、史紀、雜傳。」其書雖已不傳，但可知此時已有獨立於史傳的傳記書籍出現。雜傳之所以會被列出，單獨成立，主因是此類書籍增加很多，難以和其他書籍混雜。時代相近的梁阮孝緒解釋道：「劉王並以眾史合于春秋。劉氏之世，史書甚寡，附見春秋，誠得其例。今眾家紀傳倍於經典，猶從此志，實為繁蕪。」[2]

阮孝緒本人編《七錄》，其記傳錄就是後代的史部，所以內有國史、注曆、法制、土地、雜傳、甚至還有鬼神部，而雜傳部共有書二百四十一種。可惜其書亦已不傳，無法得知詳細書名。

《隋書》〈經籍志〉已有雜傳類，共有書二百一十七部。此類的設置，主要是為了將國家正史與地方各界人物傳記分開，所以在雜傳類下有地方先賢傳、高士傳、列女傳、高僧傳等，不過也有敘鬼怪的列異傳等書。《隋書》〈經籍志〉云：「因其事類，相繼而作者甚眾，名目轉廣，而又雜以虛誕怪妄之說。」可見類似書籍不斷增加，且品類繁多。不過鬼怪之書入雜傳，是因其名稱有傳或記之故。

後晉時編的《舊唐書》〈經籍志〉的乙部為史類，除正史外，另有雜傳，「一曰正史，以紀紀傳表志，……十曰雜傳，以紀先聖人物。」[3]雜傳又分十四類，其中仍有鬼神。

宋代的《新唐書》〈藝文志〉則將乙部史錄下的第八類定為「雜傳記類」，同時鬼怪之書已被移出此類。同時代的《崇文總目》有傳記類，收書七十八部，並說明此類書籍的功能是「叅求考質，可以備多聞焉。」[4]依然是將傳記視為歷史文獻，且其中還雜有〈選舉志〉。

2 劉兆祐：《中國目錄學》（臺北：五南圖書出版公司，2002年3月），頁55。

3 〔後晉〕劉昫：《舊唐書》〈經籍志〉（北京：中華書局，1991年12月），卷46，頁1963。

4 〔宋〕王堯臣等：《崇文總目》（臺北：臺灣商務印書館，1967年，景印文淵閣四庫全書本），卷4，頁49。

其後的正史藝文志中，傳記類已成定例。《宋史》〈藝文志〉史部第七定為「傳記類」，《明史》〈藝文志〉史部第八定為「傳記類」。到了清代所修的《四庫全書》，在史部下也編有「傳記類」，又細分為聖賢、名人、總錄、雜錄。其分類標準不一，主要是將孔子置於聖賢；名人是大臣或文人；總錄之名是由《冊府元龜》而來，等於是合傳。敘言並且對傳記之名略做區別：「傳記者，總名也。類而別之，則敘一人之始末者為傳之屬，敘一事之始末者為記之屬。」

由傳記類圖書在書目上的分類可知，在六朝時期，正史之外的傳記書籍至少已有二百多部，必須為其訂立專門類目。唐代所修的《隋書》也依循此作法，其後的正史藝文志也都將傳記列為一類。傳記圖書數量的不斷增加，使得此類書籍必須有專屬的部類。

由以上古人對傳記圖書歸類的方式也可看出，傳記類圖書始終被視為史學的旁支。其實現代的圖書館分類法，仍然將傳記類圖書歸屬於史學項下。傳記既然屬於史學，理所當然會被以史學的觀念及標準要求，因此可在評論史學的文字中看到對傳記寫作的意見。同時傳記也必須負擔史學的功能，而這些功能，正是限制了傳記文學理論發展的關鍵因素。

（二）傳記文之歸屬

除了傳記圖書之外，古人又將單篇傳記文章歸屬於何類？古代文史不分，《國語》《左傳》等既是史書也是優秀的文學作品。章學誠《文史通義》〈傳記〉曰「傳記之書，其流以久，蓋與六藝先後雜出，古人文無定體，經史亦無分科。春秋三家之傳，各記所聞，依經起義，雖謂之記可也。經禮二戴之際，各傳其說，附經而行，雖謂之傳可也。其後支分派別，至於近代，始以錄人物者，區為之傳；敘事蹟者，區為之記。」[5]

自《史記》後，以傳稱呼人物的生命故事遂成為定例。真德秀於《文章正宗》綱目序事條云：「又有紀一人之始終者，則先秦蓋未之有，而昉於漢司馬氏，後之碑誌事狀之屬似之。」[6]無論傳紀的起源為何，《史記》對此形式所發揮的作用是無庸置疑的。

傳記的形式確立後，最早似乎仍不被視為文學作品。以曹丕《典論論文》和陸機《文賦》這兩篇早期最重要的文學批評著作來說，不論是《典論論文》的四科八體或《文賦》的十體分類，都沒有提到傳記。北齊時顏之推的《顏氏家訓》〈文章〉中提到各種文體，其中也沒有傳記。

由時代相近的《昭明文選》選文中，也可以看出當時對傳記的觀念。《文選》在序中就明白指出不選史書文字，只選其中的論贊序述，其理由是後者這幾項沒有記事繫年的要求，方可「事出於沈思，義歸乎翰藻」。[7]而這兩句話正好也是後人耳熟能詳的文選選文標準，說明了蕭統認為紀傳文字不屬於文學範疇。

阮元云：「昭明所選，名之曰文，蓋必文而後選也，非文則不選也。經也，史也，子也，皆不可專名之為文也。」章學誠於〈方志立三書議〉也說：「《文選》、《文苑》諸家意在文藻，不徵實事也。」[8]《文選》所選唯一傳狀類文章為任彥昇所作的〈齊竟陵文宣王行狀〉一首，不過吳訥譏其「辭多矯誕，識者病之」[9]。此文辭藻華麗，卻不合史學標準。

5 〔清〕章學誠撰，〔民國〕葉瑛校注：《文史通義校注／校讎通義校注》（臺北：漢京文化，1986年9月），頁248。

6 〔宋〕真德秀：《文章正宗》（臺北：臺灣商務印書館，1983年，景印文淵閣四庫全書本），〈綱目〉，頁4。

7 〔梁〕蕭統：《文選》（臺北：華正書局，1987年9月），頁2。

8 同註5，頁571。

9 〔明〕吳訥：《文章辨體序說》，收於《文體序說三種》（臺北：大安出版社，1998年6月），頁62。

六朝時期本就崇尚駢文，因此看輕散文勢所必然。由前述關於正史藝文志的討論可看出，史部圖書在三國時已經獨立成類，六朝恰好也是文學意識發展的重要時期，傳記於此時期未取得在文學上的地位，影響了之後對它的評價。

如〔梁〕簡文帝蕭綱為太子時，於《與湘東王書》中曾批評裴鴻：「裴氏乃是良史之才，了無篇什之美。」「裴亦質不宜慕」。[10]他認為史書文字樸實無華，不夠優美。就連當時的傳記作者自己所重視的都是書中的序論及傳後的論贊，如〔南朝宋〕范曄於〈獄中與諸姪甥書〉中盛讚自己的《後漢書》自《循吏》以下至於《六夷》之序論「實天下之奇作」，而傳後的「贊自是吾文之傑思，殆無一字空設。」[11]反而對傳記本身無此等評論，似乎這才是他投注最多心力之處。

自唐代古文運動後，史傳文字逐漸受到尊重。到了宋代，史傳已經成為學習寫作的模範。〔宋〕真德秀《文章正宗》〈綱目〉序事條解釋其選文云：「獨取《左氏》、《史》、《漢》敘事之尤可喜者，與後世記序傳誌之典則簡嚴者，以為作文之式。」[12]明確指出史傳乃是文章的範本。

宋代李昉所編的《文苑英華》，卷七九二至七九六即為傳，共三十五篇。同時代的《唐文粹》最後兩卷為「傳錄紀事」類，篇數更多，不過卻將「題傳後」及「假物讀傳」置於真實的人物傳之前。《宋文鑑》自卷一百三十六至卷一百五十為傳狀類文章。《元文類》則自卷四十九至七十為行狀碑傳，不過以墓志為主。《明文衡》收文三十八類，自卷五十七至卷九十六為傳狀類文章，傳記文的數量比起元文類更是多出數倍。到了清代，《古文辭類纂》、《古今文選》等均

10 〔唐〕姚思廉：〈庾肩吾傳〉，《梁書》（北京：中華書局，1992年11月），卷49，頁691。

11 〔梁〕沈約：〈范曄傳〉，《宋書》（北京：中華書局，1991年12月），卷69，頁1831。

12 同註6。

有傳記文章。而曾國藩的《經史百家雜鈔》甚至將史入書名，傳記文成為評選重點。

除了文學選集開始收錄之外，傳記文也成為獨立的文體。

明代朱夏〈答程伯大論文〉曰：「僕聞古之為文者，必本於經而根於道，其紀、志、表、傳、記、序、銘、贊，則各有其體而不可以淆焉而莫之辨也。」此處明確指出「傳」是一種獨立的文體。他也認為「古之論文，必先體製而後工製。」。[13]強調文體講求之重要，同時以建築比喻文體，認為建築物各有用途，也就會有各種建造規格及形式要求，如果文體混淆，就如同「庶民之室將同於浮屠、老子之祠亦可乎？鑄劍而肖於刀，且猶不可；斲車而肖於舟，不猶以為迂且拘乎？」

清代劉熙載《藝概》〈文概〉提到晉代范頵將陳壽與司馬相如相比，認為陳壽「文艷不及相如」的說法不對。因為「相如自是辭家，壽是史家，體本不同，文質豈容並論！」[14]文體不同，如何可比？

除了傳記本身的文類外，隨著傳記作品的增加，傳記內部的再分類也成了問題。傳紀應該分為哪幾類？各家分類並不一致，如明徐師曾將傳分為四類：「一曰史傳（有正、變二體），二曰家傳，三曰托傳，四曰假傳。」[15]而前述《四庫全書》則分為「聖賢、名人、總錄、雜錄」等四類。由此也可看出傳記已經愈趨複雜，對其認知也更加深化。

六朝是文學觀念發展的重要時期，可當時不論是圖書分類或是文選選文，都將傳記歸入史學。由於其文學屬性不明，《文選》甚至只選一篇行狀。而自《文苑英華》以降至於《元文類》、《明文衡》等文

---

13 〔明〕程敏政編：《明文衡》（臺北：臺灣商務印書館，景印文淵閣四庫全書本），卷26，頁12。

14 〔清〕劉熙載：《藝概》（臺北：華正書局，1988年），頁17。

15 同註9，頁113。

學選集，雖選了傳記文章，但均置於全書的最後幾卷。傳記可以成為文學，故能夠以文學的觀點分析。但傳記始終屬於史學，這種亦史亦文的特性，使得對傳記文學的批評極易與史學批評混雜，二者經常共用相同的批評標準。而對史學的功能要求，便成為傳記文學理論發展最大的限制。

三　功能

（一）懲惡勸善

如前所述，古代將傳記視為史學的一部份，而史學之價值不僅僅在如實記錄過去之事，還要能對歷史有所解釋。再者歷史是由文字所記錄，史家文筆好壞也直接影響對歷史的了解。章學誠於〈史德〉篇中所謂「史所貴者義也，而所具者事也，所憑者文也。」[16]即是說明上述對史學的要求。此外劉知幾曾提出史家必須具有才、學、識的素養，方能知人物善惡。此三者若能得兼，已屬難得，但章學誠認為如此還不必然成為良史。良史還必須具有史德，也就是「著書者之心術也」，史家有史德，方能秉筆直書。

不過自有傳記，甚至自有史書以來，這些標準都被史學的另一項特性所制約，那就是史學的功能。史學的功能為何？即《春秋》所提出的「懲惡而勸善」的教化目標。這本是古人撰寫史書的目的之一，也可說是讀者閱讀時最大的樂趣所在。《史通》外篇〈史官建置〉提到史書的目的是讓後之學者「見賢而思齊，見不賢而內自省」。故要能夠「記事載言」及「勸善懲惡」。李翱〈百官行狀奏〉也云：「史館以記注為職，夫勸善懲惡，正言直筆，紀聖朝功德，述忠臣賢士事

---

16 同註5，頁219。

業，載奸臣佞人醜行，以傳無窮者，史官之任也。」[17]唐太宗曾云：「以史為鏡，可以知興替；以人為鏡，可以明得失。」都說明過去的歷史對於後人有莫大的教育作用。蒲魯塔克（Plutarch）在《希臘羅馬英豪列傳》第五篇「伯里克利」中也提到：「然而就美德而言，僅僅陳述這方面的行為，就會對人類的心靈產生很大的影響。」又說「德行最大的優點是具有實際的刺激作用，立即產生見賢思齊的衝動，不但見到這些榜樣會影響到我們的心靈和性格，即使是事實的記述，也可以對我們有所陶冶和教化。因而我認為值得花費時間和心血，寫出著名人物的傳記。」[18]可見對於教化功能的講求是中西皆同的。

由於作者的才、學、識不同，時代的思想潮流不同，此一功能可能因為各時代的價值觀或作者本身的思想而有不同的應用。更有甚者，此一功能也可發揮在政治目的上，這就是有些史書為人所鄙薄的原因。

不過，這些批評有時僅是因為思想見解不同，例如班彪班固對司馬遷的批評，主要就是基於功能的角度而論。班彪認為司馬遷沒有達到基本的儒家道德要求，價值觀有問題：「其論術學，則崇黃老而薄五經；序貨殖，則輕仁義而羞貧窮；道游俠，則賤守節而貴俗功：此其大敝傷道，所以遇極刑之咎也。」[19]甚至以其沒有達到儒家思想的教化功能，而譏其遭腐刑為理所當然。

傳記的重點功能在於提供後人學習模仿或鑑戒的對象，因此作者會在其中說明自己的意見，強調需要注意的地方。為了加強此一教化

---

17 〔唐〕李翱：《李文公集》（臺北：臺灣商務印書館，1975年6月，四部叢刊本），卷10，頁1。

18 蒲魯塔克（Plutarch）著，席代岳譯：《希臘羅馬英豪列傳》（臺北：聯經出版公司，2009年1月），冊1，頁280。

19 〔劉宋〕范曄：〈班彪列傳上〉，《後漢書》（北京：中華書局，1993年3月），卷40上，頁1325。

功能，史書會在傳前加序或在傳後論贊，此點在司馬遷及西方的蒲魯塔克均同。司馬遷的「太史公曰」的論贊形式早已成為後代史書模仿學習的對象，古代這種論贊形式也影響了後來許多「論傳記」的論文，其實是在「論人物」或「論史事」。其後也發展出「史評」一類的圖書，四庫全書總目提要即曰「史評，參考論贊者也。」正說明此形式影響之深遠。而在西方的《希臘羅馬英豪列傳》中，將德行或事功相似的兩個不同時代人合為一章，其目的就和中國的類傳相似。猶有甚者，在每一章結束時，蒲魯塔克都會有一篇長達數頁的評論，分析這兩位傳主之所以成功或失敗的原因，以供後人借鏡。

正史將某些人物分類敘述，一直到明史都如此。此時所強調的就是教化功能，作者的第一標準乃是人物符不符合分類。例如《新唐書》酷吏傳所寫的官員個個冷酷無情，其行事之殘忍幾非人類所能為。但國家高級官員每天處理的公務繁多，並非只有那幾件刑事或政治案件，其餘各種問題如天災應變，民生問題處理等均無所記。人物如果必須符合典型，篇幅又短，那就極容易成為扁平人物。

教化功能也會因為價值觀或立場不同而走入極端，如各朝《烈女傳》中愚昧自殺的例子便是。而且對教化功能的強調，還會逐漸窄化成為特定目標服務。最嚴重的就是為了教化功能而講求的懲惡褒善，實際上常成為對某些人的隱惡揚善。也就是刻意隱瞞缺點，盡力凸顯優點，尤其在撰寫同時代人物傳記及私修家傳中最為常見。

(二) 隱惡揚善

由古代的傳記文本及相關論述來看，隱惡揚善似乎是受到肯定的作傳方式。此問題可分為兩方面來看，一是傳記所呈現的多是德行無虧的善人，二是對親人或受託所作的傳記常會刻意避開傳主的缺點。第一方面來說，世上原本善人多惡人少，史書中多記載善人事蹟，本無可厚非。《史通》內篇第三十〈人物〉:「夫天下善人少而惡人多，其書名竹帛者，蓋唯記善而已。」[20]讓善人的事蹟傳揚後世，的確也有益於社會人心。

第二方面較為複雜，史書會流傳後世，傳主或家屬自然希望是以最好的一面呈現給後人。《文心雕龍》第十六篇為「史傳」，其中就明白要求史傳必須隱惡揚善：「若乃尊賢隱諱，固尼父之聖旨，蓋纖瑕不能玷瑾瑜也；奸慝懲戒，實良史之直筆，農夫見莠，其必鋤也：若斯之科，亦萬代一准焉。」[21]隱惡揚善和秉筆直書在其觀念中是並行不悖的。

謝靈運〈山居賦〉：「國史以載前紀，家傳以申世模。」（《宋書》〈謝靈運傳〉）可見家傳的功能在於傳揚後世。但由此思路往下發展，就會妨礙傳記求真求實的目標。最明顯的理論矛盾出現在劉知幾的《史通》。在內篇第二十四〈直書〉，及第三十五〈辨識〉，劉知幾列舉古代仗義直書，不避強禦的史家，引為著史典範。但在第二十五〈曲筆〉篇中，卻又說「子為父隱，直在其中，論語之順也；略外別內，掩惡揚善，春秋之義也。」並曰「史氏有事涉君親，必言多隱諱，雖直道不足，而名教存焉。」[22]似乎寫別人就要秉筆直書，頭斷亦不能屈。但寫親人就要隱諱，以存名教，很明顯有兩套標準。他在同書內篇第三十二〈序傳〉也提到，王充在《論衡》〈自序〉提及父祖不肖為州閭所鄙，甚為不妥。因為說到家世，「故當以顯親揚名為主」，並且責備王充的行為，「實三千之罪人也。」[23]

《史通》〈雜說下〉也說：「夫所謂直筆者，不掩惡，不虛美，書

---

20 〔唐〕劉知幾著、〔清〕浦起龍釋、〔民國〕呂思勉評：《史通釋評》（臺北：華世出版社，1981年），頁279。

21 〔梁〕劉勰著，〔民國〕王更生注：《文心雕龍讀本》（臺北：文史哲出版社，1985年），頁284。

22 同註20，頁232。

23 同註20，頁297。

之有益於褒貶，不書無損於勸誡。」[24]所謂的直筆或是不掩惡、不虛美，都是附屬於褒貶勸誡之下的。我們可以說，劉知幾的觀念中，褒貶勸誡和隱惡揚善的功能，才是第一標準，直筆與否則視情況而定，也因此才會出現為親人寫傳必須隱諱的說法。

私人修傳，當然希望隱惡揚善。文人為他人所作的私人傳記自然必須符合私人修傳的功能要求，因此韓愈及袁枚也就不免引來諛墓之譏。章學誠《文史通義》〈俗嫌〉也說：「文字涉世之難，俗諱多也。」甚至感嘆「嗟乎！經世之業，不可以為涉世之文。不虞之譽，求全之毀，從古然矣。」[25]為當時人作傳，顧慮必多，但這卻是影響傳記難以提升地位的關鍵因素。

中國古代對於先人傳記的要求，和對遺像或祖宗畫像的要求非常相似，先人過世時或因年事已高而髮禿齒搖，或因病痛意外而扭曲傷殘。但遺像畫家仍必須畫出一幅精神飽滿，慈祥莊重的遺像，以供後人追思憑弔，這是對遺像畫家的最基本要求。他們也必須表現真實，因為若畫得不像，家屬不會滿意。但是其真實是要符合某些條件下的真實。畫像通常採正面光，臉上不能有陰影，有的還會穿上可能一輩子從未穿過的官服花翎，尊親意義明顯。雖然中國各地都有在除夕夜掛起祖先像祭拜的習俗，歷史上也有許多高明的肖像畫家，但是這些畫家向來不受重視，多是民間藝師，畫上也不署名。[26]因為傳統上認為這種畫像與文人畫不可相提並論，即使畫家技巧高超，畫得栩栩如生，仍然受到歧視。歧視的原因除了受到蘇軾所說的「繪畫以形似，見與兒童鄰」的傳統畫論影響外，畫家的不得自由，受家屬指揮，恐怕也是重要原因。

---

24 同註20，頁637。

25 同註5，頁439。

26 華人德：〈明清肖像畫略論〉，收於《明清官像畫論叢》（臺北：臺灣藝術教育館，1998年），頁129-138。

〔明〕張岱是少數提出為親人作傳要「優缺兼顧」的學者，在寫自己叔叔的附傳中說：「然則瑕也者，正其所以為玉也，吾敢掩其瑕以失吾三叔之玉乎哉！」[27]他認為缺點正可以映襯出優點的可貴，說明了張岱超越時代的進步思想。

〔明〕吳訥《文章辨體序說》提到〈墓碑、墓碣、墓表、墓誌、墓記、埋銘〉時有云：「大抵碑銘所以論列德善功烈，雖銘之義稱美弗稱惡，以盡其孝子慈孫之心，然無其美而稱者謂之誣，有其美而弗稱者謂之蔽。誣與蔽，君子之所弗由也歟！」[28]表示子孫為盡孝道，隱惡揚善乃不可避免，否則也太不近人情，但至少不要誣與蔽，這已經是最低限度的容忍底線了。

（三）記載事實

傳記記載事實，不是小說創作，這是史學的基本要求。例如班固雖批評司馬遷，但也承認《史記》「其文質，其事核，不虛美，不隱惡。」[29]范曄也於《後漢書》班固傳論中說；「遷文直而事覈，固文贍而事詳。」[30]稱讚史記敘事真實有據，漢書詳細而不蕪雜。

古代著名史家均有其著書的理想，故能夠堅守原則。唐代自史館成立後，修史成為上班的工作，所謂的史德便難以兼顧了。劉知幾《史通》〈忤時〉提到當時史館通籍禁門，深居九重，就是為了防堵請謁。可是「一字加貶，言未絕口而朝野具知，筆未栖毫而搢紳咸誦。」更嚴重的是上級長官的指揮，史館中的史官不能自行作主，

---

27 王慧穎：〈張岱傳記文學創作初探〉，《浙江師大學報》（社科版）2000年第6期（2000年11月），頁85。

28 同註9，頁66。

29 〔漢〕班固：〈司馬遷傳〉，《漢書》（北京：中華書局，1992年12月），卷62，頁2738。

30 〔劉宋〕范曄：〈班彪列傳下〉，《後漢書》（北京：中華書局，1993年3月），卷40下，頁1386。

「頃史官注記，多取秉監修，楊令公則云『必須直詞』，宗尚書則云『宜多隱惡』。十羊九牧，其令難行；一國三公，適從何在？」[31]如此修史，焉能有個人的堅持？又如何講求真實？

李翺〈百官行狀奏〉：「今之作行狀者，非其門生，即其故吏，莫不虛加仁義禮智，妄言忠肅惠和。」以至於李林甫、楊國忠的行狀可以直接移之於房玄齡、魏徵，這樣的傳記有何意義？他還認為，記事實即可見此人德操如何，不需要再加以論斷，其微言大意自會突顯。「臣請今作行狀者，不要虛說仁義禮智、忠肅惠和、盛德大業、正言直道，蕪穢簡冊，不可取信；但指事說實，直截其詞，則善惡功績，皆據事足以自見矣。假令傳魏徵，但記其諫爭之詞，足以為正直矣。如傳段秀實，但記其倒用司農印以追逆兵，又以象笏擊朱泚，自足以為忠烈矣。」[32]

〔明〕李夢陽《空同子》〈論學〉云：「宋儒興而古之文廢矣；非宋儒廢之也，文者自廢之也。古之文文其人，如其人便了，如畫焉，似而已矣。是故賢者不諱過，愚者不竊美。而今文文其人，無美惡，皆欲合道傳志，其甚矣。是故考實則無人，抽華則無文。故曰宋儒興而古之文廢。」[33]每一個人都要合道傳志，如何能求得真實？

文章所記不實，便達不到傳記的功能要求。白居易〈議碑碣詞賦〉議論當時作傳風氣說：「書事者罕聞於直筆，褒美者多睹其虛辭。」又說「故懲勸善惡之柄，執於文士褒貶之際焉……今褒貶之文無覈實，則懲勸之道缺矣……雖雕章鏤句，將焉用之？」[34]達不到記

---

31 同註20，頁701。

32 〔唐〕李翱：《李文公集》（臺北：臺灣商務印書館，1975年6月，四部叢刊本），卷10，頁2。

33 〔明〕李夢陽：《空同子》（臺北：新文豐出版社，1989年，叢書集成續編本），卷66，頁5。

34 〔唐〕白居易：《白氏長慶集》（臺北：臺灣商務印書館，1967年，四部叢刊本），卷48。

載事實功能的傳記，如同達不到告知功能的公告，或是達不到溝通功能的書信一般，就算文辭華美，也不為人所重。

四　文字

歷史事實必須以文字記載，前述劉知幾《史通》所提的史才，就是對作者的文字要求。《春秋》筆法謹嚴，〔晉〕杜預《春秋左氏傳序》及《文心雕龍》〈徵聖〉均提到《春秋》以一字為褒貶。關於史書中一字用得傳神精妙的論述甚多，此處不準備談這方面問題，本節將討論關於傳記寫作的整體文字要求。此方面的資料較為繁複，茲分為以下四點探討：

（一）資料

資料是傳記寫作的最根本問題；資料太少，無事可記；資料太多，又難以剪裁組織。相同的問題在歷史上也不斷有人提起，如班彪曾批評《史記》曰：「至於採經摭傳，分散百家之事，甚多疏略，不如其本，務欲以多聞廣載為功，議論淺而不篤。」他認為司馬遷剪裁資料有疏忽的地方。又說「若遷之著作，採獲古今，貫穿經傳，至廣博也。一人之精，文重思繁，故其書刊落不盡，尚有盈辭，多不齊一。若序司馬相如，舉郡縣，著其字，至蕭、曹、陳平之屬及董仲舒並時之人，不記其字，或縣而不郡者，蓋不暇也。」[35]說明了資料如果太多，一人難以兼顧，不容易照應周全。

如果傳主資料很少，卻位宦通顯，不得不記，其傳文就會如劉知幾所批評的「止具生前歷官，沒後贈諡，若斯而已矣。雖其間伸以狀跡，初陳一二，么麼恆事，曾何足觀。」[36]此話說明了資料太少的弊

---

35 同註19，頁1327。

36 同註20，頁639。

病，也是傳記作者們所要避免的。但如果資料很多，作者不知剪裁，則會有楊慎《丹鉛雜錄》卷六所批評宋代文人的問題：「其為當時行狀墓銘，如將相諸碑，皆數萬字。朱子作〈張魏公浚行狀〉四萬字，猶以為少，流傳至今，蓋無人能覽一過者，繁冗故也。元人修《宋史》亦不能刪節，如反賊李全一傳凡二卷六萬餘字，雖覽之數過，亦不知其首尾何說起沒何地。」[37]

關於資料的採擷，劉知幾《史通》〈雜說下〉曾說：「但舉其宏綱，存其大體而已。非謂絲毫必錄，瑣細無遺者也。」[38]亦即取大事即可，不須將各種小事一五一十全部紀錄。〔明〕陶宗儀《輟耕錄》卷九《文章宗旨》云：「行實之作，當取其人生平忠孝大節，其餘小善寸長，書法宜略。為人立傳之法亦然。」[39]也是同樣的意見。

劉熙載《藝概》〈文概〉也提及資料的選擇標準：「傳中敘事，或敘其有致此之由而果若此，或敘其無致此之由而竟若此，大要合其人之志行與時位，而稱量以出之。」[40]也就是根據傳主的身分，對重大事件擇要敘述清楚即可。方苞也有類似看法，即要依其生命規模相對取其大者。他在〈與孫以甯書〉中說：「古之晰於文律者，所載之事，必與其人之規模相稱。太史公傳陸賈，其分奴婢裝資，瑣瑣者皆載焉。若蕭曹世家而條舉其治績，則文字雖增十倍，不可得而備矣。」蕭曹與陸賈等人事業不同，其生命所牽涉的事件大小規模不同，自不可以相同方式採擷資料。他同時也批評道：「宋元諸史若市肆簿籍，使覽者不能終篇，作此義不講耳。」[41]

---

37 〔明〕楊慎：《丹鉛雜錄》（臺北：臺灣商務印書館，1968年），頁44。

38 同註20，頁637。

39 〔明〕陶宗儀：《輟耕錄》（臺北：臺灣商務印書館，1983年，景印文淵閣四庫全書本），卷9，頁2。

40 同註14，頁42。

41 〔清〕方苞：《方望溪先生全集》（臺北：臺灣商務印書館，1975年，四部叢刊本），卷6，頁2。

關於傳記資料的取捨，原則上自然是要多方尋求，司馬遷的《史記》便是經由「網羅天下放失舊聞」，辛苦蒐集資料而成書的。但是作者也要有相當學養，懂得去取之道。若只知搜集而不知取捨，就會如明徐枋所云：「有一好事可入者，必欲入之。斯稚氣也，而襍矣、蕪矣、陋矣。」[42]

美國學者艾德爾（Leon Edel）於*Writing Lives: Principia Biographica*一書中提到，美國總統詹森（Lyndon B. Johnson）在總統任內的照片，就有五十萬張之多。[43]其實據詹森總統圖書館網站的資料顯示，在其擔任總統以前的照片，還有一萬四千張；卸任之後至過世前的照片又有六萬五千張，另外還有三千一百萬份相關文件可供外界查閱。如此龐大的資料，作者如不知取捨，一本詹森總統傳記，該如何下筆？

（二）繁簡

史傳敘事，時間上經常是數十至數百年，傳主也會隨著其人生際遇四處遊走，如何能要言不繁、清晰扼要地把事情交代清楚，對作者來說是很大的考驗。也因此在對史傳的評論中，文字的繁簡也是常見的主題。

范曄曾稱讚班固的文字曰：「若固之序事，不激詭，不抑抗，瞻而不穢，詳而有體，使讀之者亹亹而不厭。信哉其能成名也。」[44]。

南北朝時期的駢文風氣，也影響了史傳寫作，劉知幾《史通》〈雜說下〉提到：「自梁室云季，雕蟲道長。平頭上尾，尤忌於時；對語儷辭，盛行於俗。始自江外，被於洛中。而史之載言，亦同於此。」[45]當時史書文字，常有不必要的積字成文，讓劉知幾十分不滿。

42 〔明〕徐枋：《居易堂集》（臺北：臺灣學生書局，1973年）。

43 Leon Edel, *Writing Lives: Principia Biographica*, (New York: W. W. Norton & Company, Inc. 1987), p. 97.

44 同註30。

45 同註20，頁620。

他並在《史通》〈敘事〉說：「夫國史之美者，以敘事為工，而敘事之工者，以簡要為主。」「然則文約而事豐，此述作之尤美者也。」並且批評自兩漢以來，國史之文，日傷繁複。魏晉之後更是「一行之間，必謬增數字；尺紙之間，恆虛廢數行。」[46]他並批評史漢之後，史道陵夷，「作者蕪音累句，雲蒸泉湧。其為文也，大抵編字不隻，捶句皆雙，修短取均，奇偶相配。故應以一言蔽之，輒足為二言；應以三句成文者，必分為四句。彌漫重沓，不知所裁。」[47]可見當時的史書充滿駢辭儷句，有些並無實際作用，僅是徒廢筆墨而已。

宋祁也說：「文有屬對平側用事者，供公家一時宣讀施行，以便快然久之，不可施於史傳。余修《唐書》，未嘗得唐人一詔一令可載於傳者。唯捨對偶之文近高古，乃可著於篇。大抵史近古，對偶宜今，以對偶之文入史策，如粉黛飾壯士，笙匏佐鼙鼓，非所宜也。」[48]他認為對偶文字不宜入史傳，與劉知幾的看法相同。

劉知幾的話乃是針對當時流行的修史風氣而來，不過其「敘事之工者，以簡要為主」、「文約而事豐」「省字約文，事溢於句外」等語，卻被後人過度引申，造成太過簡化的弊病，在宋代即出現了許多相關的討論。

〔宋〕李耆卿《文章精義》云：「司馬子長文字一二百句作一句下，韓退之三五十句做一句下，蘇子瞻亦然。……若一二百句、三五十句只說得一句，則冗矣。」[49]他稱讚司馬遷可以將二百字的意義用一句話交代，這是極高的才能，即使韓愈也做不到。陳騤《文則》也說：「且事以簡為上，言以簡為當。言以載事，文以著言，則文貴其

46 同註20，頁199。

47 同註20，頁205。

48 〔宋〕宋祁：《宋景文公筆記》（臺北：臺灣商務印書館，1983年，景印文淵閣四庫全書本），卷上，頁8。

49 〔宋〕李耆卿：《文章精義》（臺北：臺灣商務印書館，1983年，景印文淵閣四庫全書本），頁2。

簡也。」[50]這些都是由正面肯定省字約文的。

歐陽修等作《新唐書》，也力行簡化原則，曾公亮於〈進唐書表〉中說：「其事則增於前，其文則省於舊。」[51]以文簡事增自誇，不過也因此招致後人許多批評。

洪邁《容齋五筆》有〈唐史省文之失〉一條，曾批評《新唐書》刻意省去原有詔書或時語中的一字，使得意義不夠鏗鏘激越，「此務省文之失也。」

宋代劉器之也批評《新唐書》文字太簡，〔金〕王若虛〈新唐書辨〉記載：「劉器之嘗曰：《新唐書》好簡略其辭，故其事多鬱而不明。遷、固載相如文君事幾五百字，而讀之不覺其繁。使子京記之，必曰少嘗竊卓氏以逃而已。文章豈有繁簡，要當如風止水上，出於自然；不出於自然，而有意於繁簡，則失之矣。《唐書進表》曰：其事則增於前，其文則省於舊。新唐所以不及兩漢文章者，正在此兩句，而反以為工，何哉？可謂切中其病。」[52]

王若虛在同書卷二十三中還舉了《新唐書》中文字太簡的例子：「前人文字言騷動，騷然者矣。〈安祿山傳〉云：『百姓愈騷』，〈裴冕傳〉云：『大眾一騷』，〈馬燧傳》云：『天下方騷』，無乃太簡乎！」[53]

宋代王楙《野客叢書》卷五也提到，《史記》〈衛青傳〉提到分封諸子為侯，疊用三青子字不以為贅，漢書則一用青子字，其餘僅曰子而已。「使今人作墓志等文，則一用子字，則其餘曰某某而已。後世

50 〔宋〕陳騤：《文則》（臺北：臺灣商務印書館，1965年，萬有文庫薈要本），卷上，頁2-3。

51 〔宋〕曾公亮：〈進唐書表〉，收於《新唐書》（北京：中華書局，1991年12月），卷末，頁6471。

52 〔金〕王若虛：《滹南集》（臺北：臺灣商務印書館，1983年，景印文淵閣四庫全書本），卷22，頁1。

53 同註52，卷23，頁2。

作文，益務簡於古，然字則省矣，不知古人純實之氣已虧。」[54]

《朱子語類》〈論文〉:「今人作文，皆不足為文，大抵專務節字。」又云:「作文字須是靠實，說得有條理乃好，不可架空細巧。大率要七分實，只二三分文。如歐公文字，好者只是靠實而有條理。如張承業及宦者等傳自然好。」[55]強調文章重要的是內容及條理，不是講究字句。

明代李夢陽《空同子》〈論學〉:「夫經史體殊，經主約，史主該。」他認為經書詞貴簡約，但史書卻要清楚詳實。他並且批評當時的好古之士，惟約之務，「使觀者知所事，而不知其所以事由。」[56]

史書文字能夠要言不煩，的確是值得追求的目標，但仍不能忽略載事記言的本意，需要詳細說明之處，還是要描述清楚為佳。這也就是王若虛所謂的「為文字語雖貴簡，而有不得簡者。」[57]之意。

（三）文質

文質問題在歷代文論中經常被提起，《論語》的「質勝文則野，文勝質則史」也常被引用作為內容與形式並重，或是文采與質樸孰重的論據。如班彪曾贊美司馬遷「辯而不華，質而不野，文質相稱，蓋良史之才也。」[58]沈約也說明建安時期，「二祖陳王，咸蓄盛藻，甫乃以情緯文，以文被質。」[59]稱其能以文采妝點內容。在劉勰在《文心雕龍》中，經常提到文質的問題，如在〈通變〉篇中將文質與雅俗對

54 〔宋〕王楙:《野客叢書》(臺北：臺灣商務印書館，1983年，景印文淵閣四庫全書本)，卷5，頁3。

55 〔宋〕朱熹:《朱子語類》(臺北：臺灣商務印書館，1983年，景印文淵閣四庫全書本)，卷139。

56 同註33，卷66，頁2。

57 同註52，卷23，頁1。

58 同註19。

59 〔梁〕沈約:〈謝靈運傳〉，《宋書》(北京：中華書局，1991年12月)，卷67，頁1778。

比。在〈史傳〉篇中，又稱讚陳壽所著史書「文質辨洽，荀張比之遷固，非妄譽也。」[60]類似的論述在後代不斷出現。

唐初文尚駢儷，文人將當時的寫作風氣帶入史局，所寫之文自然不合歷史敘事要求。因為不論是描寫史事或紀錄口語，都不大可能以駢體呈現。故劉知幾在其書中多次提到這個問題，並且極力反對儷辭，強調文史不同，而史體應尚質。《史通》內篇〈覈才〉云：「昔尼父有言，文勝質則史。蓋史者當時之文也。」其後文史異轍，故「以張衡之文，而不閑於史；以陳壽之史，而不習於文。」[61]並且評論當代文人所修史傳，不是歌頌之文就是輕薄流宕，只因「世重文藻，詞宗麗淫」，所以如此史傳竟「舉俗共以為能」，令他十分感慨。

〔唐〕孫樵於〈與高錫望書〉中以文與質的掌握不易，形容史才之難得：「樵雖承史法於師，又嘗熟司馬遷、揚子雲書，然才韻枯梗，文過於質。嘗序廬江何易于首卷末千言，貴文則喪質，近質則太禿，刮垢磨痕，卒不到史。」[62]他認為文質的分際很難拿捏，稍有不慎便會逸出法度，可見作史之難。

劉知幾《史通》〈敘事〉：「夫史之稱美者，以敘事為先。至若書功過，記善惡，文而不麗，質而非野，使人味其滋旨，懷其德音，三復忘疲，百遍無斁，自非作者曰聖，其孰能與於此乎？」稱讚善敘事者能夠文質兼顧。

王若虛則認為，史書寫作上的文質問題重點是不要浮華及疏略。他曾批評宋祁：「作史與他文不同，寧失之質，不可至於蕪靡而無實；寧失之繁，不可至於疏略而不顧。」[63]

〔明〕方以智〈文章薪火〉云：「《史記》直為敘事，據欵結案，

---

60 同註21，頁279。

61 同註20，頁290。

62 〔唐〕孫樵：《孫可之集》（臺北：臺灣商務印書館，1983年，景印文淵閣四庫全書本），卷3，頁4。

63 同註52。

何用犯手裝面，而強浚之、強括之乎？以此讀者更快其情，以為天然。」[64]

此外傳記記載人物言語行為，難免會有俚俗語言，不必刻意避免。〔唐〕孫樵《孫可之集》〈與高錫望書〉：「古史有直事俚言者，有文飾者。乃特紀前人一時語以立實錄，非為俚言奇健，能為史筆精魄。」[65]俚言能入史，但不是重點，不必故意加入。

材料及語言可不避俚俗，只要作者學識夠高，自可隨意運用。〔明〕陳弘緒〈博依堂文集序〉：「設有子長出焉，一切名物象數，俱可以鞭驅而點染之。雖猥鄙如使酒罵坐之事，與夫市肆簿帳之料，俱可以錯綜縱橫，而成風行水上之文。」[66]

在古代有某些學問很好的知識份子，為求與古人相似，刻意以當時已經不用的字詞著書。劉知幾《史通》〈言語〉即提出批評：「而後來作者，全無遠識，記其當世口語，罕能從實而書，方復追效昔人，示其稽古。是以好丘明者則偏模左傳，愛子長者則全學史公；用使周秦言辭，見於魏晉之代，楚漢應對，行乎宋齊之日。」刻意仿古的結果，造成言語文詞的時代錯亂。

某些人喜歡仿效古書寫史傳，好用罕見的字詞或句法，如宋祁就是常被批評的例子。王若虛就曾批評宋祁文字艱澀難懂，故意用罕僻文字修史，使讀者無法理解，反而失去史書本義。「宋子京不識文章正理，而惟異之求，肆意雕琢，無所顧忌，以至字語詭僻，殆不可讀。其事實則往往不明，或乖本意。自古史書之弊，未有如此之甚者。嗚呼！筆力如韓退之，而《順宗實錄》不愜眾論。或勸東坡重修《三國志》，而坡自謂非當行家，不敢當也。以祁輩奇偏之識，而付

64 〔明〕方以智：《通雅》（臺北：臺灣商務印書館，1983年，景印文淵閣四庫全書本），卷首3，頁20。

65 同註62，卷3，頁3。

66 收於〔明〕黃宗羲編：《明文授讀》（臺南：莊嚴文化事業公司，1996年，四庫全書存目叢書本），卷34。

之斯事，非其宜矣。」[67]

（四）體例

《史記》確立了中國古代史傳的基本體例，也是少數被獨立於其它史傳看待的書籍，其地位之崇高，中國歷史上其他朝代史書都無法與之相比。歷代都有學者由各方面研究《史記》，近年已有「史記學」的名稱出現。《史記》也為中國傳記的寫作立下了幾個不斷被遵循的規範，首先是傳記的寫作程式，也就是其基本格式，如先敘傳主籍貫出身等作傳慣例。還有如傳後的論贊，以及將事蹟相似數人組織為一合傳等等形式，其在史學上的貢獻是不可磨滅的。此外，由於《史記》所記載的史事許多早已為人所熟知，因此後人讀史記，大部分不是為了了解歷史，而是為了玩賞其中的文章。明代馮班《純吟雜錄》即有言：「今人看《史記》，只看得太史公文集，不曾讀史。」[68]其所負擔的功能已經不僅僅是保存古史和作為後人鑑戒對象而已，它的史學功能逐漸減少，反而是文學功能增加，成了後代學子的文章典範。它的地位已經超越了史書，逐漸上升到文學經典的地位。清代吳仲倫曾云：「《史記》如海，無所不包，亦無所不有，古文大家未有不得力於此書者，正須極意探討，韓文擬之如江河耳。」[69]學者對其見重如此。因此許多學者也致力於分析《史記》各種義法或義例，如方苞即云：「記事之文惟《左傳》《史記》各有義法，一篇之中，脈相灌輸而不可增損，然其前後相應，或隱或顯，或偏或全，變化隨宜，不主一道。」[70]類似的論述甚多，本文的篇幅不足以處理《史記》的複

---

67 同註52。

68 見汪榮祖：《史學九章》（臺北：麥田出版社，2002年12月），頁295。

69 〔清〕吳仲倫：《初月樓古文緒論》（上海市：上海商務印書館，1937年，叢書集成初編本）。

70 〔清〕方苞：〈書五代史安重誨傳後〉，《方望溪先生全集》（臺北：臺灣商務印書館，四部叢刊本），卷2，頁24。

雜義法，僅能略述對傳記寫作格式的一般討論。

明代徐枋於〈論文襍語〉中評論當時一篇行狀，指其有三謬，一曰體裁之謬，二曰段落之謬，三曰行文之謬。其中的體裁之謬乃是指「人家行狀，雖云件繫，然實是敘傳中文，須語其大者、重者。今逐歲挨排，直是年譜；隨地標題，直是遊記，失其要矣。」[71]作者無力剪裁，不知組織，只能被動地排比資料，結果不是年譜就是遊記，難以入於傳記之林。

他也強調傳記寫作由於事件繁多，故作者要能先交代全體，再詳述細節，讀者才能掌握頭緒。「凡敘傳之文，繁簡重輕有劃然不可淆者，故每於繁瑣處必須一總題過，然後再著其精神命脈處。故有直說完一生而重新追敘其中一二事者，如是始覺精神明了。」[72]為求清楚，即使敘事結束，都可以再用追敘法將細節詳細說明。

清代的方苞雖講求義法，但他也承認「變化隨宜，不主一道」。不過他對《五代史》〈安重晦傳〉特別有意見，他說此傳「總揭數義於前，而次第分疏於後，中間又凡舉四事，後乃詳書之，此書疏論策體記事之文，古無是也。」[73]傳記中夾敘雜夾議本是常事，但此傳先議論傳主，再補充事蹟，其生平像是安插的舉例證明，把文章寫成了議論文而不是傳記。

吳仲倫《初月樓古文緒論》則云：「《史記》未嘗不罵世，卻無一字纖刻。柳文如〈宋清傳〉、〈蝜蝂傳〉等篇，未免小說氣，故姚惜抱於諸傳中只選〈郭橐駝〉一篇也。所謂小說氣不專在字句，有字句古雅而用意太纖太刻則亦近小說，看昌黎〈毛穎傳〉直是大文章。」此處的小說氣，指的是寓言。若傳文太明顯在譏刺暗論某些現象，也不能算是傳記。

---

71 同註42。

72 同註42。

73 同註70。

章學誠的〈古文十弊〉[74]雖題為古文，實際上的內容卻是批評作傳的缺失。一曰剜肉為瘡，指不據事直書，無故妄加雕飾；二曰八面求圓，指敘一人之事，而欲顧其上下左右前後之人皆無小疵，難矣；三曰削趾適履，一味臨文摹古，只求與古文相似而不顧事實；四曰私署頭銜，指作者在作傳時自我標榜；五曰不達時勢，指稱頌傳主某些行為時，不知當時眾人皆如此；六曰同里銘旌，指無端而影附；七曰畫蛇添足，指明知贅餘非要，卻務多貪得；八曰優伶演劇，指不顧傳主為何許人，言語均出自古書，有如版印；九曰井底天文，指作傳必合古文法度；十曰誤學邯鄲，指由史傳評點學習模仿。

其實傳記寫法甚多，不可能限定作者該如何下筆。《文章辨體序說》也說：「西山云：史遷作孟荀傳，不正言二子，而旁及諸子。此體之變，可以為法。」都可見傳記作法不一，端視作者才華而定。

不同的寫作體例也會造成不同的風格，例如《藝概》云「蘇子由稱太史公疏蕩有奇氣，劉彥和稱班孟堅裁密而思靡。疏、密二字，其用不可勝窮。」[75]便是由此角度探討其寫作風格。

〔明〕屠隆〈古今鉅文〉《鴻苞》將文章分為宏放、奇古、悲壯、莊嚴、閒適、綺麗六類，其下各選所愛文章數篇。除了奇古和莊嚴外，其餘每一類都有傳記文。宏放類有〈穆天子傳〉、司馬相如〈漢武帝外傳〉、阮籍〈大人先生傳〉；悲壯類有《史記》荊軻傳及項羽世家，駱賓王〈柳毅傳〉；閒適類有范曄〈龐公傳〉、王東皋〈無心子傳〉、白樂天〈醉吟先生傳〉；綺麗類有《史記》〈司馬相如傳〉、伶玄〈趙飛燕外傳〉。[76]其選文雖有一些屬於小說範疇，不過仍可見風格繫乎作者及傳主事蹟而定。也就是說，傳記之風格多樣，變化無窮。

---

74 同註5，頁504。

75 同註14，頁15。

76 〔明〕屠隆：《鴻苞》（臺南：莊嚴文化事業公司，1995年，四庫全書存目叢書本）。

五　結語

總結以上的討論可以看出，古代的傳記文學理論是很複雜的。首先，傳記一直被視為是史學的一支，也經常和史學共用相同的批評標準，因此史才、史學、史識、史德等標準，就常被使用在對傳記的批評上。此外，傳記也有功能的講求，私人的傳，是為了傳世留名；公開的傳，是為了教化人心。如此一來，使得文人無法暢所欲言，唯一的著力點只能在論贊。唐代的寓言式傳記出現，可看做是由創作方面對此所做出的反叛。這種寓言式傳記讓文人有了創作的自由，它本質上並沒有脫離教化諷諭的範圍，所以仍然符合功能要求。故自韓愈〈毛穎傳〉後，類似作品不斷出現。如蘇軾的十一篇人物小傳中，就有五篇是仿效〈毛穎傳〉寫的。[77]那樣的傳記可視為文史分離的嘗試，但在當時的理論上卻從未成立，柳宗元〈讀韓愈所著毛穎傳後題〉云：「有來南者，時言韓愈為〈毛穎傳〉，不能舉其辭，而獨大笑以為怪。」因為不合傳記的慣例，沒有寫出任何人的生平，而是器物，所以令人感到詫異有趣。

韓愈的《毛穎傳》並不是任何人的傳記，在後代卻一再入選各文選集的傳記文中，編者看重的並不是其中表達了多少「真實」，而是因為它使用了傳記格式，又達到文學想像的要求。而且內含譏刺，有諷諭之意，達到教化人心的功能，由此也表現出創作先於理論的現象。

至於歷史上理論與創作何者為先？其實並不一定。如《史記》、《漢書》將女性入史傳本紀，在《文心雕龍》中受到批判，就是創作走在理論之前。而清代章學誠感嘆《後漢書》〈列女傳〉既非地理之志又非男子之傳，卻先寫郡望丈夫之名。甚至於後代某些《列女傳》中，許多女性連姓名都不寫，直接稱呼貞女或節婦，如此歧視女性，

---

77 林爾：《三蘇散傳研究》（杭州：浙江師範大學碩士學位論文，2007年）。

甚為無謂。因此在《永清縣志列女列傳》中加以改正，則又是理論走在創作之前。

除了史學的標準之外，由於《史記》一書在文學上所取得的崇高地位，對傳記文的批評也套用許多散文批評方法，開始講文氣，談才性等。自唐以後，又加入了寫作古文的要求，在筆記中常可見到以各種批評手法，分析史傳的文章脈絡。後代學子甚至以《史記》為範本，研究寫作技巧。如歸有光曾編寫《古文秘傳》一書，將《史記》以五色圈點標明義例，便於學者拳服揣摩。這方面的理論，不僅有《史記》本身的研究體系，還結合了當時的文學批評思想，其內涵更為複雜，須與當時作者本身的學術背景及批評觀念相結合，才能夠深入理解。

由此可以看出，中國古代傳記文學理論有極深奧的內涵，僅由文或史任何一方，都不可能完全了解。這也是先人留給我們後代研究者的寶貴遺產，值得進一步探究。

郁達夫的傳記文學理論與實踐

一　前言

中國的傳記文學在民國初年有了極大的改變，胡適於一九一四年九月廿三日的日記中首先提出了「傳記文學」這個名詞，隨後並動手寫了一些白話傳記作品。他不僅極力鼓吹朋友寫自傳，並且在一九三五年（民國二十四年）於北京大學研究院開設「傳記實習」的課，實際教導青年學生寫傳記。[1]

除了胡適之外，當時社會上各個領域均有作者試圖一方面以傳統傳記為師，一方面借鏡外國的長篇作品，運用不大熟練的白話文來寫作新體傳記。這其中，胡適雖有先見之明與開創之功，但他畢竟不是文學家，他早期在傳記「文學」上的表現就如同《嘗試集》一般，有歷史上的意義但還不算是最好的作品。

而討論現代傳記文學的學者們，每提到既有理論又有作品的早期傳記作家，少有人會想到一位真正的文學作家郁達夫。他不但曾提出了個人對傳記文學的看法，而且也寫了許多篇傳記作品。尤其是他的自傳，文筆優美洗練，不論是場景的描寫、轉換，人物性格的刻劃，自我內心的描寫分析，在在都顯示出作為一位小說家的功力。這必須要有過人的天賦，並曾在筆墨間琢磨許久，才能夠有如此的表現。他

1　見朱文長：《史可法傳》（臺北：臺灣商務印書館，1974年4月增訂初版），〈序〉，頁1。這可能是唯一的一篇記載胡適曾經開班授徒的文章，此事並沒有任何人談過，胡適自己也從來不提，而本書作者在序中說，這本《史可法傳》乃是他當年在北大研究院時，選修胡適之先生的「傳記實習」課的作業。

以一位描寫虛構人物的小說家，轉而成為描寫真實人物的傳記作家，自然是游刃有餘，畢竟許多方面不需要憑空想像。而他在理論所強調的方向，與重視史料蒐集的史學家也有所不同。可以說在中國現代傳記文學理論的奠基上，郁達夫補充了另一部分，也就是文學部分的不足。以下即先探討他的傳記文學理論，其次再與其傳記作品互相印證，以明二者間的關係，並了解其理論與作品有何優缺點。

二　郁達夫的傳記文學理論

郁達夫對傳記文學的理論見於以下兩篇：〈傳記文學〉與〈什麼是傳記文學〉。另外有一篇〈所謂自傳也者〉，有學者將它歸於郁達夫的傳記理論著作。[2]但細觀全文，其中並沒有對自傳提出任何理論，只不過是其自傳的序文而已。而且篇幅短小，文字也稍嫌輕浮。其實由內容可以看出，郁達夫寫這篇文章不過是在反駁蘇雪林對他的批評。而他在末尾還提到寫此文的目的乃是「為使像一冊書的樣子，為增加一點字數之故」[3],故筆者將此文排除在其理論範疇之外。

在一九三三年九月發表的〈傳記文學〉一文中，郁達夫對司馬遷之後的傳統傳記作品提出批評：

> 中國的傳記文學，自太史公以來，直到現在，盛行著的，總還是列傳式的那一套老花樣。若論變體，則子孫為祖宗飾門面的墓志、哀啟、行狀之類，所謂諛墓之文，或者庶乎近之。可是這些，也總是千篇一律，人人死後，一例都是智仁皆備的完

2　汪亞明、陳順宣：〈郁達夫對中國現代傳記文學的獨特貢獻〉，《浙江師大學報》（社科版）（1997年05期，1997年5月），頁40。

3　郁達夫：〈所謂自傳也者〉，《郁達夫全集（第四卷）》（杭州：浙江文藝出版社，1992年12月），頁316。

> 人，從沒有看見過一篇活生生地能把人的弱點短處都刻畫出來的。[4]

他認為就形式上來說，歷代傳記均離不開《史記》的規範，以列傳式的短傳為主。而一些諛墓之文如行狀、哀啟之類則可算是傳記的變體，不過差別也不大。此外由內容來看，傳記一般只偏重於優點的表揚，刻意忽略人人必有的缺點，把傳主都寫成了死板的扁平人物。

在一九三五年七月發表的〈什麼是傳記文學〉一文中，他也有類似的意見：

> 經過了二千餘年，中國的傳記，非但沒有新樣的出現，並且還範圍日狹，終於變成了千篇一律，歌功頌德，死氣沉沉的照例文字；所以我們現在要求有一種新的解放的傳記文學出現，來代替這刻板的舊式的行傳之類。[5]

至於「新的解放的傳記文學」究竟指的是什麼呢？

> 新的傳記，是在記述一個活潑潑的人的一生，記述他的思想與言行，記述他與時代的關係。它的美點，自然應當寫出，但他的缺點與特點，因為要傳述一個活潑潑而且整個的人，尤其不可不書。[6]

換言之新的傳記應該秉持兩個基本觀念：一是正反兩面的性格均

---

4 郁達夫：〈傳記文學〉，《郁達夫全集（第四卷）》（杭州：浙江文藝出版社，1992年12月），頁121。

5 郁達夫：〈什麼是傳記文學〉，《郁達夫全集（第六卷）》（杭州：浙江文藝出版社，1992年12月），頁221。

6 同註5。

要提及，同時記錄優點與缺點；二是呈現出一個活潑潑的人，亦即讓傳主經由作者的筆鋒而活轉過來，記述他的言行與思想，使讀者如見其面，如聞其聲。在目前看來這是相當簡單的觀念，但這兩項要求在歌功頌德的諛墓之文中根本看不到。甚至在只注重史料蒐集的史家手中，通常也只能做到第一項。因為就第二項要求來說，想將一個人的一生活潑潑地重現紙上，作者本身沒有相當的文筆是做不來的。也就是說，「傳記」要想進一步提升為「傳記文學」，作者本身敘事及描寫人物的技巧才是關鍵所在。畢竟並不是資料蒐集的最多的傳記就能成為最好的傳記，有時如何呈現人生的細節比細節本身更加重要。[7]因此，郁達夫進一步提到文學價值的問題：

> 所以若要寫新的有文學價值的傳記，我們應當將它外面的起伏事實與內心的變革過程同時抒寫出來，長處短處，公生活與私生活，一顰一笑，一死一生，擇其要者，盡量來寫，才可以見得真，說得像。[8]

所謂有文學價值，即是不僅要公正客觀，長處短處均有，而且要將外在的起伏事實與內心的變革同時抒寫出來。不過，要同時照應外在的公開生活與內在的心理起伏，這是不大容易辦到的。姑且不論內在心理資料的難以蒐集，即使有資料，要如何去剪裁事件，安插心理狀態而又不流於小說的虛構等，在在都是問題。因此，郁達夫的理論局限已隱然成形，亦即應用在自傳上較為可行，但在他傳上則困難重重。

他同時也談到「擇其要者，盡量來寫」，也就是專注於某幾項主題來發揮，不必貪多，並且將「擇其要者」作進一步解釋：

---

7 見Ira Bruce Nadel, *BIOGRAPHY:Fiction*, *Fact and Form* (The Macmillan Press LTD., 1984), p. 154.

8 同註5。

> 傳記文學，是一種藝術的作品，要點並不在事實的詳盡記載，如科學之類；也不在示人以好利惡例，而成為道德的教條。[9]

郁達夫認為詳略並不是評判傳記好壞的重點，重點是有沒有把傳主寫活，這是史學觀點與文學觀點的差別。至此郁達夫已經將其對傳記文學的要求說得很明白了，但是並沒有舉出實際的例子供讀者參考。他自己解釋說「正因為中國缺少了這些，所以連一個例都尋找不出來」[10]，因此在這兩篇文章中全是以外國傳記為模範。如Boswell的《約翰生傳》，Strachey的《維多利亞女皇傳》，Maurois的《雪萊傳》等等。不過他只是列舉一下書名，而沒有做詳細的說明。反倒是在另一篇文章裡面提到了某人所作的契訶夫的簡傳，此傳的結尾令他十分感動：

> 從前我記得曾在一冊英譯的契訶夫書簡集上讀到過這一篇契訶夫的簡傳，作者的名字現在記不起來了，只記得末後的兩句話，實在是有力量。他于報告了很長一段契訶夫的生平歷史，以及病死的事實經過之後，最後就說：「送葬的人，大家都回去了，剩在墳園和夜陰裡的，靈柩上就堆上了泥塊。」——彷彿是這樣的兩句——我當時讀到了這裡，真不知道受到了多少的感動，我之所謂「有情的寫實」，就係指這一種寫法而言。[11]

可見郁達夫並不滿足冷冰冰的事實描述，由上面的例子可知，他想看的應該就是所謂「情景交融」的文字。此處已將他對文學的要求

---

9 同註5，頁223。

10 同註4。

11 郁達夫：〈國防統一陣線下的文學〉，《郁達夫全集（第六卷）》（杭州：浙江文藝出版社，1992年12月），頁268-269。

結合起來，他要求在寫實中加入情感，以成為所謂「新寫實主義」的手法，強調「就是細敘了一件從頭至尾的事件之後，沒有畫龍點睛的最後一滴熱血注射進去，也等於一筆流水細帳，這些並不是文學。譬如就以報告文學來說吧，在報告之中，也未始不可以加些鹽酸的香味進去。」[12]由此可知郁達夫對於傳記的要求是偏重在文學藝術的講究而不是歷史證據的蒐集。他並不著眼於史料的保存；也沒有梁啟超的野心，希望社會上每一領域的傑出人物均有傳記，以集成一部中國文化史。[13]他只是單純地希望現代傳記能有可讀性，不只是枯燥的史料堆砌。刻劃人物要能面面俱到，善用外在動作及心理描寫，重現出一位活生生的人，而不是造出一座既虛偽又殘缺不全的蠟像。

此外，他也曾將傳記文學分為傳記、自傳、回憶記三種，並各下了一個定義：

> 傳記是一人的一生大事記，自傳是己身的經驗尤其是本人的內心的起伏變革的記錄，回憶記卻只是一時一事或一特殊方面的片段回憶而已。[14]

不過並沒有就各分項再做詳細的探討，經翻撿其文集，又找到一段他對自傳的看法，見於〈序李桂著的《半生雜憶》〉一文中：

> 自傳式的作品，在這一個大時代裡，也許是要被人笑為落伍的東西；可是一個人的經驗，除了自己的之外，實在另外也並沒有比此再真切的事情。重要之點，是在這一個小小的存在，如

---

12 同註11。

13 見梁啟超：《中國歷史研究法補編》（臺北：臺灣商務印書館，1990年，臺八版），頁130。

14 同註8。

何地去吸收周圍的空氣，如何地去適應當時的時代。全體是集合個體而成的，只教這個體能不破壞全體，或者更能增進全體的效用，則這個體的意義，也並不完全就等於零。

李桂先生的這一冊《半生雜憶》，所寫的雖則都是他個人的經驗，但是每一處每一段，卻仍能反映出他在當時所處的時代和環境，我雖則不能用最上級的形容詞來稱讚它，說這是一部稀有的傑作，可是我卻終於想說一句，這是一個忠實的靈魂的告白，同時，也是很大膽的告白。[15]

此文發表於一九四〇年一月三十一日的新加坡《星洲日報》，當時郁達夫已遷居南洋。他在文中強調個體要能增進全體的效用，則個體才有意義，這與他一九二三年時作〈自我狂者須的兒納〉、〈赫爾慘〉等篇所讚賞的個人主義與反抗精神不大相容。而他在一九五三年發表〈什麼是傳記文學〉時，對自傳所下的定義為：「自傳是己身的經驗尤其是本人內心的起伏變革的記錄」。可以說直到一九三五年，他仍然認為自傳應該是要用來表達個人，尤其是表達個人內心的一種特殊文類。但是到了一九四〇年，他的思想有了進一步的發展。他仍然強調自傳必須是「忠實的靈魂的告白」，但除此之外，還必須要與當時的時代環境結合，才能顯出價值，所以他會如此稱讚李桂的《半生雜憶》：「所寫的雖則都是他個人的經驗，但是每處每一段，卻仍能反映出他在當時所處的時代和環境。」就是這個道理。

若仔細觀察他一九四〇年這段時期的作品，會發現多半與當時正在進行中的戰爭有關，例如發表在《星洲日報》中的〈敵軍閥的諱言真相〉、〈美倭之間〉等數十篇討論時局的社論性文章，都是站在國家民族的角度來思考問題。又如同樣發表在《星洲日報》中，但尚未譯

15 郁達夫：〈序李桂著的《半生雜憶》〉，《郁達夫全集（第六卷）》（杭州：浙江文藝出版社，1992年），頁470。

完的傳記〈溫斯敦・邱吉爾——一位苦幹實行的人物〉，也很明顯是受到戰爭的影響而譯的。由此也可看出戰爭與逃難對郁達夫的影響，國勢的衰微與個人的離亂，迫使他更深一層地去思考文人的責任，並且改變了他寫作的方向，也自然地影響了他評斷作品價值的依據。因此我們可以說，郁達夫在一九四〇年對自傳看法的發展，並不是單純地因為某一本書所引起的感慨，而是因為他面對生命的態度有了明顯地轉變，當時所發表的文章也因此脫離了以往常見的感傷與自憐。所以，這篇強調全體意義的文字，可以看作是郁達夫晚期對自傳的要求。也就是說，郁達夫對自傳所提出的定義應該分為兩階段：前期僅強調要忠實寫出個人的內在，後期則因為生命態度的轉變，故進而要求在個人的經驗之中還要能表現出時代與環境。

三　郁達夫的自傳

郁達夫於一九三二年發表了〈傳記文學〉之後，開始寫自傳。從一九三四年到一九三六年間，分別於《人間世》及《宇宙風》上發表了九篇自傳，每一篇均有篇名，分別是〈悲劇的出生（自傳之一）〉、〈我的夢、我的青春（自傳之二）〉、〈書塾與學堂（自傳之三）〉、〈水樣的春愁（自傳之四）〉、〈遠一程，再遠一程！（自傳之五）〉、〈孤獨者（自傳之六）〉、〈大風圈外（自傳之七）、〈海上（自傳之八）〉、〈雪夜（自傳之一章）〉。

郁達夫本來打算將自傳寫成一本書，連書名都已經取好。在他一九三四年七月十七日的日記中記載著：「想起了一個從前想做而未寫的題材，是暴露資產階級的淫亂的，能寫一二萬字，同New Arabian Night〈原註《新天方夜譚》〉中的短篇有相似的內容，題名本想叫做《燕城夜話》，繼思或可以做成自敘傳中的一篇，將全書名叫作《我的夢，我的青春！》也未始不可。」[16]由此可知，現存自傳之二的提名，乃是其全書的書名，不過並沒有付諸實現。而他日記中所提到的「暴露資產階級的淫亂的」題材，在這篇寫童年爬山探險的自傳之二《我的夢，我的青春！》中則完全看不到，應該是後來改變了計畫之故。

郁達夫的這幾篇自傳，為他所標舉的「新的傳記文學」做了最佳的示範。不僅情感真切，而且適當地運用了文學技巧，將許多他人無法表達的情境與感受，清晰地傳達出來。例如自傳本應是以第一人稱敘述的作品，可是在〈悲劇的出生（自傳之一）〉中，郁達夫卻以第三人稱來敘述他的童年時期，有如為讀者拍攝出一幅溫馨的、泛黃的久遠年代的影片。敘述者自己置身事外，帶領讀者觀看五、六歲的郁達夫乖巧可愛的模樣。這種自傳敘述手法的創新，是頗具巧思的。對郁達夫或任何四十歲的人來說，童年已經是十分遙遠的事情，遙遠到像是別人的故事。故明明是「我」的過去，可是卻用「他」來說，反而更能夠適切地營造出朦朧迷離的感覺。

而在自傳之一與之二當中，郁達夫均安排了一位好友貫穿全篇。自傳之一是他忠心的使婢翠花，自傳之二則是一位小英雄阿千。這兩位的出場，看似無心其實卻是有意，因為他們分別象徵了郁達夫童年的兩個階段。在自傳之一中，翠花是一位單純而且心地善良的女僕，她在郁家裡打理一切雜務，並負責照顧小郁達夫。她的單純及對外在世界的毫無興趣，正好對應郁達夫五六歲時的實際生活情形與心理狀態。在當時，郁達夫除了跟著翠花到河邊洗衣外，可說是足不出戶，她所做過唯一冒險的事，就是掉進院子裡的水缸，差點沒淹死。而在文章的最後一段，作者交代了翠花為人妻，為人母，又成了寡婦後，特別以他與翠花二十多年後第一次相見作為結尾：

16 郁達夫：〈避暑地日記〉，《郁達夫全集（第二十卷）》（杭州：浙江文藝出版社，1992年），頁385。

> 和她已經有二十幾年不見了，她突然看見了我，先笑了一陣，後來就哭了起來。我問她的兒子，就是我的外甥有沒有和她一起進城來玩，她一邊擦著眼淚，一邊還向布裙袋裡摸出了一個烤白芋來給我吃。我笑著接了過來，邊上的人也大家笑了起來，大約我在她的眼裡，總還只是五六歲的一個孤獨的孩子。[17]

在這裡他的寓意相當明顯，翠花就是他五六歲時的童年，那種天真與單純，對成年後的作者來說，是怎樣也找不回來的了。接著就是自傳之二，那已是他人生的第二階段，在此處出場的事一位窮人家的小孩阿千。他由於家裡窮，因此時常到荒郊野外砍柴，或在婚喪喜慶幫忙。加上大人不管他，因此茶店酒館也日日去上。這樣子一個閱歷豐富的角色，難怪會是沒見過外在世界的小郁達夫羨慕崇拜的對象。有一天，這個孩子竟約他一同去山上遊歷，他自然毫不猶豫地答應了。這一段小小歷險，是郁達夫第一次獨自踏出家門，到一個從未到過的地方。起初他對外界感到害怕，例如看見野生的小草，便以為是什麼蟲類，總要繞一個彎，讓過它們。但是當他們最後終於到達山後的寺廟，有一位老婆婆問他：「你大了，打算去做些什麼？」他卻毫不遲疑地回答說：「我願意去砍柴！」這除了表現兒童的可愛之外，也說明這時的他已經不在是未出門前的那個孩子了。若再結合他在山上坐下休息時，幻想自己與阿千在酒館大喝大嚷，我們可以發現郁達夫在此時已認為自己就是阿千，換言之，這位阿千便是當時他心中的自我形象。也因此在此篇自傳的最末段，郁達夫提到阿千在某年漲大水時淹死了，他感嘆道：「阿千之死，同時也帶走了我的夢，我的青春！」[18]這種以他人來象徵自己不同人生階段的寫法，在後來的幾篇

---

17 郁達夫：〈悲劇的出生（自傳之一）〉，《郁達夫全集（第四卷）》（杭州：浙江文藝出版社，1992年），頁324。

18 郁達夫：〈我的夢，我的青春（自傳之二）〉，《郁達夫全集（第四卷）》（杭州：浙江文藝出版社，1992年），頁330。

自傳中再也沒有出現。

郁達夫的自傳並不是一無依傍的創造，他也曾參考了他人的著作：

> 最近讀到了一部 J. C. Herr（海爾）的自傳體小說*Tobias Heider*，卻使我受到了極大的感動。……我到今年才翻開來讀它的原因，就是因為自己也在寫自傳，想多讀些這一類的書，做做參考的緣故。[19]

此文載於一九三六年一月一日出版之《宇宙風》第八期。郁達夫最後一篇自傳則寫於同年一月末，故這本小說與他的自傳有絕對的關係，郁達夫既參考一部小說來寫自傳，當然會把小說的一些手法帶入自傳中。又由於有時小說是憑空創造一個人物，而傳記則是要讓傳主復活，二者的任務是如此接近，因此有時傳記與小說會互相影響。[20]在郁達夫的作品中，最明顯的例子就是他最後一篇自傳〈雪夜〉，其與他的成名作〈沈淪〉之間的相似，是任何人均能一眼認出的。甚至有些學者認為，這兩篇完全可以對照著讀。[21]不論是主角的出身，家庭背景，讀書經歷，乃至最後到日本上酒家流宿而懊悔不已的種種情節，幾乎完全相同。而小說中的感傷情調，亦同樣瀰漫在自傳之中。由於〈沈淪〉作於一九二一年，〈雪夜〉則作於一九三六年，故筆者認為〈雪夜〉的文筆事實上較〈沈淪〉老練得多。如〈沈淪〉的最後一段寫主角自酒家出來，在路上嘆息著中國的不夠強大。而〈雪夜〉的最後一段寫他自妓院出來，心中所想的乃是：

---

19 郁達夫：〈二十四年我愛的書〉，《郁達夫全集（第六卷）》（杭州：浙江文藝出版社，1992年），頁246。

20 見Donald A. Stauffer, *The Art Of Biography In Eighteenth century England* (New York: Russell &Rusell, 1970), p. 66.

21 見張恩和編著:《郁達夫研究綜論》,（天津：天津教育出版社，1989年），頁203。

> 沈索性沈到底吧!不入地獄，哪見佛性，人生原是一個複雜的迷宮。[22]

比較之下，此段話反而比小說原作更切合〈沈淪〉這個主題。

此外他在描寫人物的時候，總能夠適切地運用動作與對話，將情感表露無遺，如〈孤獨者（自傳之六）〉中描寫自己的稿子第一次被刊登的喜悅：

> 當看見了自己聯綴起來的一串文字，被植字工人排印出來的時候，雖然是用的匿名，閱報室裡也絕沒有人會知道作者是誰，但心頭正狂跳著的我的臉上，馬上就變成了朱紅。洪的一聲，耳朵裡也響了起來，頭腦搖晃得像坐在船裡。眼睛也沒有主意了，看了又看，看了又看，雖則從頭到尾，把那一串文字看了好幾遍，但自己還在疑惑，怕這並不是由我投去的稿子。再狂奔出去，上操場去跳繞一圈，回來又重新拿起那張報紙，按住心頭，復看一遍，這才放心，於是乎方始感到了快活，快活得想大叫起來。[23]

又如〈遠一程，再遠一程！（自傳之五）〉中寫母親送他上船離家，短短幾句景象描摹，便將母親的疼惜與不捨之情表露無遺：

> 祖母為憂慮著我這一個最小的孫子，也將離鄉背井，遠去杭州之故，三日前就愁眉不展，不大吃飯不大說話了；母親送我們

22 郁達夫：〈雪夜（自傳之一章）〉，《郁達夫全集（第四卷）》（杭州：浙江文藝出版社，1992年），頁374。

23 郁達夫：〈孤獨者（自傳之六）〉，《郁達夫全集（第四卷）》（杭州：浙江文藝出版社，1992年），頁353。

> 到了門口，「一路要……順風……順風!.......」地說了半句未完的話，就跑回到了屋裡去躲藏，因為出遠門是要吉利的，眼淚決不可以教遠行的人看見。[24]

郁達夫曾經說過：「自傳是己身的經驗尤其是本人內心的起伏變革的記錄。」因此他十分重視內在心理的描寫。而對一般人來說，與性有關的心理是最難以啟齒的，不過這點對郁達夫來說並不是問題。他對性的大膽表白，似乎早已成了他的商標，並且向來為某些人所不滿。而他的自傳寫到青春期至青年時期，正是血氣方剛的年紀，所以自〈水樣的春愁（自傳之四）〉他與趙家少女那段若有似無的感情開始，一直到最後受不了內心慾望的煎熬而在日本召妓。這中間的種種細微的心理變化，郁達夫均能毫不勉強地加以表達。

總而言之，郁達夫融合了他的小說特色——感傷情調、對社會的關懷、性心理的描寫——集中地表現在自傳之中。因此他的自傳已不僅是單純的史料，而是一位作家在寫作上的整體展現，這也是其自傳的價值所在。

四　郁達夫的其他傳記作品

（一）中國文人的傳記

郁達夫曾經寫了許多對同時代文人的片段回憶，這其中只有〈王二南先生傳〉敘述了傳主的一生，其餘的作品均是某一段生命歷程的記錄。若以傳主人生階段的完整來決定作品的份量，則本篇可為第一；其次則是〈回憶魯迅〉。但若以他對傳記的要求來看，則二者的

---

24 郁達夫：〈遠一程，再遠一程!（自傳之五）〉，《郁達夫全集（第四卷）》（杭州：浙江文藝出版社，1992年），頁345。

地位又正好相反。至於其他作品如〈雕刻家劉開渠〉、〈追憶洪雪帆先生〉、〈記曾孟樸先生〉只是極簡短的人物速寫。而〈懷四十歲的志摩〉僅是作者個人的感懷，所以不列入討論。

〈王二南先生傳〉記的是郁達夫之妻王映霞的祖父王二南，故行文不免偏於讚揚。且文白夾雜，如在白話敘事中有「越三年」等語。整體來說，整篇文章在風格上頗類似傳狀類古文。但若以其所欲塑造的人物性格來說，則它是十分成功的。郁達夫藉由事件的挑選，與動作及對話的描寫，將一位安貧樂道的傳統仕紳形象重現於紙上。不過正因為如此，他卻似乎犯了自己對於傳統傳記所作的批評，寫得就像是他所詬病的墓誌銘。

〈回憶魯迅〉則為寫得較好的一篇他傳，因為作者與魯迅來往了許多年，有許多親眼所見的事實可供採擷。加上行文時的顧忌不如〈王二南先生傳〉那麼多，不會縛手縛腳，自然也容易寫得好。這篇文章其實比較類似於所謂的軼事集，郁達夫並沒有將魯迅由出生寫到死亡，而只是由他第一次去拜訪魯迅開始，一直到魯迅過世為止，將其記憶所及的一些大小事情，一五一十地報告給讀者知道。雖然作者是魯迅的好友，文章中也大部分在讚揚死者的人格之偉大。但是他並沒有放過一些可以表現複雜人性的題材，例如寫魯迅酒後與人吵架、與周作人的反目、上教育部做官卻不辦公，及為壓制性慾在冬天也不穿棉褲等等。種種看來瑣碎的小事，其實正可以將傳主立體化，而不會流於乾扁。

這兩篇雖寫於〈傳記文學〉與〈什麼是傳記文學〉之後，然而他在自傳中的精采表現，在此卻見不到一點痕跡。也就是說，他並沒有做到自己對傳記的要求。

(二) 外國文人的傳記

郁達夫為外國人所寫的傳記計有:〈盧騷傳〉,〈赫爾慘〉,〈施篤姆〉,〈自我狂者須的兒納〉,〈屠格涅夫的《盤亭》問世之前〉等五篇。這五位傳主國籍與時代均不完全相同,唯一相同的地方在於,他們都是具有反抗精神的文人。在〈施篤姆〉一文中提到其家鄉的人常說:「與其為奴隸,不如死的好。」而〈自我狂者須的兒納〉一開頭即說:「自我就是一切,一切就是自我。」〈赫爾慘〉第一段說:「主張以破壞為第一義的現代的青年,當不能忘記先覺者赫爾慘的一生。」似乎他頗欣賞這類型的作家。

由文集中的篇目來看,郁達夫特別偏愛盧騷(目前通譯為盧梭),一共寫了四篇相關的文章。除了〈盧騷傳〉之外,另有〈盧騷的思想和他的創作〉、〈關於盧騷〉及〈翻譯說明就算答辯〉。第一篇是對盧騷生平的介紹,第二篇則偏重在其思想及著作;後二篇則是為盧騷及自己所作的辯護。在〈盧騷傳〉中,作者對傳主的品評放在篇首,那是長達三段的頌辭,如「法國也許會滅亡,拉丁民族的文明,言語和世界,也許會同歸於盡,可是盧騷的著作,直要到了世界末日,創造者再來審判活人死人的時候止,才能放盡他的光輝。」[25]又如「小人國的矮批評家,你們即使把批評眼裝置在頭頂的髮尖上面,也望不到盧騷的腳底,還是去息息力,多讀幾年盧騷的書再來批評他吧。」[26]如此的阿諛,當然會引起他人的不滿。梁實秋曾批評道:「在未動筆之先,已有成見,已有憤慨,已有偏心。」[27]而且這與郁達夫反對傳統傳記「歌功頌德」的立場似乎背道而馳。他自己後來也承認「我那篇東西,本來就是為頌揚而作」。[28]他對盧騷的喜愛還可證之於

25 郁達夫:〈盧騷傳〉,《郁達夫全集(第五卷)》(杭州:浙江文藝出版社,1992年),頁434。

26 同註25。

27 郁達夫:〈翻譯說明就算答辯〉,《郁達夫全集(第五卷)》(杭州:浙江文藝出版社,1992年),頁467。

28 同註27。

他翻譯卻未譯完的〈一個孤獨漫步者的沉思〉，企圖藉由對原典的介紹，使更多人能認識這位法國作家。

而當他在為盧騷答辯時，由於引用了美國小說家辛克來（Upton Sinclair）的《拜金藝術》（*Mammonart*）一書，「感覺到原著者彷彿在替我代答」[29]，竟因而將全書翻譯出來。值得注意的是，在這本翻譯的書中，他還譯了美國作家Floyd Dells為作者辛克來所寫的一篇評傳，原名為 *Upton Sinclair, A Study in Social Protest*，郁達夫將之改題為「關於本書的作者」，置於篇首。自然，此傳是在表揚辛克來的不畏權勢，堅持正義的一生。這雖然只是郁達夫的翻譯作品，但由傳主的性格及寫作的筆法來看，與其他幾篇是可以互相連貫的。

〈赫爾慘〉一文乃是描述俄國唯物主義哲學家Alexander Herzen鼓吹並從事革命的一生。郁達夫係根據克魯泡特金的《俄國文學史》及《一個革命家的回憶》兩書而作。對這篇傳記，郁達夫是抱著崇拜之情而寫的，文中提到傳主時邊說「我們的赫爾慘」或「熱情奔放的赫爾慘」，所有的敘事也都站在傳主的角度，使用充滿情感的字句描寫，其實由傳主姓名的翻譯也可看出，目前通譯為赫爾岑的俄國作家，被郁達夫譯為赫爾「慘」，其用意可想而知。我們可以說郁達夫是以宣傳的熱情在寫這一篇傳記，他迫切的希望讀者可以受到他的影響，進而去喜愛這位傳主。

〈施篤姆〉乃是德國文人Theodor Storm的短傳，本來是為郭沫若所譯的《茵夢湖》（*Immensee*）一書而作的序，題目也定為〈《茵夢湖》的序引〉。但文章尚未寫成而其書已出版，故改題為〈施篤姆〉，發表於一九二一年十月的《文學周刊》第十五期。郁達夫雖然將題目改過，然而文章之中仍然可以看到刪改未盡之處，如「寫到這裡，我

29 郁達夫：〈拜金藝術〉，《郁達夫全集（第十卷）》（杭州：浙江文藝出版社，1992年），頁207。

的目的已經達到了；因為這一篇是《茵夢湖》的序引（Einleitung），並非是施篤姆的評傳。」[30]，即明白表示出當初為文的動機。他寫這篇文章的依據是保羅須齋（Paul Schuetze）所著的《施篤姆傳》（*Theodor Storm, Sein Leben und seine Dichtung*），且因為寫作時此書並不在手頭，故乃是根據「記憶」而作。

〈自我狂者須的兒納〉則是德國唯我主義哲學家Max Stirner的傳記。郁達夫以生動的文筆，描寫他悲慘的一生。此人不承認神性，不承認國家社會，不承認道德法律，反對各種主義。主張除了自我的要求之外，一切的權威都是沒有的。此篇較特殊的地方在於文末譯了傳主的著作，讓讀者自己去了解這位德國哲學家的思想。

他之所以為外國人做傳，完全是因為崇拜他們，希望藉由自己的文字，讓更多的中國人能夠了解這幾位外國人的重要。因此，在為俄國文豪屠格涅夫所作的傳記〈屠格涅夫的《盤亭》問世之前〉一文中，他又是在「未動筆之先，已有成見，已有憤慨，已有偏心。」第一段便說：「在許許多多古今大小的外國作家裡面，我覺得最可愛、最熟悉，同他的作品交往得最久而不會生厭的，便是屠格涅夫。這在我也許是和（別）人不同的一種特別的偏嗜，因為我的開始讀小說，開始想寫小說，受得完全是這一位相貌柔和，眼睛有點憂鬱，繞腮鬍長得滿滿的北國巨人的影響。」[31]他抱著這樣的心情寫作，自然會把屠格涅夫寫成一座高大的紀念銅像，沒有絲毫的缺點。此文乃是參考屠格涅夫自己所寫的《文學與生活回憶錄》即勃蘭提斯《俄國文學印象記》而作。

對郁達夫來說，這些外國文人只是活在紙面上的人物，他一位也

---

30 郁達夫：〈施篤姆〉，《郁達夫全集（第五卷）》（杭州：浙江文藝出版社，1992年），頁16。

31 郁達夫：〈屠格涅夫的《盤亭》問世之前〉，《郁達夫全集（第五卷）》（杭州：浙江文藝出版社，1992年），頁96。

不認識，自然也不會有當面「聽其言，觀其行」的機會。因此雖然他明知必須將傳主生動地呈現在讀者面前，但只要他蒐集到的資料沒有任何可用的記載，那麼在忠於歷史大原則下，也只能有一分證據說一分話。這也是他傳作者所要面對的最大難題，畢竟，如果作者為了刻畫人物性格，而用「想當然耳」的心態來為傳主設計故事情節，那就成了小說而不是傳記了。所以在以上幾篇傳記中，以〈盧騷傳〉寫得最為精彩，篇幅也最長，因為他手邊的參考資料最多，而其餘各篇則較遜色。

我們如果把郁達夫所寫與傳記有關的作品依照時間排列，可以得出下列結果：

發表時間	篇名
一九二一年十月	〈施篤姆〉
一九二三年六月十六日	〈自我狂者須的兒納〉
一九二三年七月二十六日	〈赫爾慘〉
一九二八年一月十六日	〈盧騷傳〉
一九三三年七月九日	〈屠格涅夫的《盤亭》問世之前〉
一九三三年九月四日	〈傳記文學〉
一九三四年十二月五日	〈悲劇的出生——自傳之一〉
一九三四年十二月二十日	〈我的夢，我的青春！——自傳之二〉
一九三五年一月五日	〈書塾與學堂——自傳之三〉
一九三五年一月二十日	〈水樣的春愁——自傳之四〉
一九三五年二月五日	〈遠一程，再遠一程！——自傳之五〉
一九三五年三月五日	〈孤獨者——自傳之六〉
一九三五年四月二十日	〈大風圈外——自傳之七〉
一九三五年七月五日	〈海上——自傳之八〉
一九三五年七月	〈什麼是傳記文學〉

發表時間	篇名
一九三五年十一、十二月	〈王二南先生傳〉
一九三六年二月十六日	〈雪夜——自傳之一章〉
一九三八年至一九三九年八月	〈回憶魯迅〉
一九四〇年一月三十一日	〈序李桂著的《半生雜憶》〉

很清楚地可以看出，他為外國人所作的傳記都成於他發表關於傳記文學的理論之前。也許當他寫這幾篇傳記之時，對傳記文學的看法還未成熟，所以作品只是一般地介紹文字，並不符合他後來對傳記的要求。又或者他本來就只是想寫一篇普通的作家簡介，我們拿作傳的標準來衡量，或許失之太嚴了。

五　結語

綜合以上的分析，可以得出幾點結論；首先，郁達夫對現代傳記文學的觀念，受西方的影響甚大。由之前的論述可知，不論是理論或作品，他都稱引外國傳記。甚至連他自己的自傳，也都是參考外文書籍而作的。基本上，他對《史記》之後的中國傳統傳記是嗤之以鼻的。

其次，他的立論著重在將傳記視為一種文學藝術，而不是史學的分支。因此他認為傳記的詳略並不是重點，是否寫出一個活潑潑的人，才是作者應該致力的方向。

而他對自傳的看法，則有著發展的痕跡。郁達夫對自傳所提出的定義應該分為兩階段來看：前期僅強調要忠實寫出個人的內在，後期則進而要求除了忠實地寫出個人經驗之外，還要在這個經驗中表現出時代與環境。

再者，郁達夫的自傳寫得比他傳要好，這是不爭的事實，他所寫的傳記多半帶有表揚死者的意味。郁達夫自己在傳記理論上雖有不「歌功頌德」的想法，可是在他實際的傳記作品中，卻犯了好幾次自已提出的錯誤。其原因有二：第一，為熟人做傳難免要面對其遺族的人情壓力，除非是完全撕破臉，否則絕不可能將死者的壞處缺點形諸文字。他雖認為傳記的文學價值在於將一個人完整的呈現出來，但這個看法也許將永遠是個陳義過高的理想。晚近的批評家便指出「傳記與文學的關係並不是原生態或者作品描寫的問題，而世界接受的問題。」[32]讀者若接受，便是好作品；讀者若不接受，即使內容再如何真實，有時連出版都不可能。而對傳記這個特殊的文類而言，親朋好友或是出版檢察機關往往是它的第一批讀者。這也就是為什麼要求現代傳記作者不隱惡揚善的呼籲早已喊了幾十年，但智人兼備、道德無虧的完人傳記還是一再出現的原因。

第二，傳記本有教育與宣傳的功能，當他不自覺地想要運用這個功能來達到其教育民眾的目的時，自然會盡量將傳主寫成一個值得學習的榜樣。這是他的理論所看不到的地方。事實上，他雖然說傳記文學「不在示人以好例惡例，而成為道德的教條。」但證之於他實際的傳記作品，卻很明顯地看出他一直把傳記當作是寫給別人看，並進而影響他人的工具。也因此除了他的自傳之外，每一篇傳記都有其目的存在。例如那幾篇脫胎於翻譯資料的外國文人傳記之所以出現，便是因為他希望能夠經由自己的翻譯，使更多人認識到這幾位外國文人的偉大。也就是說，郁達夫很清楚知道，傳記不只是一種拿來欣賞消遣的無用的東西，而是一個能夠深深打動與影響人心的強而有力的工具。因此傳記的重點不在於傳主的人生，而在於這個人生傳達了什麼樣的意義。此時，若將傳主寫得平淡無奇，自然引不起讀者的興趣，必須將傳主的性格塑造得鮮明突出，才有可能在讀者心中留下印象，進而達到作者的目的。「在這種情況下，作家創造的（或者可能被後

---

32 Robert C. Holub著，董之林譯：《接受美學理論》（臺北：駱駝出版社，1994年），頁22。

人創造的）傳記便成為『文學的事實』。」[33]若在配合上材料的選擇這個因素，與真實只有漸行漸遠。也因此當他寫出對傳記文學的意見時，卻正好批評了自己。相反地，在自傳裡面，這些外在的無形束縛便自動消失了，所以他才能盡情揮灑其文字的特色，在短短的九篇當中，綜合了他所賴以成名的小說中的各項特點，做了一次完整的展示。他的自傳，已超過了史學的範圍，而成為名副其實的傳記「文學」。

33 同上註，頁23。

輯二
類型傳記與傳記分類

《史記》的忠義觀及其對後世忠義傳的影響

《史記》首創類傳的寫法，將許多不同時代或地區之人，依某項共通點合為一傳，以方便敘述，同時也重點突出其特性。《史記》雖首創了許多不同類別的合傳，卻有一些後世史書上常見的類別沒有在史記中出現，如記載忠臣烈士的忠義傳即是。一般而言，後世忠義傳所收錄的多是為國盡忠，寧死不屈的高風亮節之士。其影響所及，一直到現代所出版的烈士傳，都特別將為國盡忠，尤其是為國捐軀的人士立傳，並已然成為現代傳記中的一個分支。而《史記》雖沒有特別為忠義之士立專傳，不過書中卻記載了許多盡忠守節的事蹟。因此後世忠義傳經常引用《史記》的文句，強調忠誠觀念，並做為後人效法的對象。如《史記》〈田單列傳〉中的「忠臣不事二君」一語，後世忠義傳中就不斷反覆出現。在司馬遷的自序中，也特別提到其父司馬談臨終時交代《史記》必須記載「明主賢君，忠臣死義之士」的事蹟，可見這部分必然是《史記》寫作之時的重點。本文首先由其作品探討司馬遷的忠義觀念，；其次將由後世正史忠義傳的寫作，上溯《史記》所造成的影響；最後再分析《史記》與後世忠義傳有何差異。

一　史記所表現的忠義思想

忠與義原本是分開的兩個概念，忠是指盡心竭力，無有二心。如《論語》〈學而篇〉:「為人謀而不忠乎？」義則指正確合宜之行為，如《論語》:「見義不為，無勇也。」不論忠與義的本義為何，忠義合稱，並不僅僅是指忠信或忠誠，它還指為了盡忠不惜性命的理念及行為。先秦古籍中，已有將忠與死部分合而為一的傾向，如《呂氏春秋》〈忠廉〉:「忠臣亦然。苟便於主利於國，無敢辭違殺身出生以徇之。國有士若此，則可謂有人矣。」則已有為國死難之涵義。首創忠義傳的《晉書》，在其《宗室傳》中，對忠義的解釋便是:「赴君難，忠也；死王事，義也。惟忠與義，夫復何求。」已說明此時忠義兩字已接近於效死。

傳記必須忠於史實，傳主為何死，如何死，都不是作者所能揑造的。但是作者卻可以將某些為國捐軀的死難義士編為一傳，達成宣揚教化理念的目的，這就是忠義傳的由來。現代常見的烈士傳，也是由忠義傳一脈相承。均強調義士們為國盡忠，寧死不屈的高貴情操。

《晉書》首創了忠義傳這一類傳，並且在序中標舉「君子殺身以成仁，不求生以害仁。」以及「非死之難，處死之難。」等立傳標準，使後世正史可依此標準選擇傳主，編寫教化人心的傳記。不過若仔細分析後世正史忠義傳，會發現一個有趣的現象，那就是許多部忠義傳都會舉司馬遷的文句為其立傳依據。考察《晉書》以下，至《明史》為止，共有十一部史書編選了忠義傳，這其中有六部書在忠義傳序言中引用了司馬遷的文句解釋其立傳由來。如《北史》〈節義傳序〉:「然則死有重於太山，貴其理全也；生有輕於鴻毛，重其義全也。」乃是由〈報仁安書〉而來。《隋書》〈誠節傳序〉:「死有重於太山，生以理全者也，生有輕於鴻毛，死與義合者也。」也是出自〈報任安書〉。《舊唐書》〈忠義傳序〉:「紀信之蹈火，豫讓之斬衣，此所謂殺身成仁，臨難不苟者也！」分別出自於《史紀》項羽本記及刺客列傳。《新唐書》〈忠義傳序〉:「夷、齊排周存商，商不害亡，而周以興。兩人至餓死不肯屈，卒之武王蒙慚德，而夷、齊為得仁。」出自《史記》伯夷叔齊列傳。《宋史》〈忠義傳序〉:「主辱臣死」一句，最早雖見於《國語》，但《史紀》中出現了三次，分別在〈越王勾踐世家〉、〈范睢蔡澤列傳〉及〈韓長孺列傳〉。在《金史》〈忠義傳序〉中，除了引〈刺客列傳〉的內容，更直接把司馬遷的名字都寫了出來：「司馬遷記豫讓對趙襄子之言曰：「人主不掩人之美，而忠臣有成名之義。」

另外《史記》〈田單列傳〉中的「忠臣不事二君」一語，在後世忠義傳的敘事中也不斷反覆出現，成為許多殉國烈士的價值標準。如《宋史》〈忠義傳〉〈劉韐傳〉：「夫貞女不事二夫，忠臣不事兩君；況主憂臣辱，主辱臣死。」《元史》〈忠義傳〉〈趙弘毅傳〉：「忠臣不二君，烈女不二夫，此古語也。我今力不能救社稷，但有一死報國耳。」《明史》〈忠義傳〉〈張春傳〉：「忠臣不事二君，禮也。我若貪生，亦安用我。」很明顯此語到了後代已經成為眾人耳熟能詳的俗話了。

這些書籍引用司馬遷的文句，表示司馬遷的確在其作品中表現了符合忠義傳宗旨的思想，也因此才會被後世同類書籍引用。這也顯示出，即使《史記》未明定出忠義傳的類目，但部分內容已符合後世忠義傳的選錄標準。事實上，司馬遷曾在自序中，特別提到其父司馬談臨終時託付著書的重責大任，並且明白交代必須記錄「明主賢君，忠臣死義之士」，可見這些忠義之士的事蹟，本就是《史記》寫作之時的重點。

司馬遷對於臣子盡忠效死的描寫所在多有，如子路為盡忠而身入危城，力戰而死；田橫的五百部屬為主效忠，於海島上全數自盡；以及紀信為救劉邦脫險，偽裝被擒而受火刑。這些明知危險仍勇敢赴難，盡忠主上而自殺，遭敵俘虜而慘遭酷刑虐死的種種事蹟，在後世史書都是可以列入忠義傳的。

還有酈食其為漢下齊七十餘城，在韓信兵到時，只要他答應為齊王阻止漢軍，仍有活命的機會。但是他卻斷然拒絕，遂被烹。以及周苛為漢盡忠，城破後不但不降，反而破口大罵項羽，卒遭烹殺。〈張耳陳餘列傳〉中提到，貫高因企圖謀反，下獄後受盡酷刑，至「身無可擊者」，卻始終不肯誣告其主知情，聞趙王開釋後便自殺。這些烈士事蹟也都與後世忠義傳十分相似。

此外，《史記》書中經常出現歷史人物所說的盡忠名言，如〈刺客列傳〉中，豫讓曰：「臣聞明主不掩人之美，而忠臣有死名之義。」另外如王蠋在《史記》中的名言：「忠臣不事二君，貞女不更二夫。」還有〈魏豹彭越列傳〉中，周市曰：「天下昏亂，忠臣乃見。」等，都是後世耳熟能詳的句子。

由此可見，《史紀》中藉由司馬遷自己的評論，以及敘述傳主的遭遇，加上出於傳主之口的文句等，各方面都說明司馬遷具有後世所謂的忠義觀念。

二　史記對後世忠義傳的影響

（一）讚揚盡忠行為

為國盡忠或為主盡忠，乃是自古以來的道德傳統，例如《左傳》即有：「公家之利，知無不為，忠也。」「臨患不忘國，忠也。」「將死不忘衛社稷，可不謂忠乎。」另外在《國語》也有：「委質為臣，無有貳心。委質而策死，古之法也。君有烈名，臣無叛死。」等語。可見在先秦時，忠就是為人所稱道的行為。

《春秋》以來，史書本有懲惡而勸善的傳統。太史公自序亦云：「善善惡惡，賢賢賤不肖。」可見這本就是史書所具備的功能之一。如前一節所言，《史記》記載了許多盡忠的人物，不論效忠的對象為君王或朋友，都在收錄範圍之內。不僅如此，司馬遷還對盡忠的行為加以讚揚，如在〈張儀列傳〉中讚揚曰：「昔子胥忠於其君而天下爭以為臣，曾參孝於其親而天下願以為子。」又例如〈游俠〉與〈刺客〉兩傳雖然不以忠義為名，卻記錄了許多為主盡忠，不顧生命的事例。以至於後世將其所記載的事蹟，列為忠義的典範。在〈遊俠列傳〉中，司馬遷便讚揚這些人：「其言必信，其行必果，已諾必誠，不愛其軀。」另外《刺客列傳》中的豫讓，被司馬遷描寫得忠貞義烈。因此在《舊唐書》〈忠義傳〉中，就已褒揚豫讓「殺身成仁，臨難不苟」。影響所及，甚至在元雜劇中，還出現《忠義士豫讓吞炭》一劇，不僅題目標舉忠義二字，其內容也將豫讓描寫成盡忠死節的典範，並且在劇中還經常口出「存忠死節，受斧鉞而無怨。」、「忠臣不怕死，怕死不忠臣。」、「為主忘身，為臣盡忠」、「士為知己死，女為悅己容」等今人耳熟能詳的效忠格言。可見豫讓的忠義形象，已經藉由司馬遷的文筆而深入人心。

（二）重視身後名聲

後世忠義傳的基本功能之一就是留名，將忠義事蹟記載在史書之內，以垂後世，這本身就是一種讚揚的行為。人生在世，終須一死，若能在死後留下美名，也不枉來世上走這一遭。司馬遷在〈報仁安書〉中曾提及：「古者富貴而名摩滅，不可勝記，為倜儻非常之人稱焉。」可見他對留名後世這件事是十分在意的。

《史記》書中處處流露出對於「名垂後世」這件事的關心。如在〈伍子胥列傳贊〉中，司馬遷提到：「向令伍子胥從奢俱死，何異螻蟻。棄小義，雪大恥，名垂於後世。」〈刺客列傳〉中，司馬遷也稱讚荊軻「名垂後世」。又在〈伯夷列傳贊〉中引論語「君子疾沒世而名不稱焉」，還引賈誼「貪夫殉財，烈士殉名。」之語，在在都證明他對於身後名聲的重視。

〈刺客列傳〉中，聶政之姊聶榮不懼死亡，向眾人宣告眼前面目難辨的刺客就是她弟弟，正是因為「柰何畏歿身之誅，終滅賢弟之名！」而陳涉所說：「壯士不死即已，死即舉大名耳。」也可看出人死留名的觀念很早就已經深入人心。司馬遷信守對父親的承諾，寧受刑也要完成史記。除了表現出言必信，行必果的忠信本質。也是為了將此著作「藏之名山，傳之其人」。將自己的聲名隨著作品流傳後世。

(三)描寫死亡場面

傳記原本就在描寫人生百態，其中「死亡」是不可避免的人生階段。紀傳體史書由於大部分內容以傳記形式呈現，自然必須面對此一環節。也因為如此，在《史記》中經常有死亡場面的描寫。由死亡描述中，可反映出道德觀念、生命意義、道義氣節等深層文化思想。司馬遷對於這個環節的處理是十分重視的，尤其是對許多「非自然死亡」的傳主，他往往於筆鋒間注入感情，使讀者能夠感同身受，了解其不得不死的堅持或無奈。如〈項羽本紀〉描寫項羽兵敗，潰圍至烏江，自度不得脫。下馬以短兵接戰，尚手刃數百人，身披十餘創，乃慨然自刎。其英雄氣概，令人嚮往。

而〈吳太伯世家〉描寫吳王夫差戰敗被俘，越王欲遷其於甬東。吳王曰：「孤老矣，不能事君王也。吾悔不用子胥之言，自令陷此。」遂自剄死。又如〈李將軍列傳〉載李廣於塞外迷途失道，錯失軍機，廣曰：「廣年六十餘矣，終不能復對刀筆之吏。」遂引刀自剄。此二人英雄氣短的描述，讀之也令人慨歎萬千。

在〈趙世家〉的記載中，公孫杵臼為保存趙氏孤兒，竟自導自演，引兵殺己。而程嬰在完成了撫立大任後，也隨之自殺。這種忠君守諾的情操，也是藉由死亡的描寫而更加凸顯。其餘如秦公子扶蘇委屈自殺；周亞夫剛正不阿，絕食而死；屈原不願同流合汙，自沉汨羅江；荊軻刺秦王失敗，身負八創，自知不免，倚柱而笑，箕踞以罵而死。各種死亡情節的描述，都給讀者留下深刻的印象。

傳記描寫死亡的必然過程，事實上與後世忠義傳的寫作特點是暗合的。忠義傳著重的是傳主成仁取義的經過，也就是說，重點在人生的最後階段，而不是他的出生與成長。讀者翻閱此類傳記，心理上已經認定傳主必死無疑，只是不明白其原因與過程而已。若是前段人生敘述太長，反而會使讀者產生離題之感。由於忠義傳往往重點描述此階段，也因此常可以在此處看見當一個人面對生與死的抉擇時，其道德情操的展現。即〈廉頗藺相如列傳贊〉說的：「知死必勇，非死者難也，處死者難。」的情境。《史記》對死亡情節的處理，給予後世作者極大啟發。在死亡場面上著力，不但可讓讀者留下深刻印象，而此部分若處理得好，還可以使讀者產生景仰之心。

（四）敘述悲壯情節

由於忠義傳重視對死亡的描寫，與一般傳記重視傳主生命歷程的寫法不同，重視的反而是生命如何結束。這樣違背常情，似乎看不到人生希望的傳記，要如何吸引讀者閱讀？這就需要有悲壯的情節，以吸引讀者注意。通常就是傳主陷入了難以解救的困境，或是身受極端痛苦的酷刑虐待。歷史上每逢改朝換代之際，戰死者成千上萬，為何僅這寥寥數十至數百人可入忠義傳？這是因為他們在死前經歷了令人難以置信的磨難，或遭敵人以各種慘無人道的方式折磨至死。忠義傳正是藉由這種不正常死亡的描述，極大化讀者的心理震撼，以達成教化目的。所以忠義傳中記載的死亡方式，大都令人不忍卒睹。如唐朝顏杲卿遭割舌，斷手足，割已肉塞嘴。這種黑色驚悚的情節，其實在《史記》中的紀信受火刑，周苛遭烹殺，聶政皮面決眼，自屠出腸等記載，早已開其端。

歷史人物的死亡方式乃是既存事實，不可能由作傳者隨意杜撰竄改。因此忠義傳必須蒐集類似悲壯方式死亡的傳主，再合為一傳。由於它和一般傳記強調要活得有意義不同，忠義傳強調要死得有意義。強調成仁，而不強調成功。後世忠義傳的傳主，大多是在現實中失敗的忠臣烈士，許多傳主在現實生活中是戰敗自殺，為國犧牲，甚至是國破家亡的。這類傳主往往因陷入現實上無可挽回的絕境，無奈之下只好選擇拋棄生命。這樣的人常被稱之為悲劇性人物，他們被情勢所迫，為了忠於自己的理念，不得不做出違反人情之常的事情。《史記》的悲劇人物描寫，早已被許多學者提出討論。據學者統計，《史記》中的悲劇人物有一百二十多位。而這許多的悲劇人物之中，有許多人與後世忠義傳中的人物遭遇頗像。如《史記》中的王蠋、周苛、紀信及田橫的五百部屬，均屬此類。司馬遷於《報任安書》云：「夫人情莫不貪生惡死，念父母，顧妻子，至激於義理者不然，乃有所不得已也。」正是說明此種情境。

由此可知，司馬遷使用與後世忠義傳相似的悲壯情節及敘述手法，使讀者對書中人物產生景仰之心，雖然未明定忠義傳的類目，但實際上已經對讀者造成盡忠報國的心理震撼效果。

三　史記與後世忠義傳的差異

忠義傳將為國犧牲之人的事蹟編為一傳，使之成為流傳後世的集體社會記憶，以達到教化人民效忠的目標。但是《史記》為私人著述，沒有官修正史那般的國家壓力。加以時代間隔久遠，因此二者雖有繼承的關係，但仍存在一些差異。《史記》雖然記載了一些忠臣義士的事蹟，可是司馬遷本人對此問題的看法，卻沒有具體明確的說明。由散見全書各處的資料中，我們可以得出大概的輪廓。同時也發現，與後世君主專制強迫人民為國君效死的思想相比，司馬遷的思想反而是更為超前且靈活的。

（一）對效忠對象的質疑

司馬遷由自身的悲慘遭遇體會到，即使臣子盡心為國，但主上若昏庸不明，這樣的盡忠就會是悲劇收場。以司馬遷自身為例，他與李陵並無深交，出言相救於己也沒有任何好處。但是他為了盡忠國家而說真話，卻反遭殘酷對待。這不禁讓他反思漢朝與漢帝的差別。因此在《史記》中，也就常見臣子盡忠，主上卻無情無義的記載。更何況，君主要求臣下盡忠，自己卻又對臣子不義，這樣的例子在歷史上屢見不鮮，《史記》中也多有記述。如〈鄒陽傳〉幾乎無傳，通篇主體是鄒陽的一封闡述主上若不明，臣子就不忠的文章。如「臣聞忠無不報，信不見疑，臣常以為然，徒虛語耳。」文中並舉商鞅、文種為例，二人忠心為主，結果竟是遭害。太史公最後對鄒陽的贊語是，「鄒陽辭雖不遜，然其比物連類，有足悲者，亦可謂抗直不橈矣。」可見他對於鄒陽的看法是贊同的。又如〈屈原賈生列傳〉云：「屈平正道直行，竭忠盡智以事其君，讒人間之，可謂窮矣。信而見疑，忠而被謗，能無怨乎。」還有〈范睢蔡澤列傳〉中，范睢也曾說：「處人骨肉之間，願效愚忠而未知王之心也。」在在都反映出臣子效忠皇帝，而皇帝卻未必領情的悲哀。

《史記》載漢高祖斬丁公，其理由是「為項王臣不忠」，完全不顧其為漢取得天下所做的貢獻。忠或不忠，竟取決於人主一念之間。而〈李斯列傳〉也提到秦二世嚴刑峻法，以「殺人眾者為忠臣。」也都反映出當時忠或不忠的解釋空間太大，憑君王的喜怒就可論定的荒謬之處。〈李斯列傳〉中，還記載了公子高欲全其家：故意求死，曰：「為人臣不忠。不忠者無名以立於世。」二世聽了十分受用滿意，於是賜死厚葬，保全其家人。這真是對忠的最大諷刺，盡忠效死竟成了諂媚主上，為家人乞命的工具。

司馬遷本人對忠於國家的觀念很清楚，他雖忠於朝廷，但是對見事不明的皇帝不滿。司馬遷本人純粹出於愛國之心提出看法，卻反遭腐刑對待。以他自己來說，盡忠卻無善報，就是主上不明的結果。

（二）不贊成愚忠

司馬遷之後的朝代，對於道德教化的要求愈趨森嚴，列女傳漸漸都成了烈女傳，忠義傳也就都成了烈士傳了。可是司馬遷雖然贊成盡忠的行為，但是不贊成愚忠，也不認為盡忠就一定非死不可。雖然為了盡忠而奉獻一己之生命是可貴的情操，可是生命本身有其價值，如果可以將生命保留下來，發揮更大的功用，那比犧牲性命的意義更大。雖然他也重視留名後世，但如果能夠建功立業後再死，所留下的名聲不是更響亮嗎？

由《史記》的文字中可以看出，司馬遷重視生命本身的價值，多次強調要留下生命以完成更大的使命，有時其文字還會讓人有贊成報復的傾向。在《史記》中，經常可見司馬遷讚賞忍辱以成大業，或者忍辱以復仇的人物，這和他自身的遭遇當然也有絕對的關係。例如他對伍子胥保全性命以成功業，就給予極高評價。另外在〈季布欒布列傳贊〉中，司馬遷評論說：

> 賢者誠重其死，夫婢妾賤人感慨而自殺者，非能勇也，其計畫無復之耳。

司馬遷在這裡明確指出，真正的賢者，要能夠「重其死」，事急時只會自殺，正說明此人無能。可見司馬遷雖強調愛國，強調留名，但卻不贊成無謂的犧牲。

（三）以身名俱全為上

司馬遷對於忠義的觀點，在〈范睢蔡澤列傳〉中有較多的闡述。司馬遷借應侯之口，認為商鞅、吳起、文種三人，「固義之至也，忠之節也。是故君子以義死難，視死如歸；生而辱不如死而榮。士固有殺身以成名，雖義之所在，雖死無所恨。」這是所謂殺身成仁，捨身取義的觀點。但是蔡澤卻認為，最值得讚頌的應該是功成名就者。不僅成就功業，又能保全自身。故曰：

> 夫待死而後可以立忠成名，是微子不足仁，孔子不足聖，管仲不足大也。夫人之立功，豈不期於成全邪？身與名俱全者，上也。名可法而身死者，其次也。名在僇辱而身全者，下也。

司馬遷藉二人之口，明確表達了自己認為盡忠應該有好下場的觀念。試問若盡忠的結果都得去死，又如何能夠鼓勵臣民效忠呢？其實，忠義傳所表彰的，大都是死節之士。平心而論，和功成名就之人相比，他們在現實生活中可說是失敗的。對一般人而言，令他們心嚮往之的也應該是那些成功成名的人物，而不會想要追求壯烈犧牲的人生，這本就是合乎人情事理的想法。

司馬遷重視現世的功業。但忠義傳的人物大都身首異處，死於非命，通常是兵敗國破者居多。這樣的傳記是為了教化目的而存在的，對司馬遷而言，他既要成一家之言，又讚賞功成名就之人，寫作原則又是「不虛美，不隱惡」，所以不會刻意去寫此類傳記。但也因此招來後代一些批評，如班彪批評司馬遷：「序貨殖，則輕仁義而羞貧窮；道遊俠，則賤守節而貴俗功：此其大敝傷道，所以遇極刑之咎也。」〔金〕王若虛也批評《史記》曰：「史之立傳，自忠義、孝友、循吏、烈女、儒學、文苑，與夫酷吏、佞幸、隱逸、方術之類，或以善惡示勸誡，或以技能備見聞，皆可也。至於滑稽、游俠、刺客之屬，既已幾於無謂矣，乃若貨殖之事，特市井鄙人所為，是何足以汙編錄而遷特記之乎？」

這都是對《史記》的誤解，史記並不是不重忠義觀念，只是將其打散在各傳中敘述。而且司馬遷也絕不是僅以成敗論英雄，對於大是大非仍然是十分堅持的。例如李斯位極人臣，為秦的統一大業以及國政推行立下莫大功勞。但為了貪戀個人權位，竟可出賣朋友，甚且出賣太子。此人滿口仁義道德，為阿二世之意，故意上書曰：「烈士死節之行顯於世，則淫康之虞廢矣。」，又說「夫忠臣不避死而庶幾。」他一直到死前，還說：「吾以忠死，宜矣。」更自比為關龍逢、比干、伍子胥，認為自己是「身死而所忠者非也。」司馬遷卻看得很清楚，對此人給予毫不留情的批評，曰：「人皆以斯極忠而被五刑死，察其本，乃與俗議之異。不然，斯之功且與周、召列矣。」由此看來，司馬遷的忠義觀是毫不含糊，皦然可見的。

由忠義傳到烈士傳：殉國傳記的書寫傳統

一　前言

當前關於「烈女」與「貞女」傳記的討論十分熱烈，但對性質類似而數量更多且還持續不斷寫作出版的「忠義」或「烈士」傳，卻少有人關注。女性主義強調傳統社會文化加諸於性別上的歧視與限制，尤其是道德方面的要求，令女性身不由己，必須守節甚至自殺。但也由於傳統上要求女性「當黽勉帷闥之內」，使得與國家大義，民族氣節相關的要求，大都落在男性肩上。因此，古代男性雖享有權力，卻也背負相當的責任。司馬遷於《史記》〈田單列傳〉中，將「忠臣不事二君，貞女不更二夫」並列，正可以表達這種傳統觀念。當婦女因為道德要求必須盡節時，男性也因為其他的道德要求而必須盡忠。《論語》〈衛靈公〉：「志士仁人，無求生以害仁，有殺身以成仁。」《孟子》〈盡心上〉：「天下有道，以道殉身；天下無道，以身殉道。」就經常被引為要求殉身的依據。

傳記本有宣傳教化的功能，以溢美之辭宣揚這些烈士的義舉，便是《忠義傳》的共通主題。若這些效忠守節之人因此而蒙受嚴重的肢體創傷，甚至喪失生命，其所給予讀者的震撼將會更強烈。

二　正史中的忠義傳

司馬遷作《史記》，將某些人物以其行為或行業等畫分類別，再依類別敘述。此法一直延續下來，成為歷代正史的作傳方式。後代作者遵循此種編排方式，自行增加或減少類別，其中「忠義」一類，就不在司馬遷的規劃之中。忠義傳首見於《晉書》，然而當時雖已標舉「殺身成仁」的道德理想，但是作傳標準尚不明確，效忠的對象也不同。到了《魏書》〈節義傳〉，則是混合了後代忠義傳與孝義傳的內容，既有抗節不降的忠臣，也有孝順父母，對朋友有義的故事。甚至有安享晚年，七世共居的記載。《隋書》〈誠節傳〉的人數雖不多，但因為守節而寧死不屈，遭敵人亂斬或碎裂肢體等情節已越來越多。《北史》〈節義傳〉則混合道德高尚與為國盡忠之人，傳中大部分是效忠主題，但最後兩位卻是由《隋書》〈孝義傳〉移至此處，內容上也與盡忠無關。

《舊唐書》〈忠義傳〉雖更加強調為主效忠，但也有讓母親責打的孝順故事夾雜其中。而為盡忠而犧牲者中，有人直諫而死，有人城陷而自殺，有人戰死沙場，有人被俘不屈而死，各種不同的情況都放在一個類別之下，為死亡區分出類別的需求已經隱然浮現。

到了《宋史》〈忠義傳〉，人數多達二百七十八人，並首度為忠義的程度分出等級，以為國戰死者為最上，其次是受俘後自殺者，再次為戰爭中遇難者，最次為守節隱居者。《金史》和《元史》國祚短，人數也較少，然而寫法上與《宋史》相差不遠。

到了《明史》〈忠義傳〉則有三百零三人，不僅人數多，甚至大部分烈士均有令人不忍卒睹的慘烈死法，企圖以非同尋常的慘烈遭遇，極大化傳記的教化功能。據何冠彪的統計，明季殉國人數應為歷朝之冠。[1]僅乾隆時官修的《勝朝殉節諸臣錄》所載人數，就有三千

1　何冠彪：《生與死：明季士大夫的抉擇》（臺北：聯經出版公司，1997年），頁17。

八百八十三人。當時的編者也見到明代殉國臣子甚多，有加以區分之必要，故還為之訂出諡法標準。[2]其實據《明史》所載，在明代富強之時，也還有許多與叛軍或倭寇作戰時殉國的地方官員。

除了《明史》以外，講述明代忠臣烈士的書籍還有許多，較著者如屈大均《皇明四朝成仁錄》，高承埏《崇禎忠節錄》，徐秉義《明末忠烈記實》等。可見明末清初時對此觀念之重視。

史書中盡忠愛國之士所在多有，為何還要挑出這幾位另立一傳？其實入忠義傳並不一定代表最高榮耀，因為盡忠是德行的表現之一，若歸為一類，一方面暗示此人僅有一行可述，二方面也不方便敘述與忠義無關的行為。因此幾位地位崇高的忠臣，其實都不在忠義傳之內，如岳飛、文天祥、史可法等都另有專傳。忠義傳是對教化功能的極致追求，希望後人效法學習。但由屈大均等人窮一已之力，蒐羅義士事蹟的情況看來，此類傳記還有紀念先人的作意，此點由近代的烈士傳可看得更明顯。

三　忠義傳記在臺灣的發展

到了近代，這類強調忠義的傳記仍然不斷出版，而且以「烈士傳」的型態出現。在賴永祥《中國圖書分類法》中，於傳記類項下就編有「忠義傳」的類目，號碼為782.26。筆者以《中華民國出版圖書目錄彙編》及其各續編，搭配國家圖書館的「全國圖書書目資訊網」，查找編在此號碼下的書籍，不計由大陸出版的簡體版圖書。所得結果依時間分列如下圖：

2　〔清〕舒赫德等：《欽定勝朝殉節諸臣錄》（臺北：成文出版社，1969年），頁26。

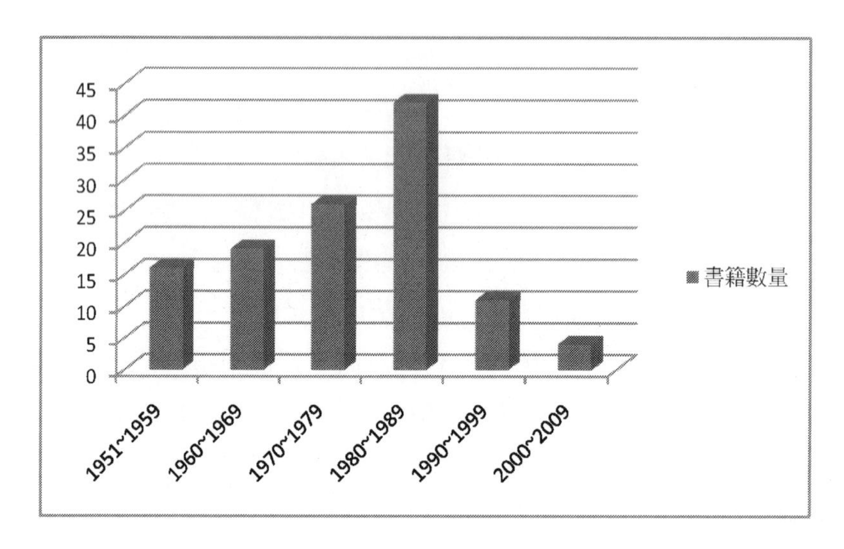

在這些書籍中，還包括了一些重印的古書，如《浙江忠義錄》、《遜國正氣記》等。還有幾部小說，如《蛙人忠烈傳》、《民族女英雄故事》等。由於圖書編目的問題，某些烈士傳記可能會編到別的分類號下，因此這個統計與實際數目還會有些許差異，不過整體的趨勢不會有太大改變。由圖上可看出，大約在解嚴之後，此類書籍大幅減少。其原因除了政府對思想控制的鬆綁之外，與當年經歷戰爭的人數逐漸凋零也有關係。

雖然將所有烈士傳都歸於國家機器的思想意識形態產物是極容易的，但恐未必然。細讀之後會發現，這些傳記的寫作目的大別之有二，一是愛國教育，二是紀念親友。雖有政府相關單位出版的傳記，但也有許多書籍是由作者一人到處訪問蒐集，或由同鄉會集合眾人徵求而來的。有的是家人所寫，有的是故舊朋友所寫，私人紀念的成分大於教化目的。也因為他們的努力，如今我們才能見到那些小人物的殉國故事。因為國家所編的烈士傳，未必顧及到一般民眾。例如國防部史政局所編的四部將士忠烈錄，是依照官階大小決定內容詳略。除了北伐時期資料難找，全部以表格略述外。其餘三部自尉官以下，都只有籍貫與殉難時地，無任何傳記。換句話說，只有軍官有傳。

國民政府遷臺早期，有許多烈士傳是同鄉會編寫的。而他們印書的錢還是向同鄉募捐而來，如《泗陽忠烈傳畧》的費用，便是同泗陽鄉親募捐而來，書後還附有捐款明細表。《蕪城忠義錄》一書則是作者周秋如蒐集家鄉揚州一地殉國烈士的事蹟編寫而成。《東北抗暴列傳》則是身為東北人的栗直到處蒐集資料而成書。另外四川同鄉會編寫了四部烈士傳，分別為《黃花崗川籍三烈士》、《蜀中先烈備徵錄》、《川籍抗戰忠烈錄》、《川籍勘亂忠烈錄》。福建同鄉會則編了《黃花崗閩籍烈士傳》。也有兒女寫父親的，如席正龍《貴州席正銘烈士革命殉國實錄》，蟻錦中《蟻光炎傳》等。此外《敵後黨務工作同志殉難事略彙編》則是很特別的一本書，談的是國民政府來臺後，又潛回大陸從事地下諜報工作的殉職者。

由圖上也可見在一九八〇年代，烈士傳特別多，這是因為當時近代中國出版社連續出版多本「先賢先烈傳記叢刊」所致。該叢書雖然數量龐大，但其篇幅大小不一，體例也不同。作者們常在序言中感嘆自己是受命為之，資料不足，不知如何下筆。已經可以看出類似作品正在走下坡，不僅社會上對於先烈們的記憶逐漸淡忘，連作者本身都不熟悉傳主。

近來對烈士的定義也放寬了，似乎又回到了早期「節義」的寬泛說法。消防人員、警察，或任何捨己救人的善行義舉均可以烈士稱之。也就是不侷限於為國捐軀的狹窄層面，轉而朝向道德高尚的自我犧牲。不是為了某個信仰或主義，也不是為了政府或國家，而是為了救人。如高雄市文獻委員會編的《英雄錄》，除了殉國官兵外，也有因救人而感染病毒過世的醫師傳記。

臺灣近幾年也出版了一些如黑貓中隊等殉國人員傳記，只不過重點在敘述史實而不是頌揚先人。以往對出版此類書籍最為積極的國防部史政局，也已將重點置於戰史的記錄，強調口述歷史的研究方法，近十年來也未再出版以烈士傳為名的書籍。

其實烈士傳記不只這些，例如各宗教都有其殉教教徒的傳記，而民間也有自費出版的為國盡忠的傳記。由現有的國軍烈士傳記引用文獻也可看出，國防部曾經編寫了多本烈士傳記，只是沒有公開。另外就是專傳的問題，如秋瑾、高志航等著名烈士，都有多本傳記，但不在忠義傳分類下，需要另外查找。

臺灣雖然已不熱衷此類傳記，不過大陸去年由新民晚報舉辦「我的父輩」大型徵文活動，並已經結集出版《我的父輩：英烈篇》，由其烈士後代記敘父親的犧牲事蹟，還曾獲優良圖書獎。可見在大陸這類型的書籍仍有市場，且持續受重視。

四　忠義傳記的書寫特性

(一) 強調死亡的傳記

和一般常見的英雄傳記不同，這類傳記沒有美好的成功結局，通常是失敗的下場。強調的不是成功，而是成仁。一般傳記的敘述都強調傳主的出生、成長，但這類傳記的重點卻在死亡。這樣沒有希望的傳記，為何可以吸引讀者，進而達到教化的目的呢？這就需要有能夠激盪人心的情節。在忠義傳裡，有許多驚心動魄的反覆廝殺；還有拼死守城，可援兵終究不至的悲壯場面；又有明知必死，卻義無反顧地撲向戰場的愛國行為。如《宋史》〈忠義傳〉記劉師勇守常州，被圍數月，援兵不至，城陷之後，

> 師勇拔柵，戰且行，其弟馬墜塹，躍不能出，師勇舉手與訣而去。淮軍數千人皆鬥死。有婦人伏積屍下，覰淮兵六人反背相拄，殺敵數十百人乃殪。

這樣的傳記不是鼓勵「功成」，而是鼓勵「名就」，強調人死留

名。事實上由書中的記載來看，許多先烈臨死前最在意的也是這件事。生命的意義在於死亡時的狀態，人活一生，終須一死，但若是為了活命而投降，那就會背上賣國求榮的罪名，一生都化為烏有。這不是鼓勵人們輕賤生命，而是把生命的重心放在最後一程的處理上。人生在世，死是一定要面對的課題。和一般傳記強調要活得有意義不同，這類傳記強調的是要死得有意義。

但是發展到後來，逐漸成為頌揚死亡。前半生很簡略，不然就是以正面的觀點，強調傳主的聰敏睿智，志向遠大等，以烘托出其後的殉身是如何可貴。或許有人認為，臨死不屈，或是自殺而不死於敵人之手，也是一種成功。當走投無路時，放棄生命本身既是一種最大的抵抗與勝利。例如《宋史》劉士昭死前說：「生為宋民，死為宋鬼。」《金史》的姬汝作：「吾生為金民，死為金鬼。」《元史》吳德新：「我生為皇元人，死作皇元鬼。」。一直到近代的戴炳南也說：「生為國民黨，死亦國民黨。」[3]這種「身為某某人，死為某某鬼」的想法，是在現實生活中落敗者，在精神上所尋求的勝利。相信靈魂的存在，也認為死亡就是最大的抵抗，一旦死了，敵人就無計可施。而且只要自己口頭上不投降，還能夠以潔白無瑕的狀態進入另一個世界。由於他們不在意生命的有無，也就更不會在意身體的受虐。因為身體只是負載生命的容器，為求早日擺脫生命被身體束縛而造成屈辱而活的困境，他們被俘後多半要求速死。也就是想早日脫離環境和身體的拘束，讓生命獲得自由。這時無論敵人對他的身體加以切、割、炮、煮，都是在幫助他達成自己的目的。因此他是勝利的，敵人以為自己是勝利者，其實他們是不知情的輸家。作者在這樣的傳記中，賦予其傳主如此的思想，使讀者了解，對這些烈士來說，名節受辱比身體受辱更為噁心可厭。

---

3 樓昌夏：《國軍忠烈傳記》（臺北：國防部史政局，1965年），頁69。

可是如果盡忠的下場就是死，似乎也不合善有善報的道理。因此近代也有一些愛國但並未殉國的故事，那就是常見的「民族英雄傳記」，其中有為國犧牲的義士，但也包含了很多堅苦卓絕，最後成功的事蹟。一九六七年出版的《民族英雄及革命先烈傳記》，在跋語就明講此部書要選的是最後成功的人物，「十年生聚十年教訓雪恥圖強者」，「而不是消極的悲憫的這一典型的人物」。[4]表示作者也有意讓讀者看到美好結局。黎明文化出版的《浩氣壯山河》，其中有多位將軍退休後含飴弄孫，安享晚年，應該也有同樣的目的。或許正史忠義傳裡選了一些終老晚年的人，不是因為標準不明，而是為了告訴後人盡忠不一定會死也未可知。

由於每一場戰爭戰死者成千上萬，為什麼這幾位可以被稱為烈士？而他人就不行？如果戰死的情節不夠悲壯，讀者也會感到懷疑，甚至覺得作者的選擇去取有問題。因此僅僅是戰死還不足以成為烈士，還必須明知必死也不退，或被俘後破口大罵而被活剮，或臨死前高呼口號被割舌等。這種為了某種理念，以生命作為代價，有時甚至是整個家族陪葬的情況，就是忠義傳的下一個特色。

（二）黑色驚悚

就敘事的內容來說，《忠義傳》可能是正史列傳中讀來最令人喘不過氣的部分，也是傳記類別中最為黑色的一類。相較於本紀的正經八百，這裡的情節既觸目驚心又讓人難以置信。傳主的死亡方式經常是慘不忍睹的，有自焚、自縊、自刎、跳井、跳河、絕食。或遭敵人支解、寸斬、抉口、鋸臂、拔舌、淩遲、剖心、抉眼擿肝，這也是此類傳記的本意，藉由不正常死亡的敘述，以達到教化人心的目的。讀者閱讀此類傳記，事實上也參與了這個教化的過程，成為教化過程的共同執行者。

4　盧元駿：《民族英雄及革命先烈傳記》（臺北：正中書局，1967年），跋語。

正史中對此有太多的記載，舉不勝舉，前人曾做了統計，「庶吉士吳爾壎，崇德人。嘗撰《死臣傳》，稱為《仁書》，傳有小序，各繫以古人之為國死忠者曰湛身、曰炮烙、曰炙、曰自剄、曰不食、曰閉口、曰稚經、曰扼吭、曰立槁、曰沒陣、曰觸、曰墜、曰鴆、曰烹、曰菹醢、曰爨、曰斬、曰車裂、曰磔、曰鋸、曰囊撲、曰剝、曰剖、曰拉、曰杖、曰笞、曰搥擊、曰刺、曰幽、曰凍、曰疽發背、曰慟哭。統論之曰：諸死者或假手於人，或憤激自裁，或罵賊畢命，身死主寤者有之，身死敵懼者有之，身死家破者有之，身死名榮者有之，要之與禽息鳥視者遠矣。」[5]

最可怖的如《宋史》〈忠義傳〉的王仙，自刎時脖子沒有割斷，竟「以兩手自摘其首墜死」，這已經是恐怖電影的畫面了。這樣的閱讀經驗和閱讀驚悚懸疑小說相差無幾。讀者翻開之前便已經知道大概會有什麼情節，每一位傳主都是必死無疑，問題只是為何發生？又會以何種方式結束生命？

這類敘述在近代的傳記中也很常見，如《臺灣抗日忠烈錄》提到蔡買生被日警用嚴刑「跪踏打十二次，生鞭輪打十五次，灌水三次，裸體鞭打九次，用木槓全身擊腫，右手大拇指打斷，昏暈五次，瀕死者三次。」[6]

又如國民黨將領張輝瓚，因為曾被毛澤東寫入詞作中，反而在大陸比在臺灣還有名。在大陸的歷史記載中，只提到他被群眾公審後砍頭。可是在臺灣的烈士傳裡，他其實是被凌虐致死的。死前被以竹籤刺喉舌，又「以油脂燃臍眼，焦爛肢體，斷其顱，裹以紅布，大書張輝瓚頭，釘於張氏祠堂之木匾上，置贛江上游漂流至吉安。」[7]

又如《泗陽忠烈傳畧》載劉傳貫被日本逮捕，「先以電刑。再綁

---

5 蘇雪林：《南明忠烈錄》（臺北：臺灣商務印書館，1969年），頁13。

6 張俊仁：《台灣抗日忠烈錄》（臺中：台灣省文獻會，1965年），頁758。

7 同註3，頁33。

於架上，埋入土中至膝，以刺刀猛刺胸腹練習劈刺，共計七刀。烈士慘呼口號之聲，聞於城內。」[8]

宋憲亭曾經統計了從事情報工作失敗的烈士們幾種慘烈死法：「（一）有對敵匪作戰自戕殉國者；（二）有被敵機濫施轟炸而殉難者；（三）有被匪集體活埋而死者；（四）有被匪軍亂刀分屍而死者；（五）有被日寇縱犬撕裂碎屍而死者；（六）有被匪殘殺火焚其屍而死者；（七）有被匪鬥爭凌遲而死者；（八）有被匪用刀由頂至腹活剝而死者；（九）有被匪殘害而將其屍體懸於城門者；（十一）有被匪用鍘刀斷肢而死者；（十二）有被匪開鬥爭會，用鐵絲穿其鼻及鎖骨遊街，再截去四肢慘遭極刑而死者；（十三）有被匪用高粱桿抽打遍體鱗傷，再以石塊打掉其右耳及下嘴巴，最後石擊其頭而死者。」[9]

在戰爭時期，交戰雙方互相殘殺，嚴刑拷打等事應是事實，因此這些事在傳記中常會出現。其實在歷代《忠義傳》中，有時也會不經意地記載了我方捉到反賊之後，也是用同樣殘忍的手段對付敵人。似乎只要是敵人，就會做出符合其身分的壞事。

（三）敵人之必要

交戰的另外一方，不僅僅被視為「他者」（Others），根本就被視為「異類」（Aliens）。只要是敵人，就不會是好人。他們嗜殺成性，殘忍無比，簡而言之，他們不是人。所以他們會任意支解人類的身體，行各種無法想像的殘酷舉動，只要大怒，就會又割又剖的宰殺人類。而這樣冷血的敵人，一旦落入我方手中，又會瞬間變得膽小如鼠，只求苟活。他們沒有道德觀念，而且殺之不盡。反觀具有高度道德情操的我方，因為能夠做更高層次的思考，了解這世上還有形而上

8 朱長忠：《泗陽忠烈傳畧》（臺北：華南鑄字廠，1957年），頁49。

9 秦烈士啟榮抗戰勘亂史料編輯委員會：《前三民主義青年團山東支團抗戰戡亂殉難烈士事蹟集（初集）》（臺北：財團法人秦烈士啟榮紀念基金會，1981年），頁252。

的道德要求，反而可以無懼於殘忍的敵人，拼死與之對抗。不過就連這樣沒有情感的敵人，有時也會被我方行為的高貴而感動，做出一些如下令厚葬等不符合其身分的事情。這樣就更凸顯出烈士行為之難得，我方則雖敗猶榮。

一旦落入了「異類」手中，生命的意義和價值又在何處呢？在烈士傳的敘述裡，投降代表自甘墮落，自降身分，不想當人，必須以異類的身分活下去，這是無法忍受的。於是罵賊而死，寧死不降等事蹟便常見於其中。甚且因為不希望妻子兒女落入敵人手中，有些人還會自行屠殺家人，不僅自己不能受此屈辱，就連家人也要一同赴死。

原本敵人兇殘是因為久攻不下，或被烈士罵得惱羞成怒。但近代的烈士傳中的敵人，都是天生的壞胚，一心一意要做壞事，完全是反面角色。藉以襯托出烈士的英勇。而一旦我方戰勝了，那些敵人又被當作小丑般揶揄。如大陸寫國民黨，臺灣寫共產黨均同。但諷刺的是，這些不像人的敵人，有些卻是之前的戰友。例如在《宋史》和《明史》忠義傳中的敵人，有許多就是之前被打敗而投降的宋軍或明兵。像是南宋末年曾堅守襄陽，兵盡援絕而投降的呂文煥，後來為元朝帶兵南下，也殺害了好幾位南宋忠義之士。明末為滿清南下略地的降將更多，而且對滿清忠心不貳，蘇雪林曾批評道：「明兵與流寇李自成，張獻忠等作戰時，動輒挫敗，與滿清軍隊相遇，更望風而逃。投降滿清以後與漢族同胞打起仗，卻又異常猛烈果敢。」鄭成功攻漳州，守將馬逢知也是一個降清的。他死守漳州，「城中原有七十餘萬人民，及圍解，存者僅一二百人。這真像張巡許遠之守睢陽了。」[10]

本文不從傳主的角度來探討其行為的成因，也不做歷史考證。而是由作者及出版者的角度來思考。通常被稱為烈士的人，應該都已經過世了。死者當然不會為自己出書立傳，這一定是後人所為。後人為

10 同註5，頁3-5。

先人立傳，當然有其目的。在國家是鼓勵愛國思想，在私人是為了緬懷先人。為了追求教化功能，烈士傳已經演化出固定模式，如果不照此模式寫作就不像。一般傳記常有的要求在此似乎都不大適用，如歷史背景說太多就不行，與殉國無關的童年及青少年成長過程說太多也不行，因為讀者明知這是烈士傳，卻苦等不到壯烈的場面。這類傳記重點在最後的盡忠過程，因此一般都不長，也多以合傳的形式出現。第二就是慘烈的死亡，如果翻開一部烈士傳，其中記載的人物並沒有壯烈的犧牲，而是安享晚年後才死於癌症，或是死於交通意外，這似乎不合題意。第三是殘酷的敵人，敵人如果懂禮貌，講法律，那至少就是同情我方，而不是敵人了。最後是忠義形象的塑造，《舊唐書》〈忠義傳〉敘說李澄為國盡忠，大義凜然。但又在結尾處說他好買田產，所購良田一望無際。這令人有錯愕之感，因為似乎不合忠義之人的形象。由此也可以看出，烈士們不僅最後的大節要守，在之前的生命中就算做過荒唐之事，作者也必須為了符合文章基調而刻意抹去。

（四）地域性

傳記的出版原本就有「地域性」，也就是在一段時間之內，某地出版的傳記，會以當地知名人物為主，且符合其政治社會狀況。烈士傳可能是和政治關連最深的幾種傳記作品之一，同樣一件事情，在交戰雙方有不同的理解。當與歷史的多面性對比之後，會讓人興起荒謬之感。在不同政權底下，甲方的烈士，在乙方就可能是負隅頑抗，不識民心向背的反動派。如辛亥革命時戰死的清朝兵將，似乎就從來沒有人提起過。如果清朝仍然存在，這批陣亡將士或許就入祀忠烈祠，成為抵抗叛國者的英雄。《川籍戡亂忠烈錄》提到夏斗樞，此人率領忠貞不二的國軍將士打游擊，但新華社卻稱他為「進行反革命活動之首惡分子夏斗樞」。又如黃樵松，在太原之戰時試圖陣前倒戈，在國民黨視為叛逆，在共產黨卻尊為烈士。而揭發他的戴炳南，在臺灣入祀忠烈祠，在大陸卻被視為賣友求榮的戰犯。又如張靈甫將軍，在臺灣的各忠烈傳中，他是舉槍自盡，壯烈成仁的。但是大陸上卻有許多不同說法，總之不是自殺。乾隆為明末抗清人士立傳，明朝編《元史》，也將反抗大明的烈士寫入忠義傳，不過兩岸目前都還未到這個階段。

所謂的「拍板定案」，就是對死者一生功過的總結，但是由之前所探討的不同立場對同一件事情可以有完全相反的「定案」來看，這樣的總結，其實是簡單化了對歷史的了解。僅以烈士傳來說，我們就看到了很多矛盾的例子，由國共任何一方來拍板都不公平。有時候各寫各的也是不得已的，因為必須為己方辯白。因此向楚在〈蜀中先烈備徵錄敘〉寫道：「以亡命塗民耳目，而烈士之前培後繼相隨屬已敗以去，以構陷以辱以死，則既一瞑而不復視，後死者至欲區區以文傳之，此其志尤可悲，而文之傳與不傳且勿論也。」[11]人的一生是複雜的，不可能幾句話就能交代，尤其不可能因為一個事件就把某人定位成某一類人物。

臺灣大學圖書館把某些大陸出版的先烈傳記編在「忠義傳」的圖書分類目（782.26）下，結果造成共產黨的先烈傳記《民族脊樑：100位為新中國成立作出突出貢獻的模範英雄人物》以及《龍華革命烈士史跡選編》，和反共而死的《吉星文、趙家驤、章傑將軍哀榮紀實》、《民國名將壯烈史》等書並列的奇特現象。由此可看出「烈士」的「各自表述」本質，不但會在不同國家、政權、地區出現，甚至因為時代的推移而出現在同一個地區之中。

（五）歷史與個人

這種傳記扮演的是歷史，而不是個人的生命書寫，個人的生命在

11 四川叢書編輯委員會：《蜀中先烈備徵錄》（臺北：四川同鄉會，1977年），頁5。

其中是微不足道的。編寫這些傳記，旨在利用傳記的基本功能之一：「頌揚」。國家頌揚愛國者，軍隊頌揚戰死者，宗教頌揚殉教者，地方志頌揚鄉先輩、家人頌揚先祖。其次是為了鼓舞民眾的激情，這種犧牲奉獻的激情，是不分效忠對象的。所以乾隆才會下令修《勝朝殉節諸臣錄》，企圖讓讀書人看了明代的忠義故事，能夠把這股效忠國家的激情奉獻在對清朝的盡忠之上。現代所出版的許多古代烈士故事，在序言就明講希望讀者能夠由古代的忠臣故事裡獲得啟發，進而效忠國家，也都是同樣的想法，

在忠義傳中可見到許多大歷史架構下不提的小事件，如各地方土匪民變，或小規模外族入侵，都是在大歷史架構下為一般人所忽略的。這些小亂事，根本就上不了大歷史的舞臺。在宏觀的歷史敘事下，往往只會以「土匪蜂起」等一語帶過。但是這些地方上的小戰事，卻有許多人為了忠君或民族氣節等原因而在此事件中喪生。這些小小的歷史片段，正是某些人一生中最大的事件。雖說個人在歷史中微不足道，但是個人卻因扮演歷史角色而流傳，歷史也因個人而為後人所知。

另外還有歷史框架的問題，如一般歷史書籍都以宋朝為正統，金國為侵略者，因此而有許多可歌可泣的抗金故事。但是在《金史》〈忠義傳〉記載，金人魏全被宋兵所執，宋人曰:「若為我罵金主，免若死。」全至城下，反罵宋主。至死罵不絕口。這是與一般認知相違背的，居然有以宋人為敵人，以金主為正統的烈士。如何能夠跳脫既定的歷史敘述架構，使大眾了解還有其他的歷史存在，也是今後知識分子的重要課題。

五　結語——對忠義的反思

烈士們臨難之際仍然忠心為國，絕對是可敬的。統治者基於穩定

政權的考量，突出強調大義凜然，以身殉國的愛國志士，編為傳記，期望民眾效法。但民間對於忠義二字似乎還有另外一面的看法，也就是突出「義」而不強調「忠」。莊子外物篇：「人主莫不欲其臣之忠，而忠未必信。故伍員流於江，萇弘死於蜀，藏其血三年而化為碧。」就是對國君的不信任。在《明史》〈忠義傳〉中，有許多地方官員，奉派到兵少民弱的偏僻州縣，只要土匪或外族一來，有的奮勇戰死，有的手刃所有家人之後再自盡。史書記載他們慘烈的事蹟，當然是希望後人效法，不過史書中也提到許多人是被故意陷害的，因為在朝堂得罪了權貴，便被派到多事之地，四顧無援，坐以待斃，可以說根本就是被害死的。這樣的忠臣義士，是出於絕望的勇敢赴死。又如新舊唐書均載張巡守睢陽十個月，兵力僅數千人，因無糧食，竟然吃了城中老弱婦孺三萬口，城破之日，城中只剩下四百人。屠殺一城百姓來盡忠守城，在現代看來十分不可思議，因此白話故事對此都略而不提。之所以如此慘烈，也是因為附近友軍見死不救。明代的《水滸傳》，所寫的都是不服國家法令，自行「聚義」梁山，替天行道的罪犯。其中也隱含了對效忠的質疑，以及對義氣的信賴。

另外就是選材的問題，太過強調某些人物盡忠的事蹟，反而模糊了對於效忠的熱情。比如不斷重複辛亥革命的某幾位烈士，容易令民眾麻木無感。如同本文之前所言，效忠的激情是不分對象的。古代效忠君主，近代效忠國家。若要進行愛國教育，其實也不必拘泥在固定的幾位先烈身上。只要讀過史書中的忠義傳便會發現，歷史上可歌可泣的盡忠報國故事非常多，而且十分悲壯感人，這些都可以做為寫作的素材，發掘出更多忠臣義士的事蹟。

參考書目

《二十四史》　北京　中華書局點校本
《中華民國出版圖書目錄彙編》　臺北　中央圖書館
四川叢書編輯委員會　《蜀中先烈備徵錄》　臺北　四川同鄉會　1977年
朱長忠　《泗陽忠烈傳畧》　臺北　華南鑄字廠　1957年
何冠彪　《生與死：明季士大夫的抉擇》　臺北　聯經出版公司　1997年
高明等　《民族英雄及革命先烈傳記》　臺北　正中出版社　1967年
秦烈士啟榮抗戰勘亂史料編輯委員會　《前三民主義青年團山東支團抗戰戡亂殉難烈士事蹟集（初集）》　臺北　財團法人秦烈士啟榮紀念基金會　1981年
張俊仁　《臺灣抗日忠烈錄》　臺中　臺灣省文獻會　1965年
游鑑明等　《重讀中國女性生命故事》　臺北　五南圖書出版公司　2011年
（清）舒赫德等　《欽定勝朝殉節諸臣錄》　臺北　成文出版社　1969年
樓昌夏　《國軍忠烈傳記》　臺北　國防部史政局　1965年
蘇雪林　《南明忠烈錄》　臺北　臺灣商務印書館　1969年

臺灣孔子傳記的出版與寫作評析

一　前言

孔子是中國歷史及文化上最重要的人物，而臺灣對於孔子思想的研究也從未間斷，長期以來已累積了相當豐富的成果。相對來說，專門的孔子傳記，作品數量就顯得較少。其作傳難度甚高，當是主要原因。由於孔子地位崇高，加以年代久遠，因此為孔子作傳從來就不是件簡單的事。但是記錄孔子生平事蹟的傳記作品，正是一般人認識孔子的重要途徑，也是進一步了解儒家學說的入門磚，其重要性不言可喻。如果能夠兼顧史實與文筆，對於推廣經典教育必有正面意義。

孔子傳記在臺灣的出版與寫作從未被有系統地探討過，究竟有哪些孔子傳記可供閱讀？其內容如何？是否真是傳記？或僅是孔子思想研究？取材依據為何？種種問題都無法恰當回答。筆者蒐羅臺灣出版之各家孔子傳記，剔除兒童讀物與歷史小說，分為以下數點加以討論。首先探討孔子傳記在臺灣的出版概況，了解實際書目；其次討論孔子傳記的取材，以明孔子生平事蹟之依據；其三將分析孔子傳記的寫作與規劃模式。

二　孔子傳記的出版概況

依據《中華民國出版圖書目錄》及「全國圖書數目資訊網」的資料顯示，臺灣自民國四十年迄今，所出版孔子傳記的數量，約有六十餘部，但其中有些書籍重複出版或改換書名重新翻印，甚至盜印，故難有正確數量。為進一步了解實際出版情況，茲分年敘述如下：

（一）一九五一至一九七〇年

最早在臺灣寫作並出版白話孔子傳記的作者，當屬張其昀。張其昀曾出版多部與孔子傳記相關作品，在一九五三年便由位於臺北市的中央文物供應社出版了《孔子傳》一書，分為十八章，五十六頁。提到孔子生平的部份不多，大多為孔學研究。之後於一九五九年出版了《孔子傳略》，篇幅更短，僅十四頁，分為八節，內容為前書的節錄。此時的孔子傳記篇幅不長，僅略述孔子幾項較為人知的事蹟。

杜呈祥《孔子》則是一部被忽略的好書，杜呈祥曾寫過多部傳記作品，又發表過〈傳記與傳記文學〉[1]一文，是臺灣早期少數幾位曾經對傳記文學做過研究的學者。在其〈傳記與傳記文學〉一文中，他呼應了胡適將「傳記」與「傳記文學」區隔的看法，認為「傳記」是屬於史學，而「傳記文學」屬於文學。他在文中也提出「我們缺乏的傳記文學作品太多了，我們沒有關於孔子的一部權威性的傳記文學作品。」並曾以孔子為例，對傳記文學的創作提出幾點意見[2]。

他於一九五五年，出版了一部《孔子》。由於作者為歷史系畢業，對於史實自然十分重視。也因為他寫過多部傳記作品，又對傳記

---

1 杜呈祥：〈傳記與傳記文學〉，《什麼是傳記文學》（臺北：傳記文學出版社，1967年）。

2 「第一、我們要知道傳記文學是史學和文學的統一物。目前一般人所說的『歷史小說』，絕不是傳記文學作品。第二、要根據資料細心研究傳記中人的人格和思想等等。一個好的傳記文學作家，應該是傳記中人的真正知己。對于一般過去或世俗的評論，尤其要屏除淨盡。例如大家因爲歷代尊孔，奉爲萬世師表，便一口咬定孔子是中國歷史上的偉大教育家，如果細心研究孔子的生平，便會發現孔子并不是一個終身從事教育事業的人，他是從事實際政治活動的，他的教育內容，也是以政治教育爲主。第三、千萬要注意文字的技巧。正如我們在上面所說，傳記文學是史學和文學的統一物。史學是求真的，文學是求美的。好的傳記文學作品必須兼有真和美的。」，杜呈祥：〈傳記與傳記文學〉，《什麼是傳記文學》（臺北：傳記文學出版社，1967年），頁20。

文學有些想法，所以本書實為一部難得的兼顧了歷史與文筆的佳作。全書敘述客觀，文筆流暢，除了敘述孔子的事蹟和思想以外，也談到孔子的生活和為人處世態度。雖然作者仍然視孔子為聖哲，但書中盡量由客觀的角度著筆，也就是其書自序中所謂的「從人文研究的觀點，去發掘孔子成為聖人的經過和他對人類的影響。」

一九五七年，臺北市中國文教出版社出版了《孔子聖蹟圖》，本書由孔子哲嗣孔德成先生掛名，以宣紙對折線裝，外附金色緞面封套，在五十年前每套售價新臺幣三百四十元，十分昂貴。每幅圖畫均為孔子生平事蹟的片段，並有簡短介紹，圖中文言題辭均有白話翻譯。不過書前序言有誤導讀者之嫌，乍看之下，容易以為是全新的原創書籍。[3]但本書在一九八四年由文思出版社重新出版時，已自承乃翻印自一九三四年北平民社圖書館的版本。此部孔子聖蹟圖的原稿與目前曲阜所藏之明代彩繪三十六張孔子聖蹟圖十分相似，構圖及圖畫提名均相同，只不過人物畫得較為粗疏。

張其昀在一九六〇年，另出版了《孔孟聖蹟圖說》一書，以孔府、孔廟、祭孔大典、古代禮器等照片，搭配文字講解說明。嚴格說來，已經不屬於孔子傳記的範疇。或許因為時代因素，偶有反共抗俄等文字。不過此書與《孔子聖蹟圖》內容完全不同，不可混為一談。

一九六一年由東方出版社所出版的《孔子》，乃是一本兒童讀物。而一九六三年，由瑞成書局出版，署名丁寅生的《孔子演義》，則是一本歷史小說，後雖重印多次，但不列入討論。

一九六三年出版的《孔子的生平》，作者署名劉邁，乃是翻印自大陸的書。本書在大陸和臺灣都被私自翻印多次，原作者為李長之。書局為了規避檢查，將書中許多帶有共產主義色彩的字句刪去，但仍

---

3 書前編輯提要一云：「本書編輯之動機，緣先聖孔子之人生哲學，及政治主張，均足以為自由民主國家表率，以孔子生平之事蹟：基於四書、春秋、左傳、史記『孔子世家』、孔子物語、孔子編年等之記載，繪成圖畫。」

有刪除未盡之處，如第十二節標題為「孔子和魯國貴族的鬥爭」，依然十分明顯，後有詳細討論。

一九七〇年，臺灣商務出版廖競存所著《大哉孔子》一書，書前有鄒魯所題原書名《孔子學術思想之體系》，寫明序於陪都。書中關於孔子的生平僅有簡單的傳略。

由以上分析可知，在民國六十年以前出版的孔子傳記，大部分都是簡短的傳略，僅有少數長篇嚴格意義的傳記作品。

（二）一九七一至一九八〇年

依蒐集資料顯示，一九七一至一九八〇年所出版的孔子傳記不多。臺灣中華書局在一九七一年曾重印梁啟超的《孔子》一書，此書初版於一九三六年。本書大多為孔子學說的介紹，僅有兩頁「孔子事蹟」的簡短介紹，另外最後則有《世界偉人傳第一編孔子》的殘稿，僅有四頁，寫了發端及孔子與時勢兩部分。

一九七四年所出版的《孔子》一書，則為童行白所著，該書表明一九四七年曾出版過滬一版。與梁書在寫法上相近，亦是分為數編，但也只有第一編介紹孔子的生平。

張其昀在一九七四年又出版了《孔子新傳》一書，篇幅增加許多，分為孔子的世系、師承、生平、遊蹤、生活、風度等七章，最後是總結孔子對人類文化的貢獻，本書於二〇〇六年再版。

而前述大陸學者李長之的作品，在一九七九年又被盜版一次，書名為《孔子的故事》，作者化名端木鐸。出版社在書中作了少許改動，或添加一兩段文字，或改寫幾句話，不過整體並無改變。此書還曾榮獲臺北市新聞處推薦最佳優良讀物，可見兩岸資訊之不流通。

（三）一九八一年至一九九〇年

一九八二年，由劉亶忠掛名，中華史記編譯出版社出版了《孔子畫傳》一書。本書分為兩部分，第一部分即前述《孔子聖蹟圖》；第二部分則為單篇文章集合，收錄錢穆、孔德成論孔子思想的文章。不過最後三篇〈從中都宰到司寇〉、〈專心從事教育工作〉、〈整理詩歌和音樂〉等，卻又是由李長之《孔子的故事》一書而來，連篇名都一字不改。另收錄〈孔子的才藻〉、〈孔子的遺產〉兩篇文章，則是由陳香《孔子的風采》一書而來，也同樣未具名。

一九八三年出版了兩本孔子傳記，一是沈映冬選輯，中國禮樂學會出版的《孔學講義》〈孔子的生平〉；另一本為黎東方所著，華欣文化出版的《孔子傳略》。沈書主要為孔學研究的論文集，共二十六篇，其中僅有吳敬恆於一九四四年所寫的〈孔子的生平〉可稱為孔子傳。

而黎東方《孔子傳略》較為特殊，為中英對照版本，一面中文，一面英文。為方便對照，所以都是簡短的段落。黎東方本人為歷史學家，曾經以講史聞名，擅長以通俗筆調講述嚴肅歷史。曾於國外留學並任教多年，中英文俱佳。故其書淺顯易讀，可惜篇幅過短。其子在序言中提到，他父親寫此書寫了一年，自承：「我從來沒有寫了這麼多的日子，才寫出這麼一本薄薄的書。」

一九八七年，東大圖書出版了最具學術價值的一部孔子傳記，即錢穆的《孔子傳》。本書旁徵博引，為孔子生平編年立下堅實基礎。對於孔子生平有歧說之處，均有「疑辨」，說明何者為是，何者為非。錢穆綜合司馬遷以下各家考訂所得，於書中對孔子世家的內容提出許多質疑及修定意見，重新為孔子作傳。其書最大宗旨，乃在孔子之為人。錢穆並且認為，孔子生平的重點第一是自學，其次是教育，其三是政治。最後才是著述。

一九八七年戒嚴令解除，一九九〇年，國文天地出版社終於以李長之原名出版了《孔子的故事》一書。原書是一九五六年由上海人民出版社出版，此書考證詳實，尤其難得的是文句流暢，疏落有致。大陸學者于天池、李書二位認為此書「行文風格紆徐疏朗，有一種敘事詩的味道。」[4]由於文字簡明易懂，敘事有條理，也不會陷入歷史考據或思想介紹，因此該書在大陸就曾於一九八三年被盜版，作者化名石穿。而此書在臺灣流傳甚久，也都以化名出版。

（四）一九九一至二〇〇〇年

此時期最大的特色就是影視作品大量出現，如公共電視臺製作的《孔子傳》，僑委會製作的《至聖先師：孔子》，無盡燈儒佛學會出版的《論語動畫篇：孔子與弟子的故事》等。

一九九四年，幼獅文化出版了由蕭進銘所著的《孔子：千古不滅的人格典型》。本書屬於中國人叢書之一，該叢書的宗旨乃是藉由傳記的介紹，樹立個人處世的標竿。不過由於作者本身研究思想史，因此最後的成書較接近孔子思想介紹，而不是孔子的生平。

此時期也還有文集形式的孔子傳記，如一九九三年出版的《孔子的生平及其教育思想》，作者為孔服農及陳飛龍；一九九四年出版的《孔子的風采》亦屬此類，作者陳香。

一九九六年出版的《孔子的故事：從歷史到歷史劇》，雖是電視劇的劇本，不過書前的序言〈流浪者之歌〉一文，對孔子的生命階段的論定，提出許多重要的看法。

一九九九年，由黃潔怡所著的《孔子的故事》，則是另一本新的畫傳。其書主要採取丁寅生《孔子演義》的情節，再參酌其他孔子傳記重新繪製而成。

（五）二〇〇一年後

此時期的孔子傳記突然急速增加，主因是兒童讀物、漫畫書及影

---

4 于天池、李書：〈李長之和他的《孔子的故事》〉，《孔子的故事》（北京：北京出版社，2002年），頁10。

視作品數量增多，同時也有許多海外學者及大陸作家所著的孔子傳記在臺出版所致。

海外學者如金安平於二〇〇八年出版的《孔子：喧囂時代的孤獨哲人》以及邵耀成於二〇一〇年出版的《孔子這個人》可為代表。二書均以有別於兩岸習見的切入角度，企圖將孔子思想與生平結合，甚至是由孔子的思想探討孔子生平。

大陸作家如王丕震《儒家大師孔子》，何燕江《孔子》，鮑鵬山《孔子是如何煉成的》，孔祥林《圖說孔子》等書，也都在此時期出版。反映出大陸對於孔子的重視，以及學界對於孔子生平的一些看法。

臺灣作家作品最重要者當為王健文所著的《流浪的君子：孔子的最後二十年》，作者本身為成功大學歷史系教授。全書極特別的把重點置於孔子最後二十年的人生，尤其是孔子晚年的失意與不得志。老妻獨子均離他而去，早期弟子子路、顏回也先一步過世，而從政弟子如冉有似乎也沒有遵守他的教誨。更重要的是時代環境正在改變，孔子要回復以前的禮樂制度也已經不可能了。作者認為此時期可用「挫敗」、「流離」、「焦慮」、「傷懷」等來註記孔子的心情。此書也將孔子的經歷與《論語》結合，尤其著重描寫孔子晚年的感概，及從政弟子與他的分歧。

由孔子傳記的出版概況反映出一個現象，就是社會思潮的變化對傳記的重大影響，即使是同樣的一位古人，其傳記的寫作與出版也會因社會變遷而有相應改變。尤其以孔子的身分之高，其地位隨著政治與社會變化而升降浮沉的現象更是明顯。臺灣原本就重視傳統文化，對孔子一向極為尊崇。在大陸發生文化大革命的同一時期，臺灣發起「中華文化復興運動」，強調中華文化的傳統價值，並以中華文化的保衛者自居。此運動內容包含甚廣，由思想到戲劇以及古籍的重新整理出版。在教育上並以儒家傳統思想作為學校倫理教育的基礎，該運動一直進行到八〇年代才逐漸停止，此時期的孔子自然而然成為崇敬的對象。在當時所出版的孔子傳記中，均把孔子視為「聖人」而非凡人，可以說是承繼了清末民初以來對孔子的一貫看法，將孔子視為神聖而不可質疑的精神標竿。

但在一九八七年解除戒嚴之後，隨著政治與思想的鬆綁，以及時代的演進與社會思潮的改變，對於孔子的地位，逐漸浮現出許多不同的看法與評價，某些看法甚至是極端對立的。因此晚近所寫的孔子傳記，較不把孔子視為不可懷疑的「萬世師表」，而是希望能夠還原孔子的真實人生，換句話說，更重視所謂「歷史重建」的工作。而大陸近年來重新省視文化傳統的價值，對孔子的重視程度，已經超越了臺灣，這個現象也表現在孔子傳記的寫作上。目前臺灣新出版的孔子傳記，幾乎都是大陸作家的作品，臺灣作家寫這個題材已是少之又少。但近年來臺灣雖已不再熱衷孔子傳記的寫作，並不代表不重視孔子的生平對大眾的啟發，主要是因為重點已經轉移到孔子生平的電視劇或影集拍攝。例如中華電視臺拍攝《孔子傳》，不但考據嚴謹，還將劇本以及寫作過程中的種種考量寫成《孔子的故事：從歷史到歷史劇》一書，期望能成為將來歷史劇編寫的範例。而公共電視臺也與日本NHK及韓國KBS電視臺合作，製播《孔子傳》動畫。另也有多部以孔子為主題的漫畫出版，還有舞臺劇，說書等形式出現，均可看出以其他媒體形式普及孔子生平的用心。

三　孔子生平的依據

孔子是距今兩千五百多年前的人物，生平資料甚少，蒐羅不易。加以真偽夾雜，難以斷定。若無相當學問，熟悉理解其思想脈絡，了解當時社會政治情勢，要將歷史上許多隻言片語編出順序，排入年譜，再寫成文辭並茂的傳記，幾乎不可能。也因此由孔子思想的各個層面所作的研究非常多，但探討其生平的著作較少，而以書籍形式出版的孔子傳記更少。

在這樣的現況下，取法的標準就十分重要。為孔子作傳，理所當然必須廣泛參考先秦各相關古籍，不過由於最早的孔子傳記出現於《史記》〈孔子世家〉，加以司馬遷的時代距孔子還不算太遠，故此篇傳記經常被視為經典。有學者甚至曾認為「孔子及其弟子的生平，在司馬遷的《史記》裡〈孔子世家〉及〈仲尼弟子列傳〉，已經說得很詳細，可以不必再去研究了。」[5]因此許多孔子傳記便是以《史記》為主要生平依據。例如梁啟超就認為對於孔子生平的取材依據，當以《史紀》〈孔子世家〉為底本：「孔子事蹟流傳甚多，但極須慎擇。如孔子家語，孔叢子兩書，其材料像很豐富，卻完全是魏晉人偽作，萬不可輕信。史記算是最靠得住的古書，然而傳聞錯誤處也不少，所以孔子世家也不能箇箇字據為事實，只好將他作底本，再拿左傳論語禮記及其他先秦子書來參證，或可以比較的正確。」[6]

又如杜呈祥的《孔子》也是相同看法，其自序云：「在孔子事蹟的敘述方面，當以《史記》〈孔子世家〉一文為主。而兼採左傳，孔子家語等書的記載。」[7]

不過〈孔子世家〉的內容真偽雜揉，且某些部分過於簡略，難以恰當解讀。例如其中所提到的「野合」二字，歷代學者說法不一，但至少有四種不同說法。而「殯五父之衢」一句該如何解釋？也有各種相差甚遠的情節。這其實也是為歷史人物作傳的共同問題及困難，亦即除了資料蒐集還有資料詮釋的問題。傳記作者往往只能憑藉個人的學養，自行採用其中一個說法為依據。例如錢穆認為孔母顏氏卒於孔子十七歲時，但梁啟超認為應是二十四歲，彼此也都有證據，後出的學者往往是擇一採信。

---

5 高明：《孔子及其弟子事蹟考詮》（臺北：三民書局，1991年），序，頁4。

6 梁啟超：《孔子》（臺北：臺灣中華書局，1971年），頁1。

7 杜呈祥：《孔子》（臺北：協志工業振興會，1958年），自序。

孔子的時代沒有口述歷史，但他的弟子卻為我們留下了一部珍貴的語錄，就是《論語》。《論語》除了記載了孔子的思想言行之外，也在無意之間為孔子的人生留下了許多寶貴的定位點。其中提到的某些人物、情勢、事件都可以參照《左傳》等其餘先秦古籍找到可資參照的時間與歷史背景。其實早在司馬遷寫《史記》時，就已經開始著手進行這項工作。《史記》〈孔子世家〉中，我們已看到許多《論語》中的對話片段被熔鑄進孔子的生平之中。可是孔子傳記中任何對《論語》的引用與白話翻譯，都牽涉到對《論語》的解讀，以及歷朝歷代學者註解《論語》的不同學派觀點，絕對不是翻譯成白話這樣簡單的事情而已，作者的認知觀點與學養深度往往就呈現在這裡。

錢穆先生將《論語》視為為孔子作傳的第一手資料，因為這是孔子的語錄，時代最接近，可信度最高。他對〈孔子世家〉的內容則多有懷疑，認為應該以《論語》為主。錢穆認為：「孔子生平言行，具載於其門人弟子之所記，復經其再傳三傳門人弟子之結集而成之論語一書中。其有關於政治活動上之大節，則備詳於春秋左氏傳。其他有關孔子言行及其家世先後，又散見於先秦古籍如孟子、春秋公羊、穀梁傳、小戴禮記檀弓諸篇，以及世本、孔子家語等書者，當尚有三十種之多。最後，西漢司馬遷史記采集以前各書材料成孔子世家，是為紀載孔子生平首尾條貫之第一篇傳記。」[8]「然司馬遷至孔子世家，一則選擇材料不謹嚴，真偽雜糅。一則編排材料多重複，次序顛倒。後人不斷加以考訂，又不斷有人續為孔子作新傳，或則失之貪多無厭，或則失之審覈不精，終不能於孔子世家以外別成一愜當人心之新傳。」錢穆提出《論語》與《左傳》乃是為孔子作傳的最主要資料。《論語》記載了孔子的生平言行，而《左傳》則可考知其政治活動大節。至於司馬遷采集以前各書材料所成之孔子世家，則為「紀載孔子

---

8 錢穆：《孔子傳》（臺北：東大圖書公司，1987年），頁1。

生平首尾條貫之第一篇傳記。」因此下筆之時，「終以論語各篇為取捨之本源」。

但《論語》並不是依照孔子的生平而編寫，使得這樣一部重要的語錄無法很好的與傳記結合。雖然書中偶有一些線索，可讓傳記作者查出是在甚麼年紀時說出這樣的話。但更多的篇章沒有記載說話當時的情境。新約聖經中的四福音書與《論語》十分類似，二部書都是門徒們記載夫子的言行，以流傳後世。然而二者最大不同之處在於，四福音書基本上依照編年順序寫作，且四部書內容大致相似，可互相參照補充。然而《論語》成於眾手，並不依照時間順序編寫。這使得將《論語》與孔子生平結合的這件事變得十分複雜。雖然如此，這畢竟是孔子言行的第一手資料，況且某些章節有明顯可見的時間線索，可以為我們提供寶貴的生平佐證資料。

童行白《孔子》一書，也是採取同樣觀點，將論語視為主要依據，「本書所引，以論語為主，兼及於中庸、大學、孟子、史紀、春秋、公穀等書，而於崔東壁的洙泗考信錄、胡適之的中國古代哲學史大綱，每得有力之參證，不敢掠美，特此聲明。」[9]

杜正勝為電視劇考證孔子生平，所採用史料也以論語為主，背景資料則參用左傳。他認為：「《論語》有些章節可以比較肯定地估測年代，作為孔子行誼、言論、思想和人格的定點，那麼孔子人格的發展就有些軌跡可循了。」他並且提出三個明確的取捨判定方式：「定點標準之一是人物，譬如孔子與魯哀公的問答，都應在孔子六十八歲周遊列國返魯之後。」「定點之二是情勢，譬如閔子騫辭費宰，必定是在陽虎出奔、公山弗擾以費叛之後，至墮三都之前，大概在孔子五十二、三歲之間。」「定點之三是事件。譬如衛君父子爭位冉有問夫子是否站在衛出公這邊，應該是六十三歲到六十八歲之間第二度居衛的

9　童行白：《孔子》（臺北：地平線出版社，1974年臺一版），頁1。

事。」此外就是藉由弟子的生平推斷孔子事蹟，「孔子歷史的重建工作有一個重要關鍵就是他與學生的年紀要把握準確，我們主要依據《史記》〈仲尼弟子列傳〉，司馬遷每每紀錄某人與孔子相差的歲數，他大概是根據「弟子籍」來的，基本上與《孔子家語》符合，應該可信。這樣《論語》所記載的師生對答才能適當安置，而孔子的行誼以及人格或思想的發展也才可能比較正確地顯出來。」[10]

由以上討論可以看出，今人為孔子作傳雖必須博採眾書，但最重要的底本仍是《史記》與《論語》。而有此底本仍不足以作傳，因為還有三大難處必須克服：第一，孔子生平事蹟雖有流傳於世者，但真偽難辨，固然歷代不乏學者對孔子生平提出可貴的看法，但也不斷有學者提出質疑。其次，孔子事蹟若有確實可信者，其先後順序為何？如何判定？亦是考驗作者的一大難題。再次是對《論語》等古籍的引用及如何解釋與翻譯的問題，如果資料確然可信，我們該如何理解古人的文句？由此也可見為孔子作傳，除了堅實的史學素養外，還必須融會貫通孔子的思想，方能為孔子生平做出推斷。雖然為孔子作傳有以上三個難處，但數十年來為孔子寫傳的嘗試仍從未間斷。

四　孔子傳記的寫作形式

孔子傳記如此難寫，究竟該如何下筆？由第一節對書籍的分析看來，許多孔子傳記書中，僅有某一單篇文章提到孔子生平，其餘篇幅則探討別的議題，這是因為資料不足而不得不採取的作法。而在其餘的孔子傳記中，作者們大都採用以下三種方式組織孔子生平故事：

10 杜正勝：〈流浪者之歌〉《孔子的故事．從歷史到歷史劇》（臺北：時報文化出版公司，1995年），頁8-9。

(一)按照生平事蹟順序

這應該是一般人心中的孔子傳記型式，但事實上卻不是數量最多的。此類型的孔子傳記重視生平事蹟的編年描述，如錢穆《孔子傳》便是其中代表，還有黎東方《孔子傳略》、王健文《流浪的君子：孔子的最後二十年》等，另外畫傳如《孔子聖蹟圖》也都是採取這種型式。這樣的寫法必須徹底了解孔子的生平事蹟順序，有時還必須交代對於生平事件的考證過程，所以難度甚高。由於對於孔子生平年代的編排仍有歧異，再加上孔子生平事蹟確實可證者並不多，若僅以此成書，篇幅顯得過短，因此採用此型式者不多。

為彌補孔子生平事蹟不多的問題，目前的作者會在書中描述當時的歷史及社會狀況，介紹事件的前因後果，或是解釋孔子思想在其間所展現的價值。一方面給予讀者閱讀時的背景知識，一方面也可也由各不同角度烘托出孔子的為人。

(二)主題式

大部分孔子傳記採用主題式寫法，也就是將孔子分為若干研究主題，分別細述。好處是容易編寫，許多無法確定年代的事件，可以依照主題說明，不易遺漏。缺點是脫離了傳記敘述的本質，容易成為「孔子研究」而不是「孔子傳記」。

例如童行白的《孔子》一書即是，本書分為四編：第一編為孔子的生平與環境；第二編為孔子的哲學思想；第三編為孔子的不朽事業；第四編為偉大的孔子。這其中只有第一編是傳記，其餘都是對孔子思想的介紹。

又如陳香《孔子的風采》也是相同作品，本書分為孔子的身世、孔子的時代、孔子的才藻、孔子的情趣、孔子的門生、孔子的遺產等章。各章之間不相統屬，互不連貫。

王孺松《孔子生平與學說》則分為孔子之先世及誕生、孔子之幼時及成年、孔子天道觀、孔子為人師、孔子與其時代背景、孔子與政治、周遊列國、孔子與教育、孔子晚年、曲阜聖地，共十章。明顯可見各章均有不同主題，彼此也不易串連。

張其昀的《孔子新傳》可說是此類型發展到極致的代表，該書旁徵博引，是極詳細的一部孔子研究專著。其中將孔子的生平、孔子的生活、孔子的遊蹤、孔子的風度、孔子的師承等各立章節。每一章中各有子題，如孔子的師承中便分為「孔子問樂於萇弘」、「孔子學鼓琴於師襄」、「孔子問官制於郯子」等節詳加敘述。優點是各子題所有相關資料均集中於一處，方便閱讀。缺點則是，為了符合標題，必須將不同時期的事蹟寫在同一節之內，忽視了生命依附時間而存在的基本自然規律。如「孔子與魯定公」一節，便將所有相關記載條列出來，這些事件跨越了孔子十二歲至三十五歲的人生，這段時間中孔子所做過的其他事情則在其他章節中出現。跨越時空的寫法在傳記中很常見，但是需要作者詳加規劃，以免讀者混淆了前因後果。本書如果能夠將各小節有條理的整合起來敘述，相信會更理想。

對於一位兩千多年前的人物，作者限於史料而不得不做如此安排，其實也是不得已的。隨著孔子研究的日益深化，目前新出版的作品已經逐漸擺脫了這種寫法。

（三）結合其他研究

有些孔子傳記將生平事蹟作為全書的一部分，類似正文開始前的背景介紹，其餘部分則是某一專題的探討。其實若將認定的範圍擴大，許多孔子思想研究的專書都可列入此一類型。

例如孔服農、陳飛龍《孔子的生平及其教育思想》，前半部為孔子生平，後半部為孔子的教育思想。又如袁金書《孔子及其弟子事蹟考詮》，本書分為兩部分，第一部分是孔子傳，第二部分是弟子傳。

這類型書籍發展到極致就會像沈映冬《孔學講義》〈孔子的生平〉一樣，成為單篇文章選集，全書僅有第一篇為孔子的生平，其餘二十五篇均為孔子的相關研究。孔子的教育、文學、政治思想當然都可算是其人的一部分，只不過若能融合進生平之中，將會是更成功的傳記。

除了以上三種形式之外，還有一種不斷反覆出現的形式，就是畫傳。以孔子生平為主題的畫傳從未消失，漢代以來便有許多描繪孔子的圖畫出現，但是描繪孔子一生的多景式圖冊，則是由晚明開始流行於民間[11]。而如前所述，臺灣重新翻印出版的各《孔子聖蹟圖》均是翻印一九三四年北平民社圖書館出版的本子。其書乃是李炳衛在蒐集古今地圖之際，無意中在書肆中購得。據考證，此本與山東曲阜孔廟的木刻本最為接近[12]。

晚近許多孔子傳記的兒童讀物，均以漫畫形式出版，也算是畫傳之一。畫傳的好處是能夠片段呈現，無須顧慮文字資料太少的問題，只要把孔子人生中某幾個重要事件串連起來，便可成書。既容易寫，又可收老少能解的宣傳推廣之效，故能夠不斷有新作問世。

五　結語

孔子的生平事蹟，在歷朝歷代許多學者的研究之下，基本上所能找到的史料應該都已經被探討過了，除非考古上有新發現，否則很難再有更多的資料。也就是說，孔子人生中的某些空白，或許永遠都補不起來。例如孔子的童年及受教育過程究竟如何，向來不被討論。孔子本人是位活到老學到老的人，自不待言，但是他早期的基礎是如何

11 許瑜翎：〈明吳嘉謨《孔聖家語圖》版畫研究〉，《史物論壇》第19卷第14期（2008年12月），頁75。

12 黃偉林：《孔子的魅力：重溫孔子聖蹟圖》（桂林：廣西師範大學出版社，2007年）。

打下的？目前都無法清楚說明。六藝的學習需要老師，也需要金錢支持，但孔子三歲喪父，孤兒寡母，如何進學學藝？那些孔子後來賴以為生的相關技能與知識是如何學會的？其基礎養成教育過程目前仍不清楚。少數傳記碰觸了這個問題，有的作者認為孔子是天才，不需經過正式教育，只需要到處請教，就能無師自通許多學問。[13]也有傳記認為孔子出身士族，「自小必接受了一些士族家所應有的禮、樂、射、御、書、數等六藝的教育。」[14]都沒有證據可支持。不過以歷史人物傳記的角度來說，有時某些新資料會在不經意之中出現，一但出現了，就會改變對傳主的許多既定看法。而對於現有資料的重新解讀，也會改變對同一位傳主的認知。

此外，早期孔子傳記多僅僅呈現孔子的生平事蹟，研究孔子思想的專家則專注於其思想領域的論題，少有人將二者結合。如果只有孔子的生平，看不出孔子學思成長的歷程，這樣的傳記也就不易給予讀者感動的力量。將來的孔子傳記，應可以孔子生平及歷史環境為綱，思想發展歷程為緯，重新呈現孔子作為一位活生生的人的時候是如何與當時社會連結，如何應對當時情勢，又如何由當時的情境中引導出更深一層的思想，如此對讀者的啟發將會更大。另一件更困難的工作是，如何由孔子的思想進程來推斷其生平事蹟？《論語》中常見孔子對某一論題有不同的解釋，以往均認為這是孔子因材施教的明證。但由傳記的角度看，孔子是否可能在人生的不同階段，隨著學思歷程的增進，對同一個問題有了新的看法呢？這就需要了解春秋時期的歷史與孔子生平事蹟，還必須熟讀論語等儒家經典，以重新詮釋孔子的人生歷程。

---

13 如廖競存《大哉孔子》提到「（孔子）雖沒有從過一定的老師，但是生來天資很高，又肯虛心下氣的請教人家，所以他的成就就超乎一切人之上了。」廖競存：《大哉孔子》（臺北：臺灣商務印書館，1970年臺一版），頁22。

14 籲進銘：《孔子：千古不滅的人格典型》（臺北：幼獅文化事業公司，1994年），頁31。

臺灣早期較重視儒家思想教育，近年來則有趨於兩極的看法。有人認為儒家經典可以陶冶性情，培養道德。但也有持反對意見者，認為儒家思想不是全盤皆美，有些想法已經不合時宜，不必如此強調。關於這樣的問題，如果能夠將論孟教學與孔孟傳記結合，由孔子的生平了解當時孔子思想的來由，而不僅僅是要求學生背誦《論語》中片段的語句，相信對於幫助後學者一定會有很大的幫助。目前的孔子傳記，如前述金安平《孔子：喧囂時代的孤獨哲人》，邵耀成《孔子這個人》等，均致力於將思想與生平結合，尤其著重在環境與遭遇如何影響了孔子，以及孔子自身的思想如何引導出下一個行為。這雖然是很困難的工作，不過我們已經可以見到相當的成果了。

臺灣當代宗教人物傳記

一　前言

傳記本有激勵人心，引領效尤的功能。而各宗教為吸收信眾，亦會採用傳記的型式，以其教內之大師或聖徒之生平事蹟，作為傳教與宣道之重要工具。由於宗教是一種體悟，許多經驗是難以用言語說明的。傳記正好提供了實際的例證，一方面為讀者呈現了凡人如何能夠藉由宗教的修行獲致生命的超脫成長；另一方面也為教內人士提供犧牲奉獻的典範，使其信徒有可以效法學習的對象。因此在各宗教內幾乎都有其教內人物的傳記出版。

本文標舉臺灣當代宗教人物為主題，乃是指全職的宗教人士，如佛教的比丘、比丘尼；天主教的神父、修士、修女；基督教的牧師、長老等。至於某些為宗教奉獻的居士，因認定較困難，故不予採計。

本研究的書目來源採用國家圖書館所出版的《中華民國出版圖書目錄彙編》一至七輯，其收錄年代由一九四五至一九九三年。一九九三年之後則參考各年度《中華民國出版圖書目錄》，不過該目錄於二○○四年出版光碟版之後即不再續編。故二○○四年之後的書籍則根據國家圖書館國際標準書號中心的書目資料庫，以及全國圖書資訊網的檢索資料。主要檢索範圍是各宗教項下的傳記圖書。

由於本文是以臺灣當代人物為考察對象，所以分類上首先採取地域原則，即必須是曾經在臺灣生活一段時間者，因此像是弘一法師、印光法師、教宗若望保錄二世的傳記；凡此雖在臺灣有傳，但不在統計之列。或倓虛大師，生長在大陸，圓寂於香港；還有剛恆毅樞機主教，一九三三年即由大陸返回義大利，均不討論。目前也有大陸當代宗教人物的傳記在臺灣出版，也不列入研究範圍。此外，基督教及天主教翻譯並出版了很多外籍宗教人物的傳記，但其一生均不在臺灣，也不予討論。

其次是時間原則，盡量以一九四五之後還在臺灣者為主，因此像是佛陀的傳記，或是張三丰的傳記便不著錄。基督教有許多傳教士來臺多年，卻在一九四五年之前過世，像是馬偕醫師，由於其至少符合第一原則，故也列入討論。此外年譜以及兒童讀物也不在討論範圍之內。

各寺廟或教會也會自行編印教內人物傳記，由於蒐羅不易，目前先以圖書館著錄者為主。

二　宗教人物傳記的歸屬

宗教人物傳記既然與宗教有密切的關係，是否就等同於宗教的一部份？它能否具有獨立的傳記性格？這是個有待探討的問題。

在中國的歷史上，梁慧皎《高僧傳》在《隋志》〈史部〉歸屬於雜傳類，也就是將僧尼與孝子名士，童子列女等各種人物並列。當時是以社會的組成分子的角度來看，認為宗教人物也是社會人物的一部分，故與其他人物歸併在一起。

但是在現在的圖書分類上，卻是以宗教的特殊性質為考量，預先作了認定。例如在臺灣使用最廣的分類法是賴永祥所編訂的「中國圖書分類法」，其中在史地類（編號700）項下列有「傳記」一類，大部分的傳記作品也都會歸於此類，編號780到789即是分配給傳記使用，例如中國人物傳記的編號是782。但是在「宗教」項下，卻依照宗教的區別，另外規畫了各宗教的傳記，並將宗教人物的傳記歸於此項下。如佛教傳記（229），道教傳記（239），基督教傳記（249），伊斯蘭教傳記（259），猶太教傳記（269）。也就是說，宗教人物的傳記在史地類下的「傳記」項中是找不到的。

這樣的情況不是臺灣所獨有，在中國大陸使用的「中國圖書館分類法」中，對傳記有相當詳細的劃分，傳記的編號為K81，「中國人物傳記」則編在（K82）項下，其中按照人物的特徵和職業又細分了包括法律、軍事、音樂等至少五十三種不同領域人物傳記。唯獨宗教人物卻特別被提取出來，獨立在「宗教」類的「宗教家傳記」（B929.9）底下，分別為佛教傳記（B949.9），道教傳記（B959.9），伊斯蘭教傳記（B969.9），基督教傳記（B979.9）。與其他的傳記相隔甚遠。

美國國會圖書館圖書分類法也相似，傳記歸屬在歷史學項下，代碼為CT。但宗教人物傳記卻又分在各宗教項下，例如猶太教代碼BM，猶太教傳記為BM750-755。伊斯蘭教代碼為BP，伊斯蘭教傳記為BP70-80。佛教代碼為BQ，佛教傳記BQ840-999。基督教代碼為BR，基督教傳記為BR1690-1725。

由於學術不斷進步，圖書編目法一直都有可以改進之處，其設計上的限制，有時使得某些宗教人物會被歸類到其他項下。例如賴永祥的中國圖書分類法，將藏傳佛教人物的傳記編在「佛教宗派」（226）項下的「密教」（226.9）底下。所以達賴喇嘛的傳記不但在傳記（700）項下找不到，甚至在佛教傳記（229）項下也找不到。還有少數宗教人物傳記被歸類在一般人物傳記項下，例如周聯華及黃武東牧師的回憶錄即是。

因為圖書編目要事先顧及所有類別，並做適當劃分，原本就是不容易的工作，這不是本文的目的，故不予討論。不過由圖書編目的做法可以看出編寫者至少有兩點考量：

第一，編者認為宗教傳記所記載的乃是宗教神話，且為傳教的手段，其性質特殊，屬於宗教的一部分，與歷史意義的傳記不同。也就是說，宗教人物的傳記就是宗教，二者是不能分割的，它不是歷史意義之下的傳記，故無法置於一般傳記之內。

第二，宗教傳記在各宗教之內有其重要地位，必須另外給予分類號碼，獨立成為一類，以方便查找。

當代宗教人物傳記是否可以回歸到一般社會人物之間？還是必須另外附屬於宗教之下？我們必須由實際的傳記文本中去找尋答案。

三　宗教人物傳記的分布狀況

臺灣地區的宗教種類具官方統計，至少有二十六種。[1]這許多宗教中，又以佛教、基督教、天主教等三種組織規模大，信徒數目也較多，因此臺灣當代的宗教人物傳記也就集中在這三種之間。另有伊斯蘭教及許多民間信仰，則未見有公開出版的臺灣當代人物相關傳記書籍。而道教信徒雖多，傳記卻少，故與其他宗教一起討論。以下依宗教類別分別敘述。

(一) 佛教

以內政部民政司宗教科資料：「截至八十八年底為止，寺院有四千零一十餘所，僧尼八千九百餘人。信眾達四百四十八萬五千餘人，而且持續成長之中。」由於信眾及僧尼人數眾多，因此佛教人物傳記也是數量最多的。

臺灣當代的佛教人物，依其來臺先後，大略可分為大陸來臺僧人與臺灣本地僧人兩類。在大陸來臺僧人方面，約可分為三大系，一是「江蘇系」，即智光和尚、南亭、東初長老，以及成一、星雲、聖嚴、了中、妙然諸大法師。另一為「印順導師系」，門下有續明、仁

1　見內政部民政司網站資料，網址：http://www.moi.gov.tw/dca.02faith_001.aspx。

俊、如悟法師，以及證嚴、昭慧法師。還有「白聖大師系」[2]，如淨心法師。在佛教人物傳記的分布上，恰好也符合這樣的情況，此三系中許多人都有傳記問世。另有不屬於此三系統之內的如廣欽老和尚，也有傳記行世。

在臺灣本地僧人方面，早期有所謂四大法脈，即基隆月眉山靈泉寺，臺北觀音山淩雲寺，苗栗大湖法雲寺，高雄大崗山超峰寺。其代表人物如善慧法師、本圓法師、覺力法師及妙果法師等則有合傳。時代稍晚如天乙法師、達進法師等則有單傳。

佛教的法師傳記甚多，不過其中以印順、聖嚴與星雲三位法師的傳記數目最多。這三位法師有個共同特色，即本身都是揮翰不輟，著作等身的作家。三位所出版各種佛學論文或講經說法的專書，對當代佛學界均有重大影響。其傳記如下表所示：

傳主	書名	年齡	出版年
聖嚴	歸程	39	1968
	聖嚴法師學思歷程	64	1993
	枯木開花	71	2000
	雪中足跡	80	2009
星雲	傳燈——星雲大師傳	69	1995
	浩瀚星雲	75	2001
	雲水日月：星雲大師傳	80	2006
	星雲八十	80	2006
	星雲八十：學者看大師	81	2007
印順	平凡的一生	66	1971
	游心法海六十年	80	1985

2 見卓遵宏、侯坤宏：《成一法師訪談錄》（臺北：三民書局，2006年），序，頁4。

傳主	書名	年齡	出版年
印順	人間佛教的播種者	90	1995
	看見佛陀在人間：印順導師傳	97	2002
	佛教現代化的探索：印順法師傳	2005圓寂	2008

由表上可以看出，聖嚴法師是最早寫自傳的，而且其自傳還有三本之多。聖嚴法師本身文筆極好，年輕時便常在報刊雜誌發表各類型的文章，由於其傳記甚多，二〇〇九年四月的《人生雜誌》甚至以其傳記作品為主題，製作了「再讀聖嚴法師傳記人生」專題，為其傳記做個別介紹與導讀。

其自傳有兩本，《歸程》是三十九歲所寫，故著重於年輕時候的事情，不過再版時已用附錄的方式補充了之後的人生歷程。六十四歲時又出版《聖嚴法師學思歷程》，其篇幅較短，結構上也不大一樣。前一本書依照年齡安排章節，而後一本則書分為十一個主題敘寫。《雪中足跡》較為口語化且易讀，而《枯木開花》則是由名作家施寄青執筆。另在法師五十九歲時，出版了一本《法源血源》，觀其內容，應該是遊記而非傳記。

星雲法師本身也是位才思敏捷，著作等身的作家，不過並未寫自傳。其傳記《星雲八十》乃是一本中英對照的畫傳，《傳燈》及《雲水日月》二書是資深編輯符芝瑛親訪星雲本人以及相關人士而成。而《浩瀚星雲》是散文名家林清玄所著。鄧子美云：「符著的長處在於實地採訪，林著的長處在於親聞星雲大師本人的回憶。」[3]大致上是符合二者的特點的。

另有「雲水三千」影像傳記。此外還有一本《有情有義》，副題雖為星雲回憶錄，但觀其內容，較像是說法開示的散文，故不列入統計。

---

3 見鄧子美、毛勤勇：《星雲八十：學者看大師》（臺中：太平慈光寺，2007年），後記，頁550。

印順法師在佛教界地位崇高，其傳記亦不少。《平凡的一生》及《游心法海六十年》是其自傳，《人間佛教的播種者》為其弟子昭慧法師所寫。表格上的最後兩部出版年代較晚，分量也較多。

這幾位法師的傳記能夠一寫再寫，不斷出版，與讀者或信眾的支持也很有關係。如《聖嚴法師學思歷程》一書自出版至今，已有二十三萬冊的銷售量。[4]而陶五柳於《釋昭慧法師》作者序中提及，當他著手寫這昭慧法師傳時，「朋友聞訊，皆感意外，多問何不寫證嚴法師、星雲法師等等，豈不保證暢銷？」[5]

除了個人的傳記之外，佛教法師們另有合傳。如《當代佛門人物》、《民國高僧傳》等。合傳由於同時處理許多人，所以每個人的分量並不一致，有時也會將自傳與他傳合併在一本書之內。

近年來也出現了大規模編纂佛教人物傳記的計畫，如臺中慈光寺發起編輯一套《台灣佛教叢書》，預計發行一百冊，其中傳記類即有三十冊。而國史館更有「佛教人物訪談」的計畫，並且出版了《成一法師訪談錄》等個別傳記，以及《台灣佛教人物訪談錄》等合傳。

佛教傳記也有專門作家及名作家跨刀，前者以陳慧劍、于凌波為代表。二人原本都不是職業作家，完全出於對佛教的喜好而編寫許多佛教人物傳記。其中陳慧劍是位頗特殊的作家，他曾當過軍人，也當了二十多年的國文教師，同時還編輯佛教刊物。出於對佛教的信仰，曾利用閒暇四處拜訪當代高僧，加上手中也有刊物可供發表，遂將親訪所得編為一書，代表著作有《當代佛門人物》及佛教界先輩弘一大師傳等。

于凌波曾從軍參戰，後習醫，也是出於對佛教的信仰，編寫了許多佛教人物傳記，如《現代佛教人物辭典》、《當代大陸名僧傳》、《民國高僧傳》一至四編等。

---

4 見聖嚴法師：〈還原作者當初的原序〉，《人生雜誌》第308期，2009年4月，頁34。

5 陶五柳：《釋昭慧法師》（臺北：大村文化出版社，1995年），頁6。

名作家執筆的作品如，林清玄《浩瀚星雲》寫星雲法師，陳大為、鍾怡雯寫《心道法師傳》，施叔青的《枯木開花》寫聖嚴法師，丘秀芷寫《大愛：證嚴法師與慈濟世界》，劉春城的《慈雲悠悠》寫達進法師等。名作家執筆的傳記，在敘事上自然是清晰自然，可讀性高。尤其某些作家行文特殊，極易分辨。如林清玄所寫的星雲法師傳，便有著其獨特的美文風格。而鍾怡雯與陳大為合著的《心道法師傳》也有其小說筆法。

此外，有些佛教法師傳記因不合本文的選擇年代或地區而捨棄，也順帶一提，特別是有些法師從來沒到過臺灣，或僅來過短暫時間，可是在臺灣卻有多本傳記出版。如民國初年的弘一法師，其傳記始終歷久不衰，不斷有新書問世，目前統計已有二十本以上，堪稱是現當代各種宗教人物出版傳記最多的一位。另外佛教界也會上溯宗派，如太虛法師僅來過臺灣很短時間，但由於師承關係，臺灣也有不只一本傳記。印光法師也是因為師承的關係，在臺灣也有弟子為其出版多本傳記。還有在海外的人士，如在美國傳法的宣化上人。而藏傳佛教的傳記大部分也都屬於此類，其數量最多的當推達賴喇嘛。

（二）基督教

基督教的新約聖經中，其四福音書是以傳記體的方式呈現耶穌的人格，而其後的使徒行傳則是其門徒的傳記。新約聖經約翰福音第二十章曰：「但記這些事，要叫你們信耶穌是基督，是神的兒子，並且叫你們信了他，就可以因他的名得生命。」其以傳記傳教的目的十分明顯。

基督教有許多不同的派別，各教派人數不一，依據《台灣基督教會2007教勢報告》[6]，二○○七年臺灣基督教派別或團體有五十五個

---

6 中華基督教福音協進會：《台灣基督教會2007教勢報告》，網址：http://www.ccea.org.tw/church/adlink/statics/one.htm。

之多。由於教派有其所信仰的教義，因此各教派對出版傳記的態度也不一樣。

在這許多派別中，以臺灣基督長老教會對出版傳記最為積極，其信徒也最多。據《台灣基督教會2007教勢報告》，至二〇〇七年，長老教會共有教會一千一百九十三間，信徒人數在二〇〇七年亦達廿二萬五千三百零七名。相較於衛理公會五千多名會友，聖公會一千多名會友，人數明顯龐大許多。

長老教會所出版的傳記大致集中在兩個時期，一是其宣教早期，也就是在十九世紀末至二十世紀初來臺的外籍傳教士以及本地牧師或信徒，如馬偕博士、巴克禮博士、甘為霖博士、蘭大衛醫師等。這方面傳記最多的當推加拿大來臺傳教的馬偕博士。由於馬偕創立教會、興建學校、開辦醫院，為長老教會在臺灣北部打下基礎，其功勞不可謂不大，而二〇〇一年正好是馬偕逝世一百周年，因此這幾年來陸續出版了許多馬偕的傳記，自傳，還有書信集及日記，甚至有其國外傳記譯介的書籍問世。

第二個時期是指大約在一九四九年左右接棒負責教會事務的牧師們，如黃彰輝牧師、黃武東牧師、高俊明牧師等。或是在此時期來臺的外籍宣教士，如徐賓諾、瑪喜樂等。也有信仰堅定的信徒傳記，如臺灣原住民威朗的傳記。

信徒人數僅次於長老教會的獨立教會國語禮拜堂也致力於出版，其基督教宇宙光全人關懷出版社，近年出版了一套《馬禮遜入華宣教二百年紀念文集》，全套七十冊，而傳記類即占了二十冊。其中的臺灣當代人物有李水車、吳勇、彭蒙惠等人。而吳勇另外還有三冊的自傳出版。此外真耶穌教會也有傳記出版，如謝順道的《我親眼看見神》即是。

基督教也有當代人物的合傳，如《牆上的名字——宣教士與臺灣》，以及《台灣教會人物檔案》。前一本是若有以某宣教士命名的建築物，便寫此宣教士的小傳。後一本則是長老教會的人物傳記。

除了以上各書，基督教還出版了許多翻譯的國外牧師或信徒傳記，但因不屬本文範圍，故不予討論。

（三）天主教

天主教本有聖傳（hagiography），或譯為聖徒傳，即記載教內聖人的生平事蹟，以供後人效法。不過這需要經過一定程序與認可，即列真福品[7]與「封聖」（canonization）。由於封聖並不容易，因此聖徒人數有限。其教內也有聖人崇拜的傳統，而臺灣的天主教會出版了許多早期教內人士的傳記，如「聖方濟」、「聖女小德蘭」等，這二位的中文傳記至少各有六本以上。合傳方面如《聖人傳記》四冊，《百聖略傳》，還有《中華殉道聖人傳》等，均與聖傳傳統有關。

與中國有關的如「利瑪竇」、「湯若望」等傳記亦不少。另外也有其教宗的傳記。近代人物傳記最多的則是「德蕾莎」修女，其傳記至少有十一種。

依內政部民政司宗教科資料：「臺灣地區的天主教會，信友三十萬左右，分佈在七個教區，主教十五位（一位樞機主教），神父近七百人，修女一千二百左右，分別在八百個教堂，以及天主教學校，醫院，文教和社會事業機構服務。」以這樣的信徒及組織規模，應該會有不少當代人物傳記行世，不過實際上，天主教出版了很多國外及教內早期的人物傳記，但臺灣的當代教內人物傳記相對上卻較少。

與臺灣有關的當代人物傳記，大致上可以分為本國人士及外國傳教士兩個領域。在本國人士方面，首先是幾位樞機主教的傳記，如《于斌樞機傳》，還有《活出愛——樞機主教單國璽的傳奇故事》。其次是神父及修女傳記，如《龔士榮神父訪問記錄》、張右篤神父的

7 即獲天主教會正式封聖前的最後一個步驟。

《七五回憶》、陸多默修女的《修女生活甘苦談》，廖彩美《一位修女的自述》等。

天主教和基督教由於傳來中國的時間較晚，需要由西方派遣傳教士來華，因此外籍傳教士的傳記很多。如以腳底按摩聞名全臺的吳若石神父，還有終身奉獻給蘭嶼的紀守常神父等，均有傳記。耶穌會有雷煥章神父的傳記《巴黎．北京．台北：迷人的老魔鬼》，而耕莘文教基金會也準備以口述歷史的方式，出版一系列《耶穌會士在台灣》系列，預計出版十位耶穌會神父的故事。方濟會則有羅寶田神父的傳記《羅神父與金門》，耶穌聖心修女會則有《柏高理修女的故事》、聖母聖心傳教修女會有《愛者：石仁愛修女在馬祖》等。

天主教有兩本非常特別以照片為主體的合傳，一本是《奉獻》，另一本是《海岸山脈的瑞士人》，均是以在臺灣東部的外籍天主教神父及修士為主題。《奉獻》一書，乃是由外籍神父遺留下的老照片鋪排成書，呈現出當年的臺灣東部景象。此書立意不錯，可惜傳記部分太少。另一本《海岸山脈的瑞士人》，作者本身是專業攝影師，內容雖是以神父的故事為主體，不過也有一些雜文。

另外較特別的是類似殉道的傳記，由於聖徒傳原本即有殉道者的傳記，因此直到現在仍可見類似的作品，如幾本談論文革時期過世的大陸教徒傳記即是。

（四）其他宗教

伊斯蘭教人物的中文傳記本就甚少，臺灣當代人物的傳記更是一本都沒有。只有其先知穆罕默德有傳，這應與伊斯蘭教在臺灣的信奉人口不多有關。

相較於伊斯蘭教，當代道教人物的傳記也是十分稀少。然而以內政部民政司宗教科資料：「臺澎金馬地區現有道廟八千間，利用民房設立之道堂約在萬間左右，傳教人員二萬八千餘人，信眾在八百萬以上。」如此龐大的信眾，數十年來卻僅有寥寥幾本當代人物傳記，令人費解。整體而言，道教相關傳記在時間上著重於古代人物，而且集中在「神仙鑑」、「列仙傳」的範圍，或是「媽祖傳」、「張天師傳奇」、「何仙姑傳」等，看得出道教重視的是神仙的事蹟，少見特別為某一位當代道教人士特別立傳的情況。

目前所見道教的當代人物傳記只有《行天之道——行天宮精神導師玄空師父傳》，《渡：楊敏枝大師傳奇》，以及《重啟人生：林蒼庫靈奇之旅》等寥寥數本。最後一本的內容已經像是寺廟勸善的善書了。另外行天宮曾出版其廟內義工的合傳，即《効勞一生》一、二輯。

這幾本書都有共同的重點，都是藉由傳主的經歷，證明鬼神之不誣。例如行天宮創辦人黃欉的傳記中，經常可見恩主公顯聖指點迷津。而其廟中義工的合傳，也是以恩主公的靈驗為重點。此外楊敏枝大師可牽亡靈與遺屬對話，而林蒼庫可上遊理天，都非常人所能為。

我們若以梁慧皎《高僧傳》及東晉葛洪《神仙傳》比對，便可發現佛道二種宗教之間，其本質上便有不同。徐燕玲（2006）曾比對此二部書，並得出十點不同。其中即有「《神仙傳》以神通為成仙的基本能力，故多所鋪述；《高僧傳》則以感應為修行有成的主要象徵。」以及「《神仙傳》偏重在世俗生活難題的解決；《高僧傳》則以佛教義理為宗。」兩項。在當代的佛道教傳記仍然有如此的區別。

由一九四五年迄今，已有一甲子的歲月，在宗教界也經歷了人事上的更迭。我們從傳記文本的閱讀中也發現，這些為宗教犧牲奉獻的人物，已經可以大略分出老中青三代。目前所見的傳記大多以前兩代為主。[8]一般來說，除了藏傳佛教因其教義的關係，常有年輕的活佛傳記出版之外，其他宗教的年輕一輩傳記並不多見。

8 例如釋惠空於〈台灣佛教叢書總序五〉提及編輯方向云：「台灣佛教六十年來共有三代人物，此中以第一、二代長老為主，兼帶第三代相關領袖。」

由以上的分布狀況可以看出，當代宗教人物傳記的出現，必須有兩個條件，其一是有相當數目的信徒支持；例如佛教、基督教及天主教，其二是其宗教性格的配合；例如道教雖有廣大信眾，但重視神仙，故不需要傳記來引領信眾學習效法，堅定其信心，所以少有傳記出現。

四　當代宗教人物傳記的寫作主題

白話傳記文學經過幾十年來的實踐，早已不是以前套用程式的行狀家傳。而宗教傳記必須不斷推出新的效法對象，卻又不能流入早期聖傳的模式，對作者而言，其挑戰不可謂不大。依筆者的觀察，當代宗教人物的傳記，在主題上通常會包括以下幾項：

（一）成長及獻身宗教的歷程

既是傳記，當然要有一般傳記均有的出生及成長過程。記敘傳主的成長歷程，除了有歷史記實的作用，還能夠由此引起讀者「有為者亦若是」的決心。其實許多當代宗教人物，並不是一出生就知道終身要為宗教服務，他們通常都是出生於一般人家，因各種機緣，在成長歷程中接觸到宗教，進而為宗教獻身。

例如聖嚴法師，原本家境就不好，家鄉又常有大水及兵災，更是雪上加霜，這使得他在一個相當窮困的環境下長大。於是乎上不起學，穿不起鞋的種種貧苦經驗，便在自傳中接連出現。青少年時對未來一片茫然，偶然的機會下，長輩及母親問他想不想當和尚？他不假思索地回答：「當然想做」。從此便踏上了宗教之路。

也有家境相反的情況，如長老教會的黃武東長老，養父開雜貨店，有日本人發的專賣牌照，也置田產，故自小家境不錯，甚至還曾因為吃太多雞肉而拒吃。後因為一位土匪改邪歸正，使其家庭接納基督教。再因為一次大病，經祈禱將獻身教會而得以治癒，也因此進入神學院就讀。

另有許多人，自小響往宗教生活，如印順法師原本就對佛教有興趣，加上家中父母及叔祖父連續過世，加深其出家的決心，遂自行尋訪寺廟出家。另外證嚴、明宗、地皎等法師也都是自己決定出家，甚至因此而離家到家人找不到的地方，以免被強迫還俗。

我們由多樣化的成長歷程可看到，這其實是符合社會現實的。有人自小便有慧根，有人是因為家庭因素，有人是在偶然的情況下，分別作了影響一生的重大決定。

（二）修行與修為

各宗教都會有修行過程的介紹，如佛教法師常有閉關或打坐參禪的過程，而天主教和基督教比較注重其在神學院培育過程的描述。這些修行過程有時嚴酷到難以想像，例如心道法師於靈骨塔及荒山中打坐修行，甚至斷食一年；體慧法師燃指供佛等，均非常人所能為。有的修行較為人性，但也不易達成。例如印順法師以三年時間閱完全藏，或是聖嚴法師閉關六年等。而天主教神父必須經過層層關卡，最後方能晉鐸，亦是修行的一種展現。

李豐楙、劉苑如（2007）於討論聖傳時曾認為：「聖者所體現的正是非常人的德行，乃是行人（常人）所不能行，終而成就聖者的非常之德：從心性之堅忍、卓絕，到能力之超越、神聖，正是聖者傳記被敘述與詮釋為聖的關鍵。」[9]正因這些傳主所展現的超越常人的毅力和決心，才能使他們與一般人有所區隔，因此傳記中才會以相當篇幅描述修行的過程。

由於各宗教都有各自獨特的教義體系，信徒跟隨其宗教文本脈絡

9 《聖傳與詩禪》導言（一），頁17。

修習，也就各有不同的終極境界。例如佛教的開悟，基督教的屬靈、道教的得道等，此即標題所稱的修為。

例如心道法師的傳記描寫其開悟後，但覺

> 無物質、無萬有、無障礙，穿透一切身心世界，識得原來一切萬有本自平等、不相為礙，宇宙萬有皆為明覺心性所變現，了無一物可得，空有不二。自此身心平和，世界也自平和。[10]

又如于斌樞機主教的傳記，以一章的篇幅探討其思想，目的也是為了展現其神學修為。

修行到了一定境界，方才會顯現其修為，其修為也會鞏固信徒的信心。不過現在的宗教人物傳記，除少數外，均重視前段的修行階段，刻意忽略後來的終極能力描述。因為這樣的修為描述，很容易成為神通的展現。除了道教因其信仰性格重視現世問題的即刻解決，而不是為了來生的刻苦修練，因此常有大篇幅的神通展示之外，其餘宗教傳記似乎有意避免，此點容後再敘。

（三）奉獻社會

不論是基督教牧師、天主教神父或者佛教法師，在修行到達一定程度後，都會進入社會，奉獻一己之力。表現在基督教及天主教上，經常可見牧師、修女、神父們遠渡重洋而來，在醫療不發達的地方為民眾服務。

例如來自挪威的徐賓諾，先是在樂生療養院毫不畏懼地為痲瘋病患清洗，後來到臺灣中部為原住民服務，並創立埔里基督教醫院。而天主教強調「愛人如己」，其教中許多神父及修女經常是在偏僻的角

10 陳大為、鍾怡雯：《靈鷲山外山：心道法師傳》（臺北：遠流出版社，2002年），頁122。

落奉獻一生，甚至埋骨異鄉。如天主教白冷外方傳教會的紀守常神父，在蘭嶼為居民爭取權益，後因車禍過世。而其修會中的許多神父與修士，也都在臺灣留下了墓碑。又如佛教的證嚴法師創辦慈濟功德會，救濟貧苦大眾。聖嚴法師則是以「建設人間淨土」為己任，四處奔波弘法。凡此種種，都是大愛的展現，也是一般人所難以企及的。有時這種奉獻的精神，正是宗教人物傳記能夠打動人心的原因。例如在《海岸山脈的瑞士人》中所附的一封白冷會士由臺灣寫回瑞士的家書，正可以表現這種義無反顧的奉獻精神：

> ……
>
> 親愛的媽媽，或許未來我們不是那麼容易見面了（對不起，想到這裡，我的眼睛又溼了起來），但我相信您為我所流的思念淚水，將是天主胸前最美麗的一串珍珠。
>
> 親愛的媽媽，感謝您的捨得，好讓您最親愛的孩子能到異國遠方為天主的子民服務，好天主定會賞報您的犧牲與奉獻。
>
> 我即將要開始學習這裡的語言與文化了，請為我祈禱，我可是一點把握也沒有。
>
> 想念爸爸與弟妹們，我將在每晚的夜禱中與你們重逢。
>
> 您遠方的孩子敬上　　一九五四年六月九日[11]

（四）開辦事業

各宗教為了服務社會，以及為求宗教的永續發展，使教團本身能夠自給自足，不須仰賴信徒的供養，大部分會開辦各種教育、文化及慈善事業。然而不論是在創辦或經營管理的過程中，他們也會遇到所有開辦與經營事業可能遭遇的問題，例如買地、籌款、施工、法令限

11 范毅舜：《海岸山脈的瑞士人》（臺北：積木文化出版社，2008年），頁17。

制、天災、人事糾紛等等。由於這些事件在當時可能是一個個難以渡過的難關，所以在傳記中經常可見大篇幅的描述。不僅可凸顯傳主過人的毅力和智慧，同時也可以宣揚其宗教救苦救難之靈驗。

以慈善事業來說，最常見的就是醫療事業。天主教與基督教由於進入時間晚，其傳教士必須費盡心思，以各種方法傳教。較常見的軟性傳教手法即是以醫療傳教，例如「長老教會開創之初，是以醫療與傳道相配合，然後緊接著是開辦學校教育民眾、信徒。」[12]因此許多傳記的主題便是傳主醫療奉獻的故事。傳教士們待在衛生條件極差的地區，以非常簡陋的設備挽救生命，甚至還有抽自己的血為病患輸血的感人事蹟。許多當年的小診所，在眾人努力下，現在已經是大型醫院了，如馬偕醫院、彰化基督教醫院等。

另外教育事業也是時常被提及的，許多佛教法師本身經歷過求學無門的痛苦，故只要一有能力，便會積極開辦佛學院，以培養新一代的弟子成為人才。基督教人物傳記中，開辦或接辦神學院也經常是一個重要章節，其目的也是為了培育年輕一代的新血輪。此外，開辦中小學及大學，也常是宗教傳記中的重點。

也有人接手或開山建廟，以求弟子與信眾有棲身之地。如星雲法師的佛光山、聖嚴法師的法鼓山、心道法師的靈鷲山，或是基督教的吳勇長老建立國語禮拜堂等。開創的過程是非常辛苦的，舉例來說，在達進法師的傳記《慈雲悠悠》一書中，便有許多篇幅描述篳路藍縷，開路建廟的艱苦過程。於工程開始之時，先是遭遇到地主阻撓、黑道恐嚇、法令窒礙、經費不足等等各種問題。達進法師均一一克服，好不容易才把寺廟建立起來，同時也讓廟務漸上軌道，並開始有些盈餘。不料竟因此引起外人覬覦，地方勢力藉信徒大會操縱選舉，爭奪廟產，各種爭權奪利的情節竟在寺廟中上演。建立與經營一間寺

12 引自盧俊義牧師於內政部民政司網站對長老教會的介紹。

廟之艱難，實非外人所能想像。

在天主教的于斌樞機傳中，也有相當多的篇幅在講其辦事的艱難。除了教務，還有輔仁大學復校的種種問題。

對事業的說明如果太多，會有喧賓奪主的可能。例如佛光山由於派下事業眾多，傳記作者僅是將其所有事業有條理地敘述出來，就要花費不少文字。故星雲法師的傳記雖多，但各書由佛光山開山之後的篇章，幾乎都是講事而不是講人。比較接近其教團的事業描述，而不是法師的生命故事。

（五）對時代的反映

傳記畢竟與歷史有關，各宗教人物都是時代洪流下的一部分，他們的生命也就與時代緊緊相扣。

例如不論是佛教法師或基督教牧師或天主教神父，許多人是因國共內戰而在一九四九年左右逃到臺灣；或是之後被共產黨驅逐出境，而由大陸來臺的。在他們的傳記裡，便有大陸時期的經驗，以及逃難時緊張氣氛的詳細描述。

而原本即在臺灣的人物，一定會經歷日據時期和國府統治兩種截然不同的經驗。在傳記中必會提及日本統治時期的生活，還有戰爭末期的高壓手段。有些人甚至留學過日本，如高俊明牧師，其傳中便有當時日本社會的描述。其後的二二八事件，以及美麗島事件，長老教會均有牧師或教友身陷其中，因此在其教中人物的傳記裡，也都會有詳細描寫。

其次，各宗教或教派都會提及自己教派的發展歷史。例如閱讀《吳勇長老回憶錄》可以了解由大陸來臺信徒組成的「國語禮拜堂」的創始及發展過程。而黃武東牧師的回憶錄，副標題即為「台灣長老教會發展史」，其內容便提到許多長老教會的發展過程。

閱讀當代佛教人物傳記，對臺灣當代佛教界的歷史與傳承也能有所了解。大陸來臺僧人的佛教傳記幾乎都會提到一九四九年的教難事件，當時佛教僧侶被懷疑是潛伏在臺的共諜，許多人冤枉坐牢，如慈航法師、星雲法師等。甚至當時身為軍人的白雲法師及聖嚴法師都認為，在那種氣氛底下，自己雖身不由己的待在軍中，相對來說還算是比較安全的。

此外只要讀過星雲、印順等諸位法師對中國佛教會的描述，即使是對臺灣當代佛教毫無了解的人，也能感受到當時的中佛會權力之大與制度之不合理。

另外政府所頒布的相關法令如「監督寺廟條例」及其他行政命令，讓佛教僧人雖建了廟，也住在寺中，卻無法掌握自己居住寺廟的財務與行政，導致許多寺廟發生一連串錯綜複雜的人事糾紛。這方面的事情也常出現在傳記中。

由於傳記反映了時代，因此出版傳記，其實也就掌握了歷史解釋的權力。例如臺灣基督長老教會致力於傳記的出版，但其書中對於基督教的其他教派卻很少提及。如果對臺灣基督教現狀不了解的讀者只閱讀他們的傳記，會以為臺灣的基督教僅有長老教會一派，但實際上卻有五十五種之多。同樣的在獨立教會宇宙光全人關懷所出版的書中，也不大提長老教會的事情。

也有傳記不斷提醒讀者注意政治，最明顯的例子是樂觀法師的《六十年行腳記》，及張瑞雄的《台灣人的先覺——黃彰輝》。二書都有極鮮明的政治立場。

（六）神通與神蹟

「神通」乃是各宗教本有的現象，對宗教信仰來說，神通是真實的。不論是佛教或基督教的經典上，都有觀音菩薩或耶穌可行神通的記載，甚至於教內的聖徒或高僧高道，也都有行神通的能力。宗教對神通的記載，乃是為了證明神的存在，以堅定信徒的信心。早在慧皎編寫《高僧傳》時，便已經有意將己作與不合史傳意義者如《冥祥記》、《感應傳》等雜記區隔開來。[13]但其書中仍將「神異」列為十科之一，且高居第三位，其重要可見一般。

因此在早期的當代宗教人物傳記中，神通依據存在。例如《金山活佛》一書便充滿神異之事，像是喝了法師的洗澡水或吐的痰可以治病等。〈來果禪師異行錄〉[14]則記載來果禪師以快刀割開胸口，「刀口三寸寬四寸長，大氣直衝。數日後刀口合縫，還復如初。」

現今科學昌明，讀者從小接受強調實事求是的科學教育，如果傳記中還不斷強調法師的神通，不僅不會增加信徒，甚至可能會有反效果。畢竟當代人物不是古代高僧，真偽極易查證。有些人還活在世上，若有臨場表現不出的窘境，很難自圓其說。況且宗教本身也強調信徒應該「正信」而不是「迷信」；而在天主教的耶穌會內，甚至有重新檢測聖人生平事蹟的組織。[15]

因此當代宗教人物的傳記已不再於此點上著墨過多，類似耶穌五餅二魚的變魔術般的故事已不再有，大多改以表現傳主修行的堅忍或悟道為主。即使偶有神通之事的敘述，也大多以作夢、曾有預感或者是用難以置信的巧合等事件呈現，不再有法師的洗澡水或吐的痰可以治病這等神異之事。

例如地皎法師的傳記有許多神異之事，像是獨自行在野外，見無頭鬼魂感謝她念經超度；或獨自在黑暗洞穴中念佛時，忽然洞穴大放光明，檀香滿溢；或是信徒在昏迷中見到地皎法師在地獄門口抵擋，

---

13 見劉苑如：〈王琰與生活佛教：從《冥祥記》談中古宗教信仰與佛教記、傳等相關問題〉，《聖傳與詩禪：中國文學與宗教論文集》（臺北：中研院文哲所，2007年），頁234。

14 陳慧劍：《當代佛門人物》（臺北：東大圖書公司，1984年），頁370。

15 即「波隆迪斯特會社」，見魏明德著、余淑慧譯：〈聖方濟各．沙勿略傳：從傳教歷史到詮釋策略〉，《聖傳與詩禪：中國文學與宗教論文集》（臺北：中研院文哲所，2007年），頁139。

讓信徒逃過一劫等，都符合以上所述原則。

基督教的當代人物傳記同樣也可看到類似手法，如彭超的《苦難人生主同行》便記載某位教友被撒旦附身，行為異常，關入精神病院。傳主等人至其病床前禱告，並奉主耶穌名命令鬼離開。該位教友原本被綁在床上，尖聲嘶吼，狀極可怖。不久便恢復正常，第二天即可出院正常上班。

「神蹟」指信徒親身體會到神的存在，例如獲得神的幫助或指引。而將這些事蹟說出來，也就是基督教常會提到的「見證」。這樣的事蹟不需要聖徒的身分，也不需要有神通的能力，任何信徒都可能體驗得到。其實各宗教傳記都可看見向神或佛祈求，原本束手無策的困境竟在一夕之間迎刃而解。

例如謝順道的傳記《我親眼看見神》即講述許多神蹟，如原本醫生醫不好的病，在禱告後就消失了。類似的情節在基督教人物的傳記中十分常見，黃武東牧師的耳聾，吳勇長老的癌症，都是在醫生束手無策下，靠著禱告而自行痊癒的。

「史傳與仙傳分別代表兩種不同的思想背景，其目的也不盡相同（一以傳信，一以證神道之不誣）」[16]但在當代宗教人物的傳記中，卻似乎同時負擔著兩個任務。既要表達傳主真實的生平，又要同時使讀者相信其宗教所信奉的神明是實有的。就第二個要求來說，作者往往就使用神通或神蹟的敘述以達成其目的。

傳記中有時也會有「聖骸崇拜」的觀念出現，如佛教法師的大體燒出舍利子便是，這也常是神蹟敘述的一個主題。

16 張美櫻：《《列仙、神仙、洞仙》三仙傳之敘述型式與主題分析》（臺北：花木蘭出版社，2007年），頁129。

五　當代宗教人物傳記的共同特色

當代宗教人物傳記的共同特色有以下幾點：

（一）口述訪談

近年來，實地採訪的口述歷史做法漸成主流。傳記寫作強調第一手資料，這是整體傳記寫作風氣的轉變，並不是宗教人物傳記所獨有。寫傳之前，最好能夠訪問傳主本人，即使無法如願，訪談其親戚故舊也可以。筆者於拙著（2003）中所提過的早期於有限紙本資料中翻撿，苦惱萬分而寫不出來又不得不寫的情況已不復見。而且訪談的作品一般來說較容易閱讀，至少較為口語化。當然這也要看作者的功力。

一般來說，帶有小說手法及假想的對話情節，會使傳記較為易讀，不過相對的也會減低其信度。還有作者對人物心理的勾勒，對當年生活環境的細描，雖能夠起引領讀者進入書中情境之功，不過也容易使讀者對真實性起疑。此時若能佐以實際的訪談，這個問題就迎刃而解了。

在這樣的風氣引領之下，以訪談蒐集資料的傳記越來愈多，如《雲水日月：星雲大師傳》一書採訪對象高達七十七人，累積錄音帶九十分鐘十五卷，六十分鐘五十五卷。而施叔青為了寫聖嚴法師傳，也曾逐一重踏法師足跡所及之地，尋訪各地的護法弟子：

> 以閉關的美濃朝元寺為起點，東渡日本，走訪法師東瀛求學的故舊，也曾踏足香港、新加坡、馬來西亞、洛杉磯、紐約等地，訪談異地的信徒與禪眾。[17]

---

17 施叔青：《枯木開花：聖嚴法師傳》（臺北：時報文化出版公司，2000年），頁398。

另外還有完全以訪談成書者。如國史館所進行的「佛教人物訪談系列」，就是其中最著名的例子。

在口述訪談的領域中，陳慧劍雖不是第一位以口述採錄搜集宗教人物傳記資料的人，但卻可說是在宗教人物傳記領域將此方式廣泛運用且發揚的重要人物。憑藉著對佛教的喜好，陳慧劍四處拜訪高僧，並將談話及所見所聞化為文字。其一九八四年出版的《當代佛門人物》一書中，有許多便是訪談而來的。

有的作者能夠訪談，卻不具備整理訪談稿的能力，僅是將訪談稿直接謄抄在書中，結果變成資料的堆砌，毫無可讀性。也有因為傳主已逝，只能訪談其親朋好友，結果半本都是別人的傳記。由這樣的現象可看出，口述訪談已是當前的趨勢，即使是毫無經驗的作者，也知道應該透過這個途徑來蒐集資料。但同時也反映出，僅是口述訪談，並不能保證寫出生動的傳記，作者還必須有相當的訓練及文筆才行。

（二）穿插生活細節

當代對傳記文學的要求強調將人寫活，此要求在各領域人物傳中被盡力追求，宗教人物傳記也不例外。早期的聖傳必須塑造非常人所能及的典範，當代宗教人物傳記不僅要達到這項要求，還必須能同時觸及民眾的好奇心。典範的塑造可透過之前提過的修行與修為的描寫，或是關懷社會的投入，或是開辦事業的艱辛，甚至是神通的展現來達成。除此之外，傳記作者也常利用生活細節的描述來展現一個人的性格。作者們似乎也發現，傳主的生活瑣事和機智應答，不僅不會減損其人格的高潔，反而能夠展現其偉大。

例如《雲水日月：星雲大師傳》僅舉兩個小例子，星雲法師嗜讀不倦的性格便躍然紙上。書中提到：

> 經常，從台北飛洛杉磯十一個小時，幾乎八個小時都在看書。

> 有一回親眼見識到，台北飛新加坡四個小時，他中間不吃不喝不上洗手間，眼睛沒一刻離開書頁。[18]

又如聖嚴法師的傳記中提到法師勤於著述，在紐約兩個多月，為其謄稿的居士都會抄上十數萬字，可見著作量的驚人。

此外在佛教法師的傳中，常會提及法師們每天清晨四點就起床做早課，有的法師甚至提早到三點半便起床，天天如此，從不間斷。天主教神父也有人直到病重的晚年，仍然堅持出席每日的晨間彌撒。這些都可以給信徒一個效法的典範。

(三)展現能力與智慧

由上節對寫作主題的分析可知，許多宗教人物傳記已不強調傳主的神異能力，而是強調傳主的智慧，或非常有辦實事的能力。畢竟這樣的能力即使在其他行業，也是十分難得的。如星雲法師、證嚴法師、聖嚴法師等人。均是從一無所有，貧無立錐之地開始，憑藉著過人的毅力、見識與修行，後來竟開宗立派，信徒無數的例子。

《教界領袖：淨心長老》書中提及，淨心長老一人同時擔任中國佛教會理事長等多項職務，又創辦育幼院、養老院，以及三所學校。身兼數職，均游刃有餘。

又如成一法師，隻身來臺後創辦華嚴蓮社，也辦雜誌，又創立智光工商，都很成功。甚至連開一間賣佛書與文具的小店都能夠賺錢，其能力可見一般。

又如《魚趁鮮，人趁早》一書記載，明宗上人當年出任靈隱寺住持，可說是接下了一個爛攤子。不僅五千多萬寺產被捲款潛逃，還負債三百萬，同時還有糾紛不斷的土地田產及人事。外在必須對抗財團

---

18 符芝瑛：《雲水日月：星雲大師傳》(臺北：天下文化出版社，2006年)，頁494。

對寺產土地的侵占，還要與政府對簿公堂。一次次的難關，雖使上人疲於奔命，但也都憑藉其智慧逐一化解。

除了辦事能力外，更常出現在書中的就是傳主充滿智慧的「法語」或是開示。有時候是法師或神父的一個動作或行為，就能令人感受到其人格之偉大或修為之高深。例如在星雲法師及證嚴法師的傳記中，便有許多法語的記錄。

各書在這方面的分量並不一致，不過一定會有相關敘述。如心道法師的傳記中提及，某弟子氣極敗壞地拿來許多毀謗法師的負面報導，問法師怎麼可以不生氣？心道法師回答

> 「有什麼好生氣？有毀謗才會有修行。」
> 弟子還是很不服氣：「難道人家打我左臉，我也要把右臉讓他打？」
> 「也不是，誰能保證他打了你右臉之後不再打人？心道法師搖了搖頭，接著說：「你要度化他，讓他發自內心決定以後不再亂打人了。」
> ……
> 最後，心道法師還告訴他：「這些毀謗就是一個度化的緣起，是修行的大加持。」[19]

又如聖嚴法師於九二一大地震後所說的：「罹難者是大菩薩，代替兩千三百萬人受災受難。」也曾撫慰了許多人的心靈，在傳記中自然也會提到。

19 同註10，頁198。

（四）宗教語言

各宗教都有其教義，也有特殊的教內用語。如佛教傳記經常以「殊勝」來形容某種難得又高絕之事。例如

> 每天在經典裡聽到看到佛陀、祖師的話，太殊勝了！[20]

而基督教傳記中常出現「屬靈」這個詞語，如

> 那時「教會聚會所」很興旺，屬靈程度高，人數也多。[21]

又如

> 我們就想安慰她，在屬靈方面給她一點幫助。[22]

基督教和天主教其儀式與規章不同，故有主教、神父、修女、修士等稱呼。而基督教則有牧師、長老等，也有教派認為教內不應有階級之分，而只稱同工。各書對此有其個別的用法，不過通常不會加以說明。

天主教和基督教由於必須翻譯西方已有的經典，在某些名詞上翻譯的不大一樣。例如對其所信仰的創造宇宙的主宰，天主教稱為「天主」，而基督教稱為「上帝」或「神」。對於三位一體中的第三位，天主教譯為「聖神」，基督教譯為「聖靈」。耶穌誕生之地，天主教譯為「白冷」，基督教譯為「伯利恆」。人名方面，「耶穌的宗徒如伯多祿、保祿、瑪竇、馬爾谷和若望，是天主教按拉丁文所譯者；基督教

20 同註17，頁128。

21 吳勇、何曉東：《不滅的燈火：吳勇長老回憶錄》（臺北：宇宙光全人關懷，1992年），頁119。

22 同註21，頁129。

方面則按英文譯為彼得、保羅、馬太、馬可及約翰。」[23]

凡此若非其教內人士，或對其宗教有所理解者，不免會造成閱讀上的障礙。如佛教法師的傳記經常會提到受戒及持戒，像是「三壇大戒」、「八關齋戒」、「在家菩薩戒」等等，但通常不加以解釋，教外讀者僅能猜測這大概是某種艱難困苦的事情。如果著書時能夠說明一下，相信更能引起讀者對傳主的景仰之心。當然，這並不代表作者只想讓書在教內流傳，而只是作者在書寫時有意地使用屬於各宗教的「話語」，以建構其獨特的宗教文本。

又如在敘事的邏輯上，佛教傳記常稱某件事的發生是「因緣具足」，而天主教和基督教則歸於天主或神的安排。這也經常出現在傳記中許多起承轉合的關鍵之處。

六　結語

宗教社會學中有兩個觀念，一是「記憶團體」（community of memory）；另一是「信仰記憶」。前者指一個擁有永續動力的團體，一定是一個竭力保有過去的「記憶團體」，除了會不斷地敘說團體的成長建構過程，同時也會述說在這過程中，將這團體的存在意義具體展現出來的男女先輩的典範故事（exemplary stories）。後者指像教會這樣的記憶團體，不但擁有深厚的信仰傳統，更藉著其信仰記憶來型塑個別成員的認同。這個信仰記憶，包括了各個信仰團體的發展史及其中的信仰先輩的典範故事。[24]由此可以了解，雖然各宗教都強調不應凸顯個人的重要，但是其教內先輩的傳記卻又不斷出版，因為傳記

23 引自天主教台灣地區主教團網站，網址：http://www.catholic.org.tw/catholic/index.php。

24 見鄭仰恩：〈以平易近人的故事傳承美好的信仰記憶——李末子筆下的李水車家族〉，《人間天使：李水車行愛北台灣》（臺北：宇宙光全人關懷，2003年），頁8-12。

負擔了更重要的使命，就是維繫此宗教的永續長存。藉由共同的認同與記憶，使得宗教可以代代相傳而不墜。

宗教傳記的目的之一，在於給予信徒追隨的方向和效法的對象。由於宗教不論是為善或成聖，都需要長時間的要求自我，甚至是忽略自我，為達成目標而努力。故在宗教人物的傳記中，有佛教法師為精進禪定而在荒野塚間修練不懈，亦有基督教牧師終身奉獻於窮鄉僻壤，為當地居民提供醫療服務。其堅心忍性，均非常人所能為。若有先賢聖哲的典型在前，當能有激勵效法的作用。因此「在英語世界裡，透過幾種馬偕傳記文學作品的流傳，百年來已感召了許多追隨者相繼投入宣教的行列。」[25]也就不足為奇了。

由以上的分析可知，當代宗教人物傳記已經不再是傳統的聖傳。但是它並不是完全翻轉，而比較像是一個連續統（continuum）的概念，亦即除了光譜的兩端之外，同時期還並存著中間或左或右的不同成分的作品。也因此在二○○○年，已經有《謝緯和他的時代》這樣嚴守口述歷史規範的傳記。兩年後，卻還有《我與地藏菩薩之因緣》這樣充滿神通的傳記出現。其他的傳記則介於其中，不過已大多向口述歷史的方向靠攏。偶爾仍會有少許神通出現，例如證嚴法師的傳記雖通篇都是法師的人生經歷，但也穿插一小段法師修行的小屋在晚上會發光的神異之事。

此外，當代宗教人物傳記的寫作手法已有所改變，不但大量使用訪談模式，並且追求人物性格。改變的原因也很簡單，因為這是當前傳記寫作的趨勢。如果其他領域人物傳記都已經做到相同的要求，單單宗教人物傳記做不到，那有多少人想看呢？如果沒有人看，又向誰去傳教呢？因此除了寫作手法改變，甚至連排版及版面配置都會改變。像是心道法師的傳記，不僅找當代文學作家執筆，還配合其人生

25 陳俊宏：《重新發現馬偕傳》（臺北：前衛出版社，2001年），前言，頁13。

的進展，在書中每頁放有彩色照片，不但有法師自己的照片，還有當年時代背景的照片等，把傳記編寫的像是電視記錄影片一般。這是因應當前年輕人成長於電影電視和電腦網路之間所作的變革，若不因應其閱讀習慣，很難有新的讀者。畢竟宗教如果只是向老人傳教，又哪裡會有新的教徒呢？

由此可知，當代宗教人物傳記藉由各種寫作方式的改變，與一般其他領域人物的傳記已經越來越像。所以我們可以回答之前所提出的問題，亦即當代宗教人物傳記是否可以脫離宗教的範疇，擁有獨立的傳記性格？答案應是肯定的，因為當代的宗教人物傳記，已經不是以前的聖徒傳或神僧傳，而是一位活生生的人的生命故事。

參考書目

丁　敏　〈台灣當代僧侶自傳研究〉　《台灣佛教的歷史與文化》　臺北　靈鷲山般若文教基金會國際佛學研究中心　1994 年　頁 163-207

丁　敏　〈當代台灣佛教僧侶傳記研究：意義、視角與方法之反思〉　《第三屆台灣當代佛教發展研討會論文集》　臺中　慈光禪學研究所、佛教禪淨協會主辦　2002 年　頁 55-70

丁　敏　〈當代台灣旅遊文學中的僧侶記遊：以聖嚴法師「寰遊自傳系列」為探討〉　《中國佛教文學的古典與現代：主題與敘事》　長沙　岳麓書社　2007 年　頁 283-322

李玉珍　《高僧譜：陳慧劍撰僧尼傳記研究》　國科會專題研究計畫成果報告　計畫編號 NSC91-2411-H-007-016　2002 年

李靜宜　《台灣傳記圖書類型及其發展》　嘉義　南華大學出版學研究所碩士論文　2003 年

梁金滿等　〈再讀聖嚴法師傳記人生專題〉　《人生雜誌》　臺北　法鼓文化出版社　2009 年　頁 6-50

徐燕玲　《慧皎《高僧傳》及其分科之研究》　臺北　花木蘭出版社　2006 年

張美櫻　《《列仙、神仙、洞仙》三仙傳之敘述型式與主題分析》　臺北　花木蘭出版社　2007 年

劉苑如　〈王琰與生活佛教：從《冥祥記》談中古宗教信仰與佛教記、傳等相關問題〉　《聖傳與詩禪：中國文學與宗教論文集》　臺北　中研院文哲所　2007 年　頁 227-281

劉苑如、李豐楙　〈導言（一)〉　《聖傳與詩禪：中國文學與宗教論文集》　臺北　中研院文哲所　2007 年　頁 2-20

廖肇亨 〈導言（二）〉 《聖傳與詩禪：中國文學與宗教論文集》 臺北 中研院文哲所 2007 年 頁 21-32

潘 煊 〈聽見歷史的濤音──《印順導師傳》的出版與寫作過程〉 《第四屆印順導師思想之理論與實踐「人間佛教，薪火相傳」海峽兩岸學術研討會論文集》 臺北 弘誓文教基金會 2003 年

鄭志明 《傳統宗教的傳播》 臺北 大元出版社 2006 年

鄭仰恩 〈以平易近人的故事傳承美好的信仰記憶──李末子筆下的李水車家族〉 《人間天使：李水車行愛北台灣》 臺北 宇宙光全人關懷 2003 年 頁 8-12

鄭尊仁 《台灣當代傳記文學研究》 臺北 秀威資訊出版社 2003 年

魏明德著、余淑慧譯 〈聖方濟各．沙勿略傳：從傳教歷史到詮釋策略〉 《聖傳與詩禪：中國文學與宗教論文集》 臺北 中研院文哲所 2007 年 頁 137-168

身障者傳記的價值[1]

一　前言

生命依附身體而存在，身體原本就是傳記的寫作主題之一。對每一個人來說，自己的身體都是獨一無二的，身體上的任何不適或病痛，都十分嚴重且難以承受，因此傳記中對於身體的回憶書寫十分常見，而身障者傳記，更是極少見以身體為敘述主體的傳記類型。

在各類型傳記作品中，身障者的傳記可說是極為特殊的。一般而言，傳記內容受傳主的人生經歷影響甚大，每個人的家庭、求學、工作經歷均不相同，傳記作品所呈現的內容也就各不相同，圖書館及書店也只能勉強以傳主的年代及職業來為傳記分類。但身障者傳記卻都有共同的主題，不論傳主的年齡、性別、種族、職業、省籍、黨派為何，都可能會有殘缺的肢體，或身染罕見疾病。而這些身體上的殘缺或疾病，通常是治不好的。書中不會有忽然痊癒的奇蹟，卻有傳主對身體狀況的描述，對自身處境的敘說，以及對自我內心的探索與重建。

長期以來，關於身障者的論述，除了社會福利領域的相關研究之外，多半見諸於文學、電影、或表演藝術。讀者或觀眾可由這些藝術作品的刻畫中，側面了解當時社會對身障者的態度，及文化上為身障者所建構的刻板模式與限制。近十餘年來，隨著社會觀念的改變，身

1　身心障礙者（disability），在臺灣原本稱為殘障者，泛指身體或心理喪失某種活動能力之人。臺灣自一九九七年（民國85年）後，為突顯障礙除了來自個人生理或心理因素，亦可能來自社會的限制，故改稱為身心障礙者，近年來亦有人以失能者稱之。其中因身體因素而不是心理因素所造成的障礙，則簡稱為身障者。

障者的傳記也開始增加。顯示出身障者已開始由醫生或文學家等人手中，取回屬於自己的發聲權利。臺灣早年若提及此類書籍，除了鄭豐喜《汪洋中的一條船》之外，幾乎舉不出其他有名的作品。然而目前則有許多類似身體狀況的人，提筆寫下自己的生命故事，也為社會提供了直接了解身障者的機會。在文學的疾病書寫中，身障可能是作者製造的隱喻，用來指涉一個不健全的國家或社會。而在傳記的範疇中，疾病也被視為作傳的重要參考。尤其在精神分析式傳記興起後，疾病更成為解釋傳主行為的利器[2]。但是在身障者傳記中，身障就是身障，它是傳主的身體，也是傳記的主題。身障的經驗無人可以取代，其真實性無庸置疑，它比小說中的疾病書寫更加真實。這是自傳而非病史，是追尋與成長的敘述而非投藥與處置的紀錄。疾病書寫是寫疾病，生命敘事則是寫人生。

傳記，尤其是自傳，乃是一個十分民主的文類，任何人都有使用它的權利。包括那些長期被忽視甚至蔑視的少數族群，都可以利用它來發聲。不過在社會文化霸權底下，身障者這種少數族群要想發表自己的傳記，仍然需要社會整體有相對應的進步才行。在美國，身障者的傳記直到二十世紀後期，才急速增加[3]。這是因為即使在相對開明的西方社會，傳統上仍然把身障者視為不幸、無能、甚至是信仰上有問題的代表。而傳統中國社會，雖然在禮運大同篇中有「鰥寡孤獨廢疾者皆有所養」的理想。但是實際上，若家中有天生殘障者，親朋好友多會歸因於家門不幸，因果報應，上輩子曾做過虧心事等等，諸如此類的敘述在此類傳記中屢見不鮮。也因此據筆者統計，由一九五〇到一九九〇年，臺灣出版的身障者傳記只有十六部。進入九〇年代以後，這類型的傳記才忽然急遽增加。因為除非是包裝成勵志作品，否則早期的社會觀念並不能接受這樣的傳主。

---

2 見趙山奎（2010年）之相關論述。

3 Couser, G. Thomas: *Disability, Life Narrative, and Representation, PMLA,* 120.2 (2005)，頁602。

社會能夠接受身障者的人權，也不保證一定會造成身障者傳記蓬勃發展。還需要身障者本身願意公開自己的生命故事，願意和公眾分享對私我的討論才行。如同胡邵嘉（2008）所言，事實上，在二十世紀末，許多反思自身境遇，以及探索極為私密情感的生命故事，紛紛出現在臺灣的圖書市場上。例如探討強暴的《暗夜倖存者》（徐璐，1988）；探討童年遭性侵害的《華西街的一蕊花》（李明依，2002）；探討親人自殺的《昨日歷歷、晴天悠悠》（吳淡如，2000），還有與本研究相關的小臉症患者所寫身障者傳記《半臉女兒》（陳燁，2001）等等。這些傳記內容，在早期以英雄偉人、功臣名將為傳記圖書主體，甚至是界定傳記價值的年代，是不可能出現的。在這樣的出版現象中，我們似乎看到一個新的社會氛圍正在成形，這其中「透露出個人與秘密間之理解脈絡及處理態度上的微妙變化，也提醒了我們臺灣社會中關於「自我與他人」、「私人和公共」間之懷想及實踐所出現的轉折。而與這轉折同時出現的，「是公開了的個人生活史與私我的敘事」。[4] 身障者傳記也就是在這樣的條件交互配合下，出現了發展的生機。

除了社會上的壓力及傳主的心態造成早年此類傳記不易出現，另外還有身障者本身的身體及教育因素。有人身體嚴重扭曲變形，根本不能執筆。有人病得太重，連開口都有困難。這樣的情形下，自然不可能寫傳。此外，身障者由於身體條件與一般人不同，教育單位必須有相應的設備與措施，才能夠滿足身障者的就學需求。但是臺灣早期社會，對於身障者的教育不僅不重視，某些學校甚至還禁止身障者入學。因此除了身體狀況太差不能寫作之外，有許多身障者根本沒有受過教育，也就不可能執筆寫傳。這也就是為什麼早年出版的身障者傳記如鄭豐喜《汪洋中的一條船》（1976）及沈曉亞《怕見陽光的人》（1978），作者都是大專畢業生。而蔡文甫《閃亮的生命》（1978）書

4 胡邵嘉：《敘事、自我與認同》（臺北：秀威出版社，2008年），頁3。

中所選的十多位身障傳主，其職業不是老師就是作家的原因。在當時，大部分身障者連基本的文字教育訓練都無，當然不可能寫傳。而近年來對於身障權益的重視，也反映在教育投資上。許多身障者因此有了受教育的機會，也才能夠以文字敘述自身的經歷，造成身障者傳記的蓬勃發展。

依據統計資料顯示，二○一○年，全臺灣的身心障礙人口有一百○七萬六千兩百九十三人，不但是全臺原住民人口（512701人）的兩倍之多，甚至還超越了同一年零到四歲兒童的總數（964093人）。這樣大的人口數量，若再以少數族群視之，已不切合實際。而他們的發聲，也應該受到社會的重視。美國的身心障礙人口總數超過四千萬人，也已經超越了非裔美國人的總和。如此龐大的數量，也不宜再以少數族群稱之。身障者已然成為另一個主要族群人口，當前研究身障者傳記，正可以在社會觀念轉變的同時，發掘出從未被正視的聲音，了解社會文化差異。並且深化傳記研究的內涵，開拓傳記文學的新領域。

由於身障者傳記的內涵十分複雜，因此本研究將由三個面向加以解讀，期望能夠發掘此類傳記的特點及價值，主要探討以下三項議題：

二　英雄傳記的次類型

長久以來，傳記都扮演著典範記載的角色，藉由描述英雄的事蹟與成就，引領讀者見賢思齊，嚮往效法。也因此傳記的主人翁多是功成名就、建功立業之人，傳記的勵志功能，在此也展露無疑。將此功能推而廣之，便有《世界偉人傳》、《世界十大發明家》等專門以鼓勵眾人效法學習的英雄傳記出現。

如前言所述，早期社會並不接受身障者，因此少數的身障者傳記若出現在圖書市場上，必定是以勵志圖書的樣貌呈現。例如最為著名的海倫凱勒（Helen Keller），其自傳及生平事蹟所改編的傳記，自從翻譯為中文後，數十年來都是歷久不衰的經典作品。書中講述海倫凱勒深受失明失聰及無法表達之苦，但她卻能以驚人的毅力，克服各種困難，不僅獲得大學學位，同時也奉獻一己之力，幫助了許多有相同境遇的人。而在臺灣最廣為人知的身障者傳記應屬鄭豐喜《汪洋中的一條船》（1976）。身障者傳記受到讀者的喜愛，由此書所掀起的熱潮可見一般。鄭豐喜天生雙腿畸形，無法行走，只能以爬行代步。加上家中貧困，即使身體不便也必須幫忙照顧家計。由於天性聰穎又刻苦努力，他不僅克服身體上的障礙，更突破許多當時不合理的就學限制，考入大學就讀，並且順利成家立業。他的自傳出版之後，受到各界重視，許多讀者來信表示讀得熱淚盈眶，深受啟發。當時的行政院長蔣經國自稱反覆看了四遍之多，各界紛紛寫信打氣鼓勵，也有醫師自願幫忙量裝義肢。該書甚至被多次盜版，兩次拍成電視劇，也拍成電影，多年來都是中小學推薦優良讀物。近年幾本國外的身障者傳記也同樣登上銷售排行冠軍，如天生沒有四肢的日本身障者乙武洋匡《五體不滿足》，以及同樣沒有四肢的澳洲籍作家力克胡哲（Nick Vujicic）的《人生不設限》，都蟬聯排行榜冠軍數周之久。

傳主藉由過人的毅力，超越各種限制，自我鍛鍊成材，本是常見的自傳主題。也常出現於各領域傑出人物傳記中。而身障者藉由自我堅持，超越身體限制，突破社會的成見陋規，終獲各界肯定的經歷，相對於開國領袖、工商鉅子的豐功偉業而言，或許顯得渺小，但是讀者依然會投以崇拜的眼光。這是因為書中藉由傳主遭遇的種種逆境與阻礙，突顯其過人的毅力與勇氣，引導讀者忽略功業的大小，轉而注重個人的品性。

身障者突破困境，奮鬥求生，進而取得各項成就，這樣的寫作模式逐漸成為此類傳記的慣例。身障者的傳記目前已經成為英雄傳記的一個次類型，在此類書中，這種奮鬥努力擺脫身體條件的故事可以激勵大多數人，鼓勵每個人尊重生命價值，強調人定勝天的道理。身障者藉由自我堅持，超越身體限制，突破社會成見，其成就較一般人而言更為難得。他們所談所寫的人生經歷，藉由照片上顯而易見的身體殘缺，自然也帶給讀者更大的說服力。這些傳主就像是到遠方異域與猛獸搏鬥的勇士，帶著身上的明顯傷疤成功歸來，對著未曾遭遇過如此巨大痛苦及生命挑戰的凡夫俗子們，講述一路上的驚險歷程。

除了敘述主旨強調傳主本人的良好品格之外，身障者傳記的敘述模式也使其與英雄敘述相類似。美國神話學家坎伯（Joseph Campbell）曾歸納出神話中英雄敘述的通例，分別為召喚，啟程，歷險和歸返。坎伯認為，「英雄是那些能夠了解，接受並進而克服自己命運挑戰的人。」而「英雄的歷險訴說人類心靈被試煉、回歸的過程，未經過如此的過程，生命不能獲致豐富而多采的境界。」[5]若與身障者傳記相比較，我們會發現二者有極大的相似。

一般而言，身障者傳記的敘述模式大致與其致殘的原因相關聯，而致殘的原因約有以下三類：一是突然受傷成殘，二是天生畸形，三是因病而緩慢喪失功能。

第一類傳記通常原本有美好的人生及光明的未來，但是突如其來的意外，粉碎了原本的規劃。傳主除了忍受身體的障礙之外，還需要調整看待自己的方式。大部分人在醫院醒來後的第一個念頭都是自殺，他們無法在忍受劇痛的同時還要接受這樣的自我。隨著時間的過去，經過多年的自我成長，方能開始以另外的角度看待人生。此類書籍除了自我砥礪的過程感人之外，也可看到傳主如何在心理上認同身障的辛苦歷程。

第二類天生身障的傳記則有不同，書中的主題圍繞在跨越與一般人的藩籬的想望，從小面對他人的異樣眼光，使他們很希望早日擺脫這樣的身體，以進入一般人的行列。如果有整型的機會，常會是書中

5 Campbell, Joseph原著，朱侃如譯：《千面英雄》（臺北：立緒文化，1997年），頁27。

的轉捩點，似乎人生從此光明了起來。但不論是否接受手術，其心靈經過多年的試煉，早已經超越了原本的幼稚，變得更為成熟豁達。

第三類型的作品則混合以上二種傳記的特點，傳主原本擁有是光明亮麗的人生，卻因為罹患了某種無法治癒的罕見疾病，身體逐漸轉壞，各器官接二連三地喪失功能，醫生束手無策。傳主眼見人生的最後大限迫在眼前，卻仍奮力將短暫有限的僅存生命活出新的價值。

這三類作品不論敘述內容如何改變，基本上都符合之前所提的英雄敘述模式，傳主由於某種原因，進入到一個常人無法忍受之痛苦境地，幾經磨難之後，終於在更高層次的心理上得到超越，因自省而新生，進而提筆寫書，鼓勵他人。此英雄冒險式的敘述類型，十分容易觸動讀者的心靈，進而獲得某些啟發與感悟。

這種藉由身障者的不便，凸顯四肢健全者的可貴，並進而鼓勵大眾奮發向上的做法，逐漸成為此類傳記的慣例，不過這些奮鬥努力擺脫身體條件的故事雖然可以激勵大多數人，卻有隱含的缺陷。西方有學者提醒，這可能會讓人忽略了每個人的疾病與生活條件不同，給人身障者只要努力便都能夠如此成功的假象，這樣簡單的單向思考邏輯，不但忽視了個人的稟賦與病況及生活環境的不同，其實無形中也嘲笑了做不好的身障者，甚至會造成對不成功者的歧視。此外這樣的傳記也受限於一般傳記傳統，那就是要有個美好成功的結尾，後果就是僅呈現出少數樂觀積極的身障人生。但無論如何，身障傳記已經成為一種新的傳記類型，藉由克服身體及社會障礙的種種努力，帶給讀者奮發向上的動力。

三　發聲需求

（一）主體追尋

身障者的傳記由於和勵志類圖書結合太深，一般人常忽略了其所要表達的不只是鼓勵他人而已，其中還有很重要的部分，那就是讓社會了解身障者的生活及心聲。他們也希望能夠在社會上擁有相當的尊重，作為一個特定的族群而被平等看待，這也就是發聲的需求。在身障者傳記中，許多人寫傳是為了讓社會了解自己，他們是社會上較被忽視的一群人，通常也因為行動不便而不大出門，使得外界對他們的理解就更少。偶爾出現在街上，便會引來異樣眼光。藉由傳記書寫，他們讓自己成為發聲的主體，除了重新建構出自身的生命意義之外，更重要的是，由身障者的角度敘述自身的經歷，而不是由醫生或記者，也不是由文學家。藉由傳記書寫，身障者拿回了屬於自己敘述與解釋生命的權力。他們不再僅僅是醫生筆下的病患，也不是記者口中的報導，更不是文學家書中的隱喻。而是擁有自身權利與人格的主體。由傳記中也可看出，身障者對於社會的訴求，常常只是希望能夠被同等看待而已。

這種發聲的需求其實也包含了醫生與病人的關係，醫生診斷病人，判定病因，並決定接下來的治療方式與療程。這些診斷自然會受限於當時醫學進步的情況，有的時候反映的只是醫學界當時對此疾病的了解。而病人提供自己的身體給醫生診斷治療，卻只能被動地接受他人對自己身體的判斷與敘述。但是現在身障者也希望由醫生手上取回論述自己身體的權利，以建立自身主體的價值。自己不再只是一疊病歷中的某一張，而是一個有血有肉的人。此外，病人提供自己的身體讓醫生檢查，用藥，也給新進醫師學習診斷技巧，甚至練習開刀的技術，不過有些醫生對此似乎並無同理心。在身障傳記中，除了感謝大多數醫師仁心仁術外，對於某些醫生的不滿也常溢於紙上。如什麼也不會的實習醫生，沒有同情心的冷酷醫生，趕著下班而延誤病情的失職醫生等。他們對病人所造成的痛苦，只有病人自己才能體會，也才能清楚說明及描述。

不可否認，現代醫學的進步，的確由死神手中救回不少寶貴性命，但可能也因此而創造了不少新的身障者。由身障者傳記的敘述看來，許多發生嚴重意外，性命垂危的傳主，被醫生耗費心力救回一命。他們醒來後的第一個念頭卻不是感謝醫生，而是憎恨醫生。因為他們無法接受生理上的極度疼痛，還有已不成人形，無法挽回的殘破軀體。這些看似另類的想法，其實在每一本因意外成殘的傳記中，都是固定出現的畫面。若不是有這些傳記的帶領，我們不會了解身障者的真實心聲。

身障者作為發聲主體，才能創造出相對友善或理解身心障礙者的社會文化。在這樣的社會文化底下，也才能夠讓身障者傳記大量出現並且持續出版，二者其實是互為因果的。如果社會對身心障礙者的態度還是恐懼與厭惡，深怕會「感染」自己的話，那麼只可能出現少數「勇士」的傳記。對於這樣的書，社會的態度是憐憫、感佩，卻不是真正設身處地理解身心障礙者的觀點及心聲。例如在《汪洋中的一條船》書中，鄭豐喜摘錄了一段《中華日報》對於他考大學的採訪報導：

> 鄭豐喜告訴記者說，他報考的是乙組，第一填的是國際貿易系，但心裡真正想念的，卻是法律系。依照心理學的觀點，這種畸形者爭取權力慾的潛在意識，其發生是必然的，他可能是想讀法律系，爭取權力，以補償自卑的心理。[6]

這樣明顯帶有歧視意味的報導若在今日，是不可能出現的，但卻是當時的報紙內容。鄭豐喜在書中也坦然引用這樣的文字，沒有任何反駁。因為當時的社會，包含他自己，都認為殘障是天生的缺憾，本來就不如人。一定要靠自己努力奮鬥，以百倍的毅力，克服外在的限制，方能出人頭地，才能回到正常人的行列。外在的歧視是正常的，

6 鄭豐喜：《汪洋中的一條船》（臺北：地球出版社，1976年），頁142。

重點是自己能不能自我砥礪，自我要求。由此可見，所謂的身障人權，在這時還未萌芽。社會上對身障者仍然不友善，由領導者到一般百姓，看完《汪洋中的一條船》的反應都是感動、敬佩甚至落淚，但卻以為只要醫學進步，這些缺憾就可以消失，似乎唯一需要努力改變的只有醫生。因此某幾位傳主除了寫書以外，還投入社會運動，以實際行動突出對自身主體的掌握，強化自身為個人主體之「行動者」（agent）的事實。如終其一生為「類風濕性關節炎」所苦的著名作家杏林子（劉俠），就創辦了伊甸基金會，其回憶錄《俠風長流》中，便有很長的篇幅提及爭取身障權益的艱辛過程。

（二）族群認同

目前對身障的看法，已經漸漸由身體的殘缺與個人的不幸，轉變為族群的觀點。也就是和社會性別（gender）、種族（race）等習見的傳統刻板印象造成的族群類別相同。所謂的族群，是指基於對比的一種關係，乃是建立在疏離（dissociative）之上的，它的命題就是「A是X，因其不是Y」。這樣的命題最大的危險就是，如果X認為自己是人的話，他會因而將Y認為非人。這可能會否決了不同組織所共有的人性，並且會劃定一個象徵性的邊界線，就像人與物，生與死之間的界線一樣。[7]

族群議題上，最常見的就是因不認同對方的族群所帶來的歧視，身障者由於身體殘缺，外貌及動作都與常人不同。加上變形的軀體所帶給人的恐懼，社會上早就自動將其歸為一個避之唯恐不及的族群。對於這樣令人懼怕又身體不便的族群，以往都被以歧視或憐憫的眼光看待。與西方十九世紀的白人描述黑奴，或是男性敘述女性的方式大同小異。對許多人來說，身障者根本就是另外一個族群的人，他們的

7 Lentricchia, Frank &McLaughin, Thomas編，張京媛等譯：《文學批評術語》（香港：牛津大學出版社，1994年），頁395。

生活及痛苦是可悲的，但是似乎與一般人無關。這也就是為什麼有西方學者將身障者自傳視為一種後殖民，甚至是反殖民敘述（anticolonial）。

例如早年天生畸形的身障者傳記，其內涵就十分類似於十九世紀的西方殖民敘事，在那些殖民敘事中，描述許多文化弱勢的族群，藉由好心腸的殖民者幫忙，接受了西方教育，進入了西方文明世界。這證明了殖民者人性的高尚，也證明了西方世界的文明與高貴。而天生身障者最後接受了義肢手術，成功讓自己站了起來，這也讓社會讀者更加認同他已經跨越了邊界，離開了那個非人世界。社會大眾給他掌聲，讚賞他殘而不廢，其實是在暗中肯定我方疆域的優越性，也為自己成功救贖了一位他者而感到慶幸，就如同是以殖民者的語言來定義被殖民者一樣。

其次是關於自我族群的認同，許多傳主剛發現自己成為身障者時，所有的反應都是不肯相信，也不願意接受。但是當接觸到其他病友時，才發現自己其實並不孤獨。例如江偉君在其自傳《輪椅上的公主》中，敘述自己曾留學日本及美國，正值青春年華，有大好前程等在前方，卻因車禍而下半身癱瘓。自暴自棄了很長一段時間後，因為參加了美國一個復健中心舉辦的水上活動，意外發現參加的九十八位脊椎損傷患者都是年輕人及小孩，因為美國這類意外的平均發生年齡為十九歲。但是許多病況更嚴重的人，卻比她還樂觀。其中有位前奧運選手，因遇搶劫槍擊而下半身癱瘓，卻開公司當老闆，還自己親自送貨，這些都給她莫大鼓舞。另外如曹燕婷，在其自傳《我，從八樓墜下之後》提及，受傷後參加了一個職訓班，發現「這邊是一個小小的輪椅社會，董事長和夫人也是坐著輪椅，正常能走路的並不多。」[8] 就連老師都是脊椎損傷患者。她發現這裡的人對自己的問題十分了

8 曹燕婷：《我，從八樓墜下之後》（臺北：大塊文化出版社，2005年），頁85。

解，也告訴她許多身障者如何打理生活等大小事情。她說

受傷後，我才知道有一種朋友，叫做「病友」[9]

這種互相支援打氣，或透過電腦網路聯繫彼此的敘述，在此類傳記中屢見不鮮。藉由認同自己的族群，以團體的力量治療自己，甚至是以團體的口徑對外發聲，進而接受自己的價值。由此而引出下一個議題，就是傳記寫作的療癒功能。

四　療癒功能

（一）自我及他人

身障者傳記除了有發聲的需求，期望社會能夠正視被視為邊緣群體的生命之外，在其中還負擔了療癒的功能。近年來，身障者的權益已經逐漸獲得重視，而傳記寫作也漸漸被視為心理治療的方式之一，尤其是心理學界，提倡身障者藉由自傳寫作，將自身的問題與自我分開，單獨思考疾病或意外本身，而不是把一切的不幸或錯誤都歸諸於自己，以此達到療癒的目的。因此許多此類作品在傳記敘述的末尾，都會由極度沮喪之中，重新找到生命的意義。

許多傳主將寫作本身視為一種自我療癒的過程。如因鍋爐爆炸而嚴重灼傷的陳明里說：

傷者，因閱讀而治療；因寫書而痊癒。

又說：

9　同上註，頁168。

寫作，是一種自我療傷止痛的歷程。[10]

因不明疾病導致下半身癱瘓的余秀芷也曾說：

剛開始寫文章，是想讓生病的自己有點事情做，……突然一個勇氣上來，我開始寫出自己心情的轉變，開始覺得寫作可以治療我的心，開始發現我的文章可以鼓勵一些人，開始驚覺……我已經超越了我自己。[11]

在身障者傳記中，對於生命意義的追尋是常見的主題。由於意外或疾病，原本一帆風順的人生一夕間全變了樣。面對失去知覺的雙腿，龐大的醫療支出，心力交瘁的親人，人生忽然成了不願意去想像的可怕夢境。傳主在每日的不便中，思考自身生命的意義。除了自憐自艾之外，究竟還能做些甚麼？於是提筆寫作便成為許多人共同的選擇。

傳主經過非同尋常的磨練，不僅在身體上，在心理上也都有了相應的成長。這也造就了此類傳記與其他傳記作品極大的不同點，那就是長篇的自我心理描寫。傳主會在書中敘述自己如何由失落到振奮，由灰心喪志到扭轉命運的心理歷程，這也是華人傳記作品中非常少見的內容。在西方，由於有懺悔錄的傳統，類似的心理敘述十分常見。但是中國人較含蓄，許多內心深處的想法不願意讓他人知道，造成一般自傳與回憶錄中幾乎都是工作履歷的現象。但是身障傳主由於經歷了一般人難以想像的痛苦，在九死一生撿回一命之後，或是在自知來日無多的情況下，反而可以跨越情感過濾機制，大膽剖析自己的內心世界。他們表述自身的經驗——通常是令人難以承受的極端痛苦經

10 陳明里：《阿里疤疤：台灣最醜的男人》（臺北：健行文化出版社，2006年），頁19。
11 余秀芷：《還有20%：堅強的理由》（臺北：福地出版社，2002年），頁17。

歷——以取信於讀者，同時也由此極端經歷中，讓精神昇華成長至更高層次。傳主在受傷之前，和受傷之後，除了身體的不同外，心理上也完全是另一個人。受傷之前心中可能只想著工作、賺錢、玩樂等，受傷之後才發現另外的世界，了解到生命的無限可能，以及價值觀的多元認同。有的傳主甚至在書中感謝自己曾經發生意外，才能有不同的人生體悟。當然不會有人希望自己出事，這只是傳主為了強調心理改變的一個比喻說法而已，但也可看出其改變之劇烈。

傳主也希望藉由自己的文字，鼓勵其他與自己有類似經歷的人。畢竟能夠出書的還是少數，還有許多身障者可能正處於自暴自棄的階段。許多人由於突如其來的意外，如車禍、工地意外、火災；或是不明原因的疾病，終身無法行走，或是器官不斷損壞。被困在輪椅上，甚至是病床上。面對永無止境的復健、開刀、治療，忍受超乎想像的劇烈疼痛，以及眾人對畸形身體的嫌惡眼光。這許多身體及心理上的痛苦，一般人很難想像該如何面對？但是有些人硬是挺了過來，可有些人正在經歷。這些走過死蔭幽谷的過來人，常會從中領悟出生命的意義，開始提筆將自己的經歷寫下來，幫助有類似狀況的病友。一方面爭取身障者的權益，一方面則以過來人的身分開導其他身障人士如何面對未來，這些都是療癒功能的展現。

（二）邊界跨越

邊界的跨越也常會是身障傳記的重要主題。由於異於常人的長相，或是身體的扭曲變形，身障者長期以來都被視為社會的他者（others）。身障者的肢體反常，使他們被屏除於社會之外，而不是被社會所接受。最重要的是，無法預測而又多元化的致殘模式，多年來使得整個社會瀰漫在對身障者不理性的畏懼之中，並且自動把人分類。對於一些無法解釋的身障，更以因果關係來解釋，如此更加深了邊界的壕溝，使對方跨越更為困難。身體正常的人，常因為出於恐懼而去守衛這個邊界。王浩威在《火星上的人類學家》序言中提及：「在傳統觀念裡，我們習慣將病人或殘障人士視為他者，不同於『我們』的存在。因為這樣的差異，『我們』還是永遠站在『我們』的立場思考人類的一切，不管是心理、環境、人際關係等等。」[12]這樣的思想其實並未真正嘗試理解邊界另一邊的人，也不想真的打開邊界，讓另一方能夠更加自由無礙地來去。後天身障的傳主，在受傷之後，大部分人都不能接受這樣的自己，也是因為這個緣故。

除了社會上對身障者的刻板印象外，還有身障者本身的自我他者化，也就是對於自我認同的反差與錯亂。突如其來的意外所造成的身體傷害，使得這些作者在醫院醒來的時候，面對的是一個連自己都不認識的自己。可怕的是，若把自己和社會文化中對身障者的許多既有歧視觀點相結合，更讓他們無法忍受，只求速死。在顏面傷殘者的傳記中，此點表現得尤其明顯。由於臉部是最常被顯露在外的器官，也是辨識身分的重要標誌，因此顏面傷殘所造成的心理創傷也十分巨大。如果身體受損的部位在臉部，不僅難以隱藏，也容易成為殘破的自我投射。顏面傷殘或許不影響行動能力，但卻是嚴重損傷了內心的自我認同，外界對顏面傷殘的接受度也最低。相較於爭取成為發聲的主體而言，此處乃是在追尋自我的主體。不論是先天或後天，身障的現象均造成傳主無法接受自己，也不被外界接納。而社會對於身障者的觀念既是由整體社會文化所形塑，自然也就存在於每一位受傷成殘者的心中。也就是說，對於他者的邊界同時也是內在的。身障者除了要跨越社會文化的邊界，還要跨越自己內心的邊界。

在身障者傳記中，幾乎都可看見傳主被摧毀自我又重建自我的歷程，也因此這類書籍經常被歸類為勵志類書籍，因為他們的奮鬥故事

12 Oliver Sacks原著，趙永芬譯：《火星上的人類學家》（臺北：天下文化出版社，2008年），頁v。

激勵了四肢正常但心理不夠成熟的一般人。不過雖然能夠出版傳記的人，多半已經在心理上調適過，可以重新接納自己的命運。可是身體上的永久創傷，如截肢或脊髓損傷，不會因為心態改變而復原。即使心理上調適好了，生理上還是永遠不會變好。這方面的不便，以及社會上的歧視，仍然如影隨形地跟著每一個人。另外天生身障的傳記則始終有跨越邊界藩籬的夢想，他們從小面對他人的異樣眼光，所以很希望早日擺脫這樣的身體，以進入一般人的行列。如果有整型的機會，常會是書中的轉捩點，似乎人生從此光明了起來。但是實際上，社會的既定觀點並沒有這麼容易打破，而且手術通常也都達不到夢想中的要求，傳主還是得帶著他人及自己的異樣眼光走完人生。這種種反常的狀態，卻正是身障傳記作者們所極力要予以去除的。他們希望能夠跨越這個邊界，達到與正常人一樣的狀態。就算身體上不能達成，至少心理上一定要做到。人必須先克服內心的障礙，才能有勇氣跨越生理的限制。這點在所有身障傳記中，都是明確的主旨。

五　結語

在美國所有的身障者中，僅有不到百分之十五是天生的，其餘均是因各種後天因素如車禍、高處墜落、癌症等所造成。[13]在意外發生的那一瞬間，人生就已經走上一條不同的道路，再也無法回頭了。先前意氣風發的俊男美女，醒來後忽然成了連自己都不認識的怪物。由身障者傳記中可以看到，傳主致殘的原因實在太多，而且許多在事前是毫無徵兆，無可預防的。一旦遇上了，又令人束手無策，只能坐看生命的無奈與渺小。

---

13 Couser, G. Thomas: *Recovering Bodies: Illness, Disability, and Life Writing*,The University of Wisconsin Press, 1997, p. 178.

其次，「在某些情境下，每個人都可能是某方面的『失能』（disabled）。」[14]人生原本就有「病」和「老」的過程，每一個人遲早都會有行動不便或是為某些疾病所苦的一天。例如無法自己洗澡，無法自行上下車，三餐需要有人餵食等等。因此身障者所遭遇的痛苦及不便，很可能會發生在任何人身上。但是這些常見的生命無奈及病重時的身體障礙際遇，在一般傳記的處理上，經常是一筆帶過，不會詳細說明。藉由傳記書寫，身障人士將自己每天生活的方式，自我調適的過程，社會的眼光等說出來，卻正好觸及了這個少見的主題。也就是說，身障者傳記其實開啟了一扇難得一見的窗，讓我們了解到生命的另外一面，那個痛苦且寧願不去想的一面。但更重要的是，此類傳記並不停留於此，而是由此開出新的方向，敘述傳主如何由哀莫大於心死的退縮狀態，因為某個契機，反而重新認識生命的價值。那些曾經因為身障而沮喪失意，多次自殺未遂的傳主，經歷了艱難的自我重建過程後，反而成為了鼓勵他人的榜樣。

---

14 Kleege, Georgina: *Reflections on Writing and Teaching Disability Autobiography*, *PMLA* 120.2(2005), p. 610.

參考書目

（一）中文部分

江偉君　《輪椅上的公主》　臺北　二魚文化出版社　2007 年

杏林子　《俠風長流》　臺北　九歌出版社　2004 年

余秀芷　《還有 20%：堅強的理由》　臺北　福地出版社　2002 年

林宏熾　〈新近西方障礙社會模式理論對身心障礙教育發展的省思〉，《特殊教育季刊》第 85 期　頁 1-11

林淑玟　〈整合殘障概念模式之初探〉　《特殊教育與復健學報》第 17 期　頁 21-46

胡紹嘉　《敘事、自我與認同》　臺北　秀威出版社　2008 年

胡紹嘉　《書寫、行動與自我：以九〇年代後期，女性私我敘事作品為例》　臺北　政治大學新聞研究所博士論文　2002 年

翁開誠　〈生命、書寫與心理健康〉　《應用心理學研究》　第 25 期　頁 27

陳明里　《阿里疤疤：台灣最醜的男人》　臺北　健行文化出版社　2006 年

曹燕婷　《我，從八樓墜下之後》　臺北　大塊文化出版社　2005 年

趙山奎　《精神分析與西方現代傳記》　北京　中國社會科學出版社　2010 年

楊正潤　《傳記文學史綱》　南京　江蘇教育出版社　1994 年

楊正潤　《現代傳記學》　南京　南京大學出版社　2009 年

楊正潤　《眾生自畫像：中國現代自傳與國民性研究（1840-2000）》，上海　上海人民出版社

鄭豐喜　《汪洋中的一條船》　臺北　地球出版社　1976 年

Lampbell, Joseph 原著　朱侃如譯　《千面英雄》　臺北　立緒文化出版社　1997 年

Centricchia, Frank & McLaughin, Thomas 編　張京媛等譯　《文學批評術語》　香港　牛津大學出版社　1994 年

Crossley, Michele L.原著　朱儀羚等譯　《敘事心理與研究：自我、創傷與意義的建構》　嘉義　濤石文化出版社　2004 年

Jenkis, R.原著　王志弘、許妍飛譯　《社會認同》　臺北　巨流出版社　2006 年

Sacks, Oliver 原著　趙永芬譯　《火星上的人類學家》　臺北　天下文化出版社　2008 年

Speedy, Iane 原著　洪媖琳譯　《敘事研究與心理治療》　臺北　心理出版社　2010 年

（二）外文部分

Couser, G. Thomas　*Recovering Bodies: Illness, Disability, and Life Writing*　The University of Wisconsin Press　1997

Couser, G. Thomas　*Disability, Life Narrative, and Representation*　*PMLA*　120.2 (2005):　602-606.

Finger, Anne　*Writing Disabled Lives: Beyond the Singular*　*PMLA*　120.2(2005):　610-615

Jolly　Margaretta ed. *Encyclopedia of Life Writing: Autobiographical and Biographical Forms*　London　Fitzroy Dearborn Pub　2001

Kleege, Georgina　*Reflections on Writing and Teaching Disability Autobiography*　*PMLA*　120.2(2005):　606-610

Smith, Sidonie& Watson　Julia: *Reading Autobiography*, 2ed　University of Minnesota Press　2010

Winslow　Donald J. : *Life-Writing: A Glossary in Biography, Autobiography, and Related Forms*　University of Hawaii Press　1995

臺灣身障者傳記的發展

一　前言

身障者指的是身體有所殘缺之人，在臺灣原本稱為殘障者，近年來為了凸顯他們所遭遇的障礙不只因為個人身體因素，也有部分來自社會與文化的限制，故以身障者稱之。這些傳主或由於天生殘缺，或發生意外，導致身體的某些部位缺損或喪失功能，造成行動上的不便及身體外觀的差異。這兩點特徵組合起來，使得身障者十分容易受到外界的歧視。雖然這樣的人口無論在中外社會中都占有極大比例，但是多半長期待在家中或醫院，也因此較不為人所知，他們的傳記自然也不容易引起人們的興趣。但近年來，身障者傳記特別受到矚目，不僅書籍受到歡迎，相關傳主也受邀至各地演講，成為新的勵志榜樣。以下即由書籍數量與障礙類別的發展，傳記主題的演變，以及依附身障者傳記的其他相關作品三方面，了解此類傳記作品的發展概況。

二　傳記數量與障礙類別的發展

(一) 傳記數量的發展

早期的社會對身障者並不友善，不論是公共設施規劃，就學就業限制，在在都顯示出對身障者的嫌惡與歧視。在這樣的整體環境之下，他們的傳記也就不受重視，相關的出版十分稀少。據筆者統計，一九七〇年之前，臺灣只出版過外國名人的身障傳記，例如美國的海倫凱勒等人，沒有本國人士的傳記。事實上，若將外國人士傳記扣除，當時是沒有任何身障者出版傳記的。

這樣的情況到了一九七〇年代，開始有所改變。社會上慢慢有人注意到還有許多身有殘缺，但心靈健全的身障人士，隱身在各個角落。其奮鬥向上的故事，常能引起讀者極大的共鳴。於是相關的書籍便以緩慢的步調開始浮現。

依據筆者統計，一九七〇至一九七九年，相關傳記作品有六部，最有名的《汪洋中的一條船》就出版於一九七六年。而一九八〇至一九八九則有五部。除了肢體殘缺外，還首次出現了以顏面損傷為主題的自傳《怕見陽光的人》(1980)。到了一九九〇至一九九九年，則出版了十五部。此時也出現了罕見疾病患者的傳記，如漸進式肌肉萎縮症的《攀峰：朱仲祥的生命故事》(1999)。這些生命故事所呈現的已經不僅是努力向上而已，還包括對生命的不同態度。傳主們以殘缺羸弱的身體，面對來日無多的未來，思考究竟應該如何自處，以及如何發揮一己之力，影響社會。

二〇〇〇年之後，身障者傳記開始出現驚人的飛躍性成長。統計二〇〇〇至二〇一三年，臺灣所出版的身障者傳記，竟高達一百三十一部，超越以往五十年來所出版的總量，其內容包括以上所舉各種類型，而具體數目可見下表：

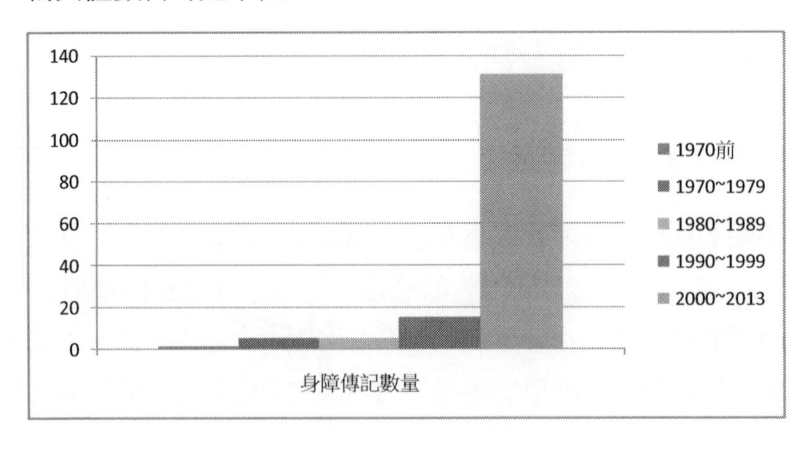

由表上很清楚可看出，此類傳記在近十餘年有驚人的成長。這當然不是因為臺灣有許多人突然發生了意外，很明顯是社會觀念已經改變，此類傳主不再自慚形穢，社會也能夠接受這樣的傳主。若與筆者所作另一個關於臺灣出版的烈士傳記研究相比，我們還可以發現二者呈現截然相反的發展走向，如下表所示：

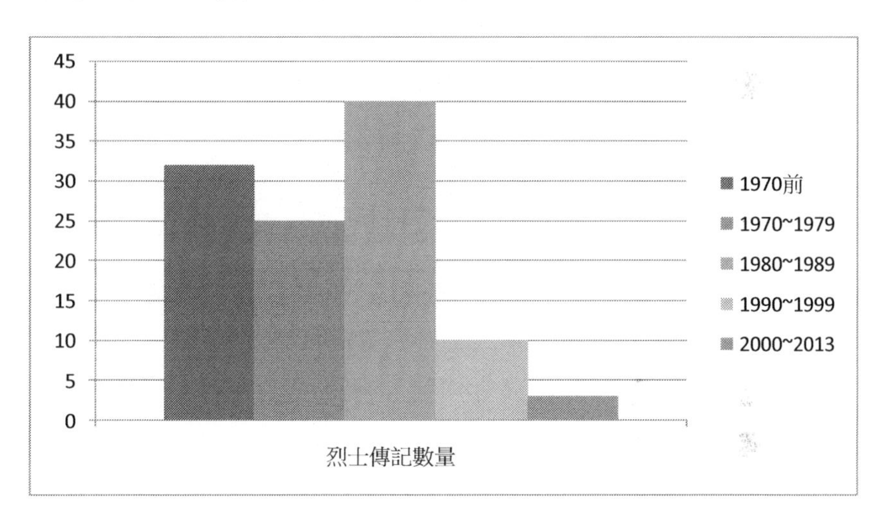

由於目前距離戰爭年代已十分遙遠，一般人對於殺身成仁，捨生取義的烈士傳記不再關注。反而是教導人們重視生命，珍惜有限光陰的身障者傳記開始受到重視。由此也可看出，傳記類型不是一成不變的，而是會隨著社會變化出現起伏消長的現象。

身障傳記作品大量出現，除了社會觀念改變的因素之外，實體的經費投入也是關鍵。尤其是相關公益慈善團體的陸續成立，也對身障者傳記產生正面的助益。其實早在一九七七年便有鄭豐喜文教基金會，一九八二年即有伊甸基金會等許多相關團體。不過臺灣在一九八七年解除戒嚴令後，除了開放組黨之外，也同時開放遊行與集會結社。更多的身障團體就是在此之後才陸續成立的。例如一九八九成立燒燙傷者的陽光基金會，一九九七年成立周大觀文教基金會，一九九九年成立罕見疾病基金會等，這些基金會除了致力各種公益活動外，也會出版與其成立宗旨相符的傳記書籍。例如周大觀文教基金會，近幾年就出版了為數不少的身障者傳記。

目前也有少數大陸身障傳記在臺灣出版，如二〇〇二年《無聲的突圍：聾啞婷婷的血淚故事》，二〇〇六年《我要站起來——輪椅鳳凰梁藝的生命故事》等。數量雖然不多，但可視為此類傳記發展的新趨勢。

（二）障礙類別的發展

身障的類別甚多，如天生殘缺，意外截肢，眼盲，耳聾，顏面傷殘，罕見疾病等。同一個時代，應該是各種不同類別的身障者同時俱有的。但是在傳記的出版上，各類別身障者傳記的出現卻有著時間上的差異。

鄭豐喜於一九七三年出版其自傳《汪洋中的一條破船》，立刻引起轟動。此書不僅是第一本天生殘缺者的傳記，也是第一部身障者傳記。鄭豐喜出生便雙腿畸形，只能爬行。家境十分貧困，還曾被賣到馬戲團表演。但他奮發向上，大學畢業後擔任教師，也組織了美滿家庭。蔣經國自承曾將傳記全書看過四遍，還親自建議作者將書名改為《汪洋中的一條船》。此書造成社會廣泛回響，也為相關傳記立下標竿，其影響力直到現在，仍然歷久不衰。分析其之所以造成轟動的原因，一是鄭先生個人堅苦卓絕的毅力，感動了許多人。二是名人加持，也造成不少影響。尤其是各縣市紛紛將其列為學生的必讀書目，更讓其風潮歷久不衰。

早期還有一九七七年出版的《輪椅小畫家》一書，可算是繼鄭豐喜之後的第二本身障傳記。該書敘述傳主張惠明從小因小兒麻痺而雙腿癱瘓，雙手發育不全，全身扭曲變形的人生。以及她不能上學，從事繪畫的經歷。

類似天生殘缺，遭遇悲慘的傳記後來不斷有人寫作出版，例如比鄭豐喜身體狀況還嚴重的楊恩典，她一出生便雙臂全無，右腳畸形，被人丟棄在菜市場的肉攤上時，臍帶都還未乾。警察將她送至六龜山地育幼院，交給牧師夫婦撫養。三歲時恰好蔣經國路過此地，將她抱起給予親切鼓勵，從此聲名大噪。二人當時合照的相片，於一九八九年還被製成郵票。她長大後成為一位口足畫家。由於蔣經國後來多次前往探視，並補助醫療等費用，媒體也經常予以報導，其生平事蹟早已為人所熟知。但其傳記直到一九九七年才出版，即《畫翼天使》一書。

又如楊美華《缺指蝴蝶》(2004)，也是天生殘缺者的傳記，該書講述她出生時雙手嚴重畸形，受盡歧視，人生路程也不順遂，但靠著過人的毅力，終於創造美好人生。

一九八〇年，沈曉亞小姐將其臉部嚴重燒傷的經歷寫成了《怕見陽光的人》一書，不僅引起社會的關注，也是首見的以顏面損傷為主題的自傳。沈小姐於學校做實驗，不慎打翻酒精燈，引燃化學藥劑，造成臉部大面積灼傷，此後的人生便有了完全難以想像的轉折。此書感動了許多人，不但使社會開始了解顏面損傷者的心聲，同時也直接促成了「陽光基金會」的成立。其後關於顏面損傷者的傳記開始陸續出現，較著者如已故女作家陳燁的《半臉女兒》(2001)，此書詳述自己因小臉症而自卑的過去，以及與美女母親之間的愛恨糾葛。另有蕭麗君、邱恬琳《破碎臉天使心》(2001)；陳明里《阿里疤疤——台灣最醜的男人陳明里的故事》(2006)等，均是以顏面損傷為敘述主題。由於臉部的傷害不易隱藏，且容易引起他人害怕。雖有時並不影響行動，卻會對傳主的自我認同產生重大影響。若是因為意外而導致傷殘，其認同反差又更加劇烈。

因為意外而全身癱瘓的傳記，當以劉岩田《向癱瘓挑戰》(1978)為最早，也是後來許多類似傳記的先河。劉岩田半工半讀考上大學，才開學一個月，便因校車意外而頸椎脫臼，全身癱瘓。該書描述他的過去與現況，以及對未來的期勉。

由名作家司馬中原及心岱採訪及執筆的《他，為什麼要活下去？勇者仰大祺的故事》（1980），應可算是第二部因意外而全身癱瘓的身障傳記。傳主仰大祺先生早年跟隨軍隊來臺，在一次戰技訓練中受傷，頸椎折斷，導致全身癱瘓，僅有頭腦是清醒的。此書出版時，他已經在病床上躺了十九年了。他對來訪的作家侃侃而談自己的過去，還有受傷後的心情，以及對大陸家人的思念。此書部分內容由《皇冠》雜誌刊出後，引起海內外很大迴響。由於當時兩岸不開放，許多海外華人表示願意代為轉寄親人訊息。大陸《今日中國》雜誌，也在一九八一年五月號刊登其湖北親人的訪問報導，可見此傳之影響擴及兩岸。

此類意外成殘的傳記一直都有類似作品出版，許德英《換個跑道再起飛》（1997）一書，便是一個例子。許德英駕駛的戰鬥機，在空中與另一飛機相撞，跳傘逃生後截去一條腿，但他仍然樂觀自信。更著名的是宋芳綺《活著真好：輪椅巨人祈六新》（2001）一書，傳主祈六新由第一志願的高中畢業，又以第一名的成績由官校畢業，軍旅生涯十分順利，卻在即將外派南非之際，發生嚴重車禍，導致頸部以下全部癱瘓，原本輝煌的未來瞬間化為烏有。這種強烈反差的人生，以及如何由谷底攀升的歷程，是此類傳記常見的內容。類似作品如曹燕婷《我，從八樓墜下之後》（2005），以及她與因車禍而半身不遂的李克翰合寫的《醒來後的淚光》（2003）；還有在工地墜樓而癱瘓，後來成功開設養雞場的陳全鴻《希望牧場》（2006）。以及擁有美國名校學歷，姣好外貌，卻因車禍而下半身癱瘓，但仍然奮發向上的江偉君《輪椅上的公主》（2007）等，都是類似際遇的作品。

一九八二年黃乃輝出版《愛的迴響》，則是第一部腦性麻痺患者的自傳。黃乃輝從小因腦性麻痺，全身扭曲，行動與言語表達都有極大困難。十二歲才上小學，寫六百字要花上三個小時，但頭腦正常，思慮敏捷。他以無比毅力完成學業，並出書鼓勵他人。一九九〇年，黃乃輝再出版《心向太陽：黃乃輝的成長路》，則是前書的增補。二〇〇五年同是腦性麻痺患者的張裕鑫出版《逆風野草：我的生命出路》，書中敘述其成長與求學，最後考上公務人員的過程。

視障者亦即所謂盲人的傳記，在一九九六年便有。不過當時是以合傳形式出版的，亦即《心靈的顏色》一書。該書有十一篇故事，其中八位是盲人。至於以個人傳記形式出現者當以一九九五年鄭龍水《盲者之旅：鄭龍水傳奇》為最早，鄭龍水因青光眼導致失明，後來不僅考上大學，還當選民意代表。其後陸續有因青光眼而失明的張茂隆《活著，比什麼都重要》（2001），及柯明期《學習永不嫌遲》（2002）等書。後者敘述傳主因打籃球遭撞擊而失明，導致苦心取得的理工科優秀學歷毫無意義，後來從頭來過，考上特殊教育碩士，並在學校服務的過程。另外李秉宏《生命的眼睛》（2005），則講述其從小失明，經由苦讀考上律師的艱苦歷程。還有馬拉松選手張文彥《看見希望的入口》（2005），女性傳主莊靜潔《點亮幸福微光》（2010）等，也是失明但不放棄人生的例子。較特別的是另一部女性視障傳記《盲鬥士：柯燕姬傳奇》（2006），本書是少見以老年人為傳主的身障者傳記。該書編寫時傳主年事已高，幾乎不接受採訪，而出版時傳主已經過世。書中敘述傳主在一九六〇年代，以近乎失明的視力，考上大學，且到美國取得碩士學位的光榮經歷。

在視障者的世界中，有許多想像不到的生活困境。例如在不熟悉的地方，便不曉得廁所的門該怎麼開？在柯燕姬的傳記中，也提到汽車在她的理解上，是「速度」與「聲音」的結合，直到她戴上特殊的眼鏡，才知道是黑色的長方形物體。這些常人難以想像的經驗，在這些書中都有詳細描述。

聽障者，即聾人的傳記，相對於盲人來說數目較少。除了合傳中提到的幾位之外，就屬知名模特兒兼電視手語主播王曉書最為知名，其自傳《我看見聲音》(2000)，記述其因耳聾所帶來的不便，以及克服障礙的過程。另有因發高燒而失去聽力的施宏錡《不放棄就有希望》(2007)，另外合傳《沒有翅膀的我們，也想飛》(1998)一書中，前半部也為聽障人士的故事。

近十年來，有一新類型的傳記特別受到矚目，那就是罕見疾病以及末期病患的傳記。他們都因患病而身體變形，行動不便。但與其他肢體殘障的傳主相比，他們除了行動上的不便之外，更可怕的是來日無多的恐懼。由於其罹患的疾病目前無藥可醫，而且存活率基本是零，因此所面對的煎熬與其他身障者相比又更加殘酷。例如漸進式肌肉萎縮、小腦萎縮，以及癌症末期的截肢病患等。這些由病名看起來毫無希望的病人，其傳記卻能夠引人矚目，賺人熱淚，最大的原因在於書中不會單純地描寫痛苦與不便，而是將這些痛苦轉化為爭取生命時間過程中的磨難，並藉此映稱出傳主堅決活下去的毅力。這類罕病患者的傳記在二〇〇〇後急速增加，依筆者統計，二〇〇〇年至今所出版之身障者傳記有一百三十二部，而罕見疾病患者便有七十二部，已然超越半數。

這一類的書籍像是陳子衿《不理會太陽的向日葵》(2004)，傳主從小就因為骨肉瘤行動不便，開刀多次，醫生束手無策，每晚都因為疼痛而無法入眠，只能依賴止痛藥過生活。二十五歲時又得到第二個癌症「膽管癌」，生活只剩下「化療」和「等待化療」兩件事。但是她卻以異於常人的豁達與樂觀，寫書鼓勵他人正向思考。書中充滿詼諧與自在。又如陳宏，原本是事業有成的記者與大學講師，卻得了「運動神經元病變」，即所謂的「漸凍人」。全身癱瘓，口不能言，食不能嚥，只能靠眨眼與外界溝通。但他頭腦十分清醒，並以無比毅力，對著音版以眨眼拼音，再由他人轉寫成文字，於二〇〇二年出版了《眨眼之間：漸凍人陳宏的熱情人生》一書，記錄他過往人生的種種回憶，以及患病後的遭遇。

三　傳記主題的演變

身障者傳記也和其他傳記作品一樣，深受寫作當時的社會結構與文化所影響。例如早期傳記作品中，大陸來臺人士占有不小比例，而且書中常會出現符合當時政治要求的文字。但隨著時代改變，這些現象已不復見。除此之外，有一些從不改變的主題，不斷出現在各書之中。而新的年輕世代，也創造出前所未見的新主題。以下即由此兩方面分別敘述。

（一）不變的主題

1　奮發向上與珍惜生命

身障者傳記自出現以來，有兩個主題從未改變，那就是努力奮鬥，突破困境。以及珍惜生命，創造價值。雖說實際內容隨著傳主個人經歷及病況而有不同，但是這兩點都會伴隨著傳主的生命故事而反覆被強調。這也是此類傳記經常被視為勵志文學，且入選中小學生優良讀物的原因。藉由身體殘缺的傳主現身說法，鼓勵所有人克服自我限制，追求理想，奮鬥不懈。在此原則下，每位傳主幾乎都呈現出樂觀向上的人格特質，也都以積極奮發的心態面對未來。

除此之外，隨著近十多年來無藥可醫的罕見疾病傳記日益增加，珍惜生命的主題也日益被強調。由於這些傳主大多只有數年可活，等於已經被自己的身體宣判了死刑。但他們卻努力在這有限的時光中，以幾近損壞殆盡的軀體，為自己也為世界留下一些紀錄。例如這幾年出現的許多肌肉萎縮症患者傳記便是顯例，他們全身的肌肉會逐漸萎縮，造成行動不便，且必然會在幾年內死亡。原本美好的人生被強迫壓縮至短短數年，任何夢想都必須在此期限內完成，也因此這類傳記對時間的危機感特別強烈。而其他像是全身癱瘓的傳主，因為缺乏運動，身體器官損壞的速率也大於一般人，往往在幾年內便有時不我予的感受，凡此種種均使得傳主常在書中特別強調時光之短暫與生命的可貴。

身障者傳記經常探討生命的意義，書中常見對於人為何存在？以及如何存在的深入思考。對於身障者而言，每天都會經歷的痛苦與不便，使他們迫切想要尋求生命問題的答案。而他們的求索過程與人生體悟，也就表現在各人的傳記之中。這經常是文學探討的主題，在其他傳記中並不常見，但卻是此類傳記的敘述重點。身障者傳記的價值也因此而顯現，因為這正是文學的嚴肅目的。

2 痛與苦

身障傳記是少數以身體為關注焦點的書籍，身障者由於疾病或意外，導致身體缺損，其受傷與醫治的過程，經常充滿難以忍受的疼痛。這些傳主有人全身多處骨折，有人大面積燒傷，有人意外戳瞎眼睛，各種身體上的損害都令患者痛不欲生。某些人更是一生與疼痛為伍，如自小罹患類風濕性關節炎的劉俠，就曾說自己某次肋骨折斷兩根，竟然完全不知，反正每天都是痛痛痛，根本分不清出了什麼事。

因為鍋爐爆炸而燒傷的陳明里，則詳細描述了疼痛的等級：「燒傷的痛苦若要區分程度，可分為微痛、小痛、中痛、大痛、劇痛、狂痛到哀號之差別等級，簡單說，微痛如螞蟻爬行在癢，實不足為奇；小痛如細針刺激般，輕輕的吸一口氣可忍住；中痛如蜜蜂螫傷，再深深呼吸吐一口大氣；大痛如刀刃劃過，要咬緊牙關，呻吟握拳度之；劇痛如撕裂挫傷，足以讓人哀號大叫不已；狂痛如殺豬般千刀萬剮，真是痛不欲生也。」[1]

---

1 陳明里：《阿里疤疤：臺灣最醜的男人陳明里的故事》（臺北：健行文化出版事業股份有限公司，2006年），頁34。

除了疾病本身帶來的痛苦外，有時醫生的治療方式，只顧及療效，不考慮病患感受，如同將病患視為損壞的機器，其所造成的痛苦，不啻為古代的酷刑凌虐，這也是許多傳主常在書中抱怨醫生的原因。在各種治療描寫中，以脊椎受傷患者的脊椎牽引術最不人道，也最令讀者印象深刻。病患在初受傷時，醫師多半會以脊椎牽引術治療。其法一般是在頭蓋骨打洞，墜以沙包，再由大腿骨外側打洞，兩方各墜沙包，以此拉直脊椎。各書中傳主敘述的遭遇，只能以慘不忍睹來形容。如仰大祺曾說自己痛到不斷呼喊，直到護士打針才能睡去。而楊恩典則形容那種折磨一點一滴地滲入骨髓，就像在體驗耶穌釘十字架流血至死的痛苦。祈六新甚至特別在書中畫出詳細圖解，解釋此一療法之作用原理，以使讀者能夠感同身受。

痛是身體上的，苦是心理上的。身體的缺損也會招致他人異樣眼光，社會上不公平的對待，還有自己及家人對未來的恐懼，這些也會在心理上造成難以磨滅的烙印。許多傳主都提及，自己及家人曾被鄰居或同學恥笑，必是上輩子做了虧心事，今世才有如此報應。社會上也有各種歧視規定，如早期有多所大學科系訂有殘障不得入學的條款，某些機關也不錄用殘障人士。這也造成許多位意外成殘的傳主，想到自己將要面對的人生，均不約而同地多次企圖自殺。

此外，照顧的親人們也同樣受苦。除了承受無止境的照顧要求外，還要擔心醫療費用及親人的未來，心理上的壓力不比患者本人小。傳記中經常有父母親躲在一旁偷偷拭淚，又不敢讓傳主知道的記載。凡此種種，均是心理上的苦，傳記中都會以相當篇幅呈現。

3 反常與無常

身障者的身體都有明顯可見的缺損，造成與一般人不一樣的反常外觀。這樣的身體反常，逼迫他們必須面對完全不同的人生。其實就算是一般的傳記，也大多是一些「反常」的個人，如全球首富、運動明星、軍事天才、開國君主等。這些人都有與常人不同之處，也因為他們不同於常人，才能引發讀者閱讀的興趣。但是，身障者的反常，卻讓他們被屏除於社會之外，而不是被社會推崇。雖說這種因身體反常而被排斥的狀態，正是身障傳記作者們所極力要予以去除的。但是身體的缺損顯而易見，也造成實際的動作不便，這都無法因心理改變而治癒。身障者傳記中經常提及的一個例子就是洗澡，對許多身障者而言，自己洗澡十分困難，必須依靠種種輔助才能達到目的。還有上廁所，甚至吃飯喝水，這些常人看來再平常不過的事，以他們的身體條件來說卻是困難重重。

除了身體上的反常之外，還有時間上的反常。身障者傳記之所以能觸動人心，常在於這種時空錯置的身體狀態。一位八九十歲的老人，必須倚賴輪椅方能行動，或是必須仰賴他人攙扶才能起身，這並不奇怪，也就是說，是「正常」的現象。但是如果這些事情發生在二、三十歲的年輕人身上，那就反常了。反映在傳記上，就成了身障傳記的一大特徵，那就是幾乎全部為年輕人或中年人的傳記，極少見有老年人的傳記。這種隱含的時空錯置，正可以引發人們的情緒，思考自身生命的意義，珍惜眼前難得的行動自由。

另一個常見主題就是生命的無常，由此類傳記可看到，意外的發生和疾病的降臨，經常是毫無預兆也無跡可尋的。一旦遇上了，卻又令人束手無策，只能坐看生命的無奈與渺小。幾乎每一位傳主都會在書中問自己及蒼天說：「為什麼是我？」尤其許多人事業有成，正值人生巔峰。卻因為意外或患病，有人眼盲，有人截肢，有人癱瘓，有人身體快速萎縮。陳子衿曾以以雲霄飛車比喻這個難以承受卻又不能離開的感受：「一連串的驚嚇從未停止，骨肉瘤！已經夠恐怖了吧！再來一記二十個地心引力也無法對抗的膽管癌，於是我跟媽咪就像是綁在雲霄飛車上的母女，除了手牽手，心連心，一起尖叫，想要下車已經是不可能啦！」[2]

這些難以解釋卻又不能停止的命運，每位傳主都會提到，有人歸之於命，有人認為是上帝的安排，但最後都會以正面的態度去接受及面對。並且以自身的悲慘遭遇及經驗告訴讀者，命運操之在天，但努力操之在己，千萬不要被命運給擊倒。

（二）晚近出現的主題

1 身分認同

隨著時代與社會觀念的改變，身障傳記也由早期紀錄自己不被認同，拼命爭取他人認可的邊緣人心態，發展出更具信心的自我認同及群體認同概念。早期的傳主強調自己殘而不廢，藉由過人的毅力，受盡百般折磨，終於可以回到正常人的行列，有自己的事業及家庭，過上正常人的生活。但現今的身障傳記，除了個人的奮鬥經歷之外，其實已經有了不一樣的身分描寫。傳主藉由教育、出國、網路以及公益團體的組織交流，逐漸展現出不同的自我認同模式。不再認為自己是獨立於全世界人類之外的古怪生物，而是一個既有的龐大族群，並以此概念看待自我及有相同病況的他人。最近相當受到矚目的外國作家力克胡哲及乙武洋匡，也都是此類自我認同的代表。

2 公共議題

早期身障者傳記大多有固定的活動空間，亦即家庭、學校、醫院、工作四個地方。但後來的身障者傳記已經走出長期以來的空間侷限，開始出現在街頭抗議，並跨足到公共議題領域。身障者不再以證明自己殘而不廢為滿足，而是要求有被平等對待的人權，並且因此而開始出現爭取身障者權益的行動與相應的傳記內容。較著者如女作家

2 陳子衿：《不理會太陽的向日葵》（臺北：平安文化出版社，2004年），頁164。

劉俠（杏林子）的回憶錄《俠風長流：劉俠回憶錄》（2004），書中記述她從小因罹患類風濕性關節炎而不良於行的經歷，也記錄了她成為作家的種種歷程。但更重要的是，她在書中詳盡記載當年社會上對於殘疾人士的不友善，以及她挺身而出，組織遊行抗議，最後成立極為知名的公益團體「伊甸基金會」的過程。另外如楊玉欣、林偉君等也都有類似爭取身障者權益的內容。

莫那能《一個臺灣原住民的經歷》（2010），則更為特別。傳主本身是盲人，而本書主要敘述他在一九七〇至一九九〇間的經歷，此時正好也是黨外政治運動和鄉土文學運動的高峰，幾次重大事件傳主均親身參與。再加上傳主本身的原住民身分，以及其家人遭漢人欺負的過去，使本書跳脫出身障權益的敘述，觸及了更廣泛的議題。

3 性的自白

身體殘缺之人，其實也和一般人一樣有各種需求。但在其身分尚未被社會認同的時代，許多事都不可能被提出來討論，其中最為隱晦的當屬性方面的自白。在以往，身障者若提及此事必會被譏笑是癡心妄想。在許多身障傳記中，都會提到對愛情的渴望，或是想要結婚的夢想。尤其是女性的傳記，愛情經常是被反覆提到的主題。可是關於性的自白，直到二〇〇一年陳燁的《半臉女兒》才開始出現，書中描述了她自己對性的感受以及與男友的一段激情。二〇〇五年江偉君《輪椅上的公主》，則是由另一角度談此議題，她在美國曾參加一個相關的醫學實驗，發現自己這方面並無問題，以此證明，即使半身癱瘓，仍然可以有和其他人一樣的結婚權利。二〇一〇年羅雅萱《斷了發條的洋娃娃》中，則是大膽寫出她和丈夫之間的親密故事。除了第一本自傳的傳主是顏面損傷之外，後兩本都是因為車禍導致半身不遂，她們也都有藉著相關描述，證明即使脊椎損傷，無法行走，身障者仍然可以過正常人的生活的企圖。較特別的是，目前這方面的描寫只見於女性自傳，男性方面反而較含蓄，僅有希望可以結婚等簡單願望。

四　依附身障者傳記的其他傳記類型

（一）合傳

除了一人一書的形式之外，還有一種常見的身障傳記型態，即是合傳。合傳的形式可以一次呈現許多位相同背景的傳主，《史記》的列傳早已開其端。身障者或由於身體不便，或由於纏綿病榻，一般來說都沒有太大知名度。對出版社而言，以合傳形式出版也較為合理可行。此類合傳因為篇幅短小，多會先交代傳主致殘或發病原因及時間，然後敘述其奮鬥歷程，並以現狀作結。使讀者在短時間內能夠了解傳主的痛苦，與其成就之可貴。

以往在一般常見的勵志合傳中，常見有身障者的人生故事。如一九七六年出版的《創造生命光輝的人》即是。該書是編者廿年來擷取報章刊載的奮鬥成功人物，於二百餘人中，選出六十六位代表，其中有十三位就是身障人士。入選原因是編者認為他們「殘而不廢，不向命運低頭」[3]，其人生故事足以為大眾表率。

但最早的身障者合傳應為九歌出版社於一九七八年出版的《閃亮的生命》。該書傳主共十位，全部是身障人士。有趣的是，三十年後，同一家出版社又採訪了另外十位身障人士，出版第二集《創造奇蹟的人：閃亮的生命2》，書中有的傳主在第一集出版時甚至還未出生。類似的書籍還有劉銘等多人合著的《愛的路上你和我：20位超越障礙朋友的生命故事》（1997）。本書是劉銘及李燕兩位身障者，在警察廣播電臺主持了一個節目「愛的路上你和我」，六年來訪問了三百

3　疏影：《創造生命光輝的人》（臺北：超藝出版社，1976年），前言。

多位殘障人士，從中選取了二十位，集結成一本合傳。

此種合傳有的會有固定主題，例如《挑戰人生》(1996)，就選了十四位在教育界的身障人士。又如劉雅文《心靈的顏色》(1996)一書，則是以盲人傳記為主軸。由於合傳常有勉勵他人奮發向上的用意，有時書中所記載的也不一定是身體殘缺之人，也會有身體正常但突破困境之人的故事。也就是說，只要作者認為可激勵人心，不論身體狀況如何都予以收錄。最早如一九七八年出版由楊念慈等著的《生命的故事》，十二人中僅有三人是身障者，其他都是為理想犧牲奉獻之人。又如劉麗紅《高手的生命美學：20堂在逆境中翻身的功課》，是由她擔任廣播主持二十年間所採訪的故事集結，二十位傳主中有十八位是身障者，但有兩位不是。

近年來，社會上有許多公益獎項，特別頒給身體或心智有障礙之人。這些得獎人的生平故事，也經常會集結出書。如前所述，身障者本身大多無知名度，必須仰賴公益團體贊助才有出書的可能。於是各種獎項得獎人，便常成為作傳對象。不過由於每種獎項內容不同，因此各書內容差異甚大，有的書主題明確，有的則頗為駁雜。例如《生命在唱歌》(2005)，便以「北富銀身心障礙才藝獎」得獎人為傳主，各寫約三千字的小傳合為一書。而伊甸社會福利基金會出版的《沒有翅膀的我們，也想飛》(1998)，則是分為兩部分，第一部分是視障與聽障，第二部分是智障。蔡惠媛《勇者的畫像》(2004)一書，所寫的是臺北銀行公益慈善基金會所辦的身心障礙才藝獎的得獎人，其中除了個人之外，還有團體，如「生命勵」打擊樂團，就有十幾位各種障礙類別的人。此外每一本書的傳主人數差異更大，有少至五人的，也有如梁弘志《愛的接力賽》(2002)一書，多達三十八人。人數越多，其傳記自然就會越簡略。不過一般大多在十人至二十人之間。

（二）父母回憶錄

另有一種依附身障者傳記存在的相關書籍，即是照顧病重子女的父母回憶錄。父母的角色在身障者傳記中，經常是含辛茹苦無怨無悔地照顧子女。可是在這些父母自己所寫的回憶錄中，我們卻可以看到實際的辛苦甚至可說是痛苦的經歷。之所以出現這些書籍，有的是因為身障者本身病況嚴重，無法自我表達，根本無法寫傳，必須由父母代筆。也有傳主年幼時即發病過世，但父母希望能為小孩留下來世上走過一遭的回憶。另有父母將多年照顧心得留下紀錄，希望能夠給相同遭遇的家長一些指引。由於這類傳記通常會以病童為書名，可是實際內容卻以父母的經歷居多，造成一種特殊的「自／他傳」（auto/biography）的現象。也就是其書雖標明為某人的傳記，但是所寫的多為執筆者的所見所聞。也因此書中以父母的回憶居多，傳主本身的話語較少。例如《28公斤的生命：張恆鈞的成長手札》（2007）及同樣作者的另一部《28公斤的習題——呼吸勇士張恆鈞為生命解題》（2009）二書，母親的心路歷程就佔有極大篇幅。

照顧行動不便，且隨時有生命危險的親人是極大的考驗。由於重症病人生活無法自理，有時僅僅是要移動一公分的距離，都必須要求別人幫忙。「一小時要求照顧的動作超過一百次」[4]，這樣繁重的工作，對於照顧的親人而言，不啻為身體及心理的磨難。而父母為孩子付出這麼大的心力，換得的也僅是十分短暫的相處時光。這樣短暫的相聚卻又伴隨著如此艱辛的付出，回憶起來格外令人感到心酸，也是為人父母提筆寫作的動力，同時讓讀者體悟到生命的可貴。如蔡瓊瑋《家有黏多醣兒：周道的故事》（1997）一書，傳主因罹患罕見的黏多醣症，導致各種病變，腹部多次開刀，又作氣管切開手術。父母精

4 張恆鈞、陳臺秀：《28公斤的習題——呼吸勇士張恆鈞為生命解題》（臺北：財團法人周大觀文教基金會，2009年），頁116。

疲力竭地照顧身染重病的小孩，稍有不慎就會發生憾事，其照顧過程就像是「戰戰兢兢地像捧著一杯又熱又燙、滿溢的水」，每天生活在極度緊張之中，但孩子還是在十歲就離開人世。因為孩子很小就過世，書中記載的也多是病況的描述以及父母的處置之道。

這類作品近年來出版頗多，如林美瑗《慢飛天使》(2006)；林照程、蕭雅雯《我的慢飛天使》(2008)；吳庶深、黃菊珍《微笑天使向前走——逆境家庭的生命復原力》(2009)；劉采涵《孩子，請為我活下去》(2011) 等等均是。

這類的傳記作者通常以母親居多，但也有少數由父親執筆或敘述的，如巫錦輝《一生罕見的幸福》，便是父親寫兩位患病子女的故事。另外還有丈夫寫妻子的《百萬步的愛》(2008)，其書描述妻子罹患小腦萎縮症，先生以輪椅推著她完成環島旅行夢想的感人故事。

五　結語

身障族群人數眾多，他們的傳記在早期雖不受重視，但隨著時代與社會觀念改變，目前已然成為一股方興未艾的風潮，各種不同障礙類別均有傳記出版，且也開始出現各種新的主題。有的傳主還特別受到歡迎，因此一人多傳的情況也很普遍。例如楊恩典，除了前述一九九七年的《畫翼天使》外，在二〇〇〇年又出版《擁抱，生命中的每一分鐘》，主要敘述由小到大的成長歷程，其後又於二〇〇七年出版《那雙看不見的手》，則是著墨於長大後的戀愛與結婚生子，類似前書的續集。又如腦性麻痺的黃乃輝，也有四本以上的傳記，其中除了重複的內容外，也有隨著年齡增長，閱歷增加而續寫的新故事。而因癌症而鋸掉一條腿，不到十歲就過世的小學生周大觀，一人就有六本相關的傳記作品。另外一人出版兩本傳記的情況也很普遍，這一方面是因為傳主通常都很年輕，人生之路還很長，因此可不斷續寫。另一方面也可看出，此類傳記事實上受到讀者相當程度的歡迎，所以才能夠持續出版，歷久不衰。

附錄

身障傳記書目（統計至二○一三年六月）

出版年	書名	作者	出版社	障礙類別
1954	一個征服不了的人	凱勒海倫	世界	多重障礙
1976	汪洋中的一條船	鄭豐喜	地球	肢體障礙
1976	創造生命光輝的人	疏　影	超藝	合傳
1977	輪椅小畫家	張惠明	中華日報	肢體障礙
1977	揚帆記：鄭豐喜與吳繼釗戀愛奮鬥的故事	心　岱	林白	肢體障礙
1978	閃亮的生命	蔡文甫	九歌	多人
1978	向癱瘓挑戰	劉岩田	遠流	肢體障礙
1980	他，為什麼要活下去？：勇者仰大祺的故事	司馬中原	皇冠	肢體障礙
1980	怕見陽光的人	沈曉亞	聯亞	顏面損傷
1982	愛的迴響	黃乃輝		腦性麻痺
1983	穿山甲人：張四妹跨海的骨肉之情	回饋叢刊編委會	四季	罕病
1985	自己就是命運的建築師（向癱瘓挑戰）	羽　玄	遠流	肢體障礙
1990	心向太陽：黃乃輝的成長路	黃乃輝／口述	文經	腦性麻痺
1992	另一個角度的生命	伊甸基金會	希代	多人
1995	永遠的天使	劉雅文	伊甸	多人
1995	盲者之旅：鄭龍水傳奇	鄭龍水／口述	學鼎	視障
1996	心靈的顏色	劉雅文	伊甸	多人
1996	娃娃，再吸一口氣	李家雄	九思	罕病
1996	挑戰人生：不向命運低頭	蔡文怡	正中	多人
1997	家有黏多醣兒：周道的故事	蔡瓊瑋	聯經	罕病

出版年	書名	作者	出版社	障礙類別
1997	換個跑道再起飛	許德英	圓神	肢體障礙
1997	畫翼天使	曾　寬	派色文化	肢體障礙
1997	潛水鐘與蝴蝶	尚-多明尼克	大塊文化	罕病
1997	太陽天使：黃乃輝	黃乃輝／口述	文經	腦性麻痺
1998	給我換顆心	莫等卿	先智	心臟
1998	沒有翅膀的我們，也想飛	伊　旬	平安文化	多人
1998	絕不放棄：月亮歌后李珮菁的奮鬥故事	張文慧	臺視	肢體障礙
1999	生命之光：周大觀	宋芳綺	周大觀	罕病
1999	攀峰：朱仲祥的生命故事	李慧菊	天下	罕病
2000	寫出生命的彩虹	陳雯芳	周大觀	罕病
2000	67.5公分的天空	林煜智	水晶圖書	罕病
2000	施工中	柯以琳	禹臨圖書	罕病
2000	罕見天使：玉欣的故事	楊玉欣／口述	正中	罕病
2000	學習永不嫌遲——盲人碩士柯明期的生命故事	邱麗文	圓神	視障
2001	半臉女兒	陳　燁	皇冠文化	顏面損傷
2001	獨角獸，你教我怎麼飛	謝奇宏	天下文化	腦性麻痺
2001	活著真好：輪椅巨人祈六新	宋芳綺	天下遠見	肢體障礙
2001	絕地花園	鄭慧卿	天下文化	罕病
2002	看見天堂：10個罕見寶寶的故事	楊玉欣	博博文化	罕病
2002	破碎臉天使心	蕭麗君、邱恬琳	傳神愛網資訊	顏面損傷
2002	眨眼之間：漸凍人陳宏的熱情人生	陳　宏	圓神	罕病
2002	看見生命的光	鍾宛貞	晨星	視障

出版年	書名	作者	出版社	障礙類別
2002	勁妹起步跑	吳真儀	聯經	肢體障礙
2002	輪轉人生——劉銘勇於挑戰的生命故事	劉　銘	圓神	肢體障礙
2002	春天在我心（2）	張楚真	頂淵文化	罕病
2003	愛，使生命發光	宋芳綺等	遠流	多人
2003	真愛快遞：楊玉欣的禮物	楊玉欣／口述	正中	罕病
2003	頂出一片天	汪永頂	博揚文化	罕病
2003	醒來後的淚光：李克翰‧曹燕婷的反方向人生	李克翰、曹燕婷	大田	肢體障礙
2003	導盲犬一個半	李政忠	日之昇文化	視障父母
2003	小於萬分之一的機會	行政院衛生署	原水文化	罕病
2004	生命之愛：在眨眼之間	陳　宏	香海文化	罕病
2004	兩個人和一所學校——馬文仲與谷慶玉的牽手人生	馬文仲、谷慶玉	圓神	罕病
2004	給困頓者點燈：十六盞生命大燈‧愛與勇氣的故事	宋芳綺、劉瑞吟	晨星	多人
2004	只要我還能呼吸：生命的模範生林淑藝的生命故事	黄國忠	海鴿出版	罕病
2004	美麗新視界	陳芸英	寶瓶文化	視障
2004	堅持，就會看見希望	余秀芷	商周	肢體障礙
2004	缺指蝴蝶	楊美華、駱昆鴻	春天	肢體障礙
2004	勇者的畫像	林怡亭等	相映文化	多人
2004	藍約翰	宋芳綺	立緒文化	視障
2004	遇見心中的向日葵	謝其濬	天下文化	罕病
2005	用愛解凍：二十位漸凍勇者的生命故事	林大欽	聯經	罕病

出版年	書名	作者	出版社	障礙類別
2005	嘿嘿嘿，我的法拉利！	朱克勤	原水文化	罕病
2005	頑石與飛鳥	陳　宏	福報文化	罕病
2005	簡單的幸福——肌萎勇士連家祿的生命故事	連家祿	周大觀	罕病
2005	貓頭鷹的勇敢飛行	吳瑞璧	健行文化	腦性麻痺
2005	生命的眼睛	李秉宏	聯合文學	視障
2005	逆風野草——我的生命出路	張裕鑫	人本自然文化	腦性麻痺
2005	輪椅上的公主——追回幸福的旅程	江偉君	二魚文化	肢體障礙
2005	簡單的幸福	連家祿	海鴿文化	肌肉萎縮
2005	看見希望的入口	張文彥、曾文祺	商周	視障
2005	生命在歌唱	廖薇真	相映文化	視障
2005	企鵝變飛鳥	朱克勤	原水文化	罕病
2006	鋼索上的企鵝	社團法人中華小腦萎縮症病友協會		罕病
2006	當我們黏在一起	蔡瓊瑋	聯經	罕病
2006	一公升の眼淚	木藤亞也	高寶	罕病
2006	我要站起來——輪椅鳳凰梁藝的生命故事	梁　藝	海鴿	肢體障礙
2006	希望牧場——輪椅雞王陳全鴻的生命故事	陳全鴻	海鴿	肢體障礙
2006	因為愛，所以我在	宋芳綺、蘇怡任、林美惠	海鴿	多人
2006	慢飛天使	林美瑗	心靈工坊	多重障礙
2006	盲鬥士-柯燕姬傳奇	陳芸英	寶瓶文化	視障

出版年	書名	作者	出版社	障礙類別
2006	活出真愛	朱若愚	二魚文化	腦性麻痺
2006	阿里疤疤——臺灣最醜的男人陳明里的故事	陳明里	健行	顏面損傷
2006	我見過一棵大樹	陳　宏	香海文化	罕病
2007	28公斤的生命：張恆鈞的成長手札	張恆鈞、陳臺秀	書泉	罕病
2007	住在月亮上的女孩	張育宜	平安文化	罕病
2007	角落〈欣〉世界電臺網站		罕病基金會	罕病
2007	邀舞——一位多發性硬化症病人的心情紀事	高銘君	白象文化	罕病
2007	面對	于美人、閻驊	春光	罕病
2007	不倒的蘆葦—漸凍英雄蕭建華的生命故事	蕭建華	宇河文化	罕病
2007	愛——過去的、現在的以及未來的	宋芳綺，蘇怡任，林美惠	海鴿	多人
2007	都是心肝寶貝	傳神、張玉奇	傳神愛網	腦性麻痺
2007	那雙看不見的手	楊恩典／口述 胡幼鳳／撰文	圓神	肢體障礙
2007	單腳舞動人生：在逆境中尋找勇氣	林睦卿	春光	肢體障礙
2007	苦，也是一種豐富	陳　宏	香海文化	罕病
2008	愛，在苦難之後	趙翠慧／口述 依品凡／執筆	周大觀	多人
2008	我的『肌萎』酒～肌萎英雄曾英齊的生命故事	曾英齊	周大觀	罕病
2008	假如我能行走三天	張云成	商周出版	罕病

出版年	書名	作者	出版社	障礙類別
2008	「強悍弱女子——曾晴教我的八堂課」	曾國榮（曾晴的爸爸）	天下雜誌	罕病
2008	Orange媽媽——四分之三的幸福	歐玲君	張老師	罕病
2008	都準備好了——全球10位生命總統挑戰極限的故事	宋芳綺	周大觀	多人
2008	永不放棄——2008熱愛生命獎章得主故事	人間福報編輯部	福報文化	多人
2008	與盲同行	柯明期	宇宙光	視障
2008	光明恆生	程恆生／明　含	印刻文學生活雜誌	視障
2008	我的慢飛天使	林照程／蕭雅雯	啟示	多重障礙
2008	浴火小天使	謝其濬	天下遠見	顏面損傷
2008	擁抱幸福的貓頭鷹	吳瑞璧	健行	腦性麻痺
2008	百萬步的愛	黃智勇／口述 林宥儀／撰筆	社團法人中華小腦萎縮症病友協會	罕病
2009	自在的少水魚	陳　宏	香海文化	罕病
2009	微笑天使向前走——逆境家庭的生命復原力	吳庶深、黃菊珍	張老師	罕病
2009	上帝看見我臉上的微笑	邱俊瑋、陳晶	文瀾資訊	罕病
2009	仰角45°——俊瑋的思考．創作．生活	邱俊瑋	文瀾資訊	罕病
2009	28公斤的習題——呼吸勇士張恆鈞為生命解題	張恆鈞、陳臺秀	周大觀	罕病
2009	人間12道光明——全球12位生命總統的故事	周進華等	周大觀	多人

出版年	書名	作者	出版社	障礙類別
2009	沙底下的流星——白鳥鄭美珠傳奇	鄭美珠	周大觀	罕病
2009	守護4141個心跳	徐超斌	寶瓶文化	肢體障礙
2009	罕病練功路：十年生死手記	吳彥竹	罕見疾病基金會	罕病
2009	面向陽光——向日葵天使許淑絜傳奇	許淑絜	周大觀	腦性麻痺
2009	走過心情的溫度	沈秋香	人人書樓	肢體障礙
2009	我長大了，真好！	周佳靜	格林文化	罕病
2010	我的心不凍	蔣海瓊	時報出版	罕病
2010	生命如此豐盛：郭惠恩的勵志故事	郭臨恩	張老師	罕病
2010	顫抖的音符：一個「漸凍」女孩的生命故事	丁　銘	學林	罕病
2010	我在 燈在	陳　宏	福報文化	罕病
2010	學校沒教我的36堂課：一位進行性肌肉萎縮症者的病房手札	陳彩美	秀威資訊	罕病
2010	雲上的太陽——全球22位生命總統蛻變的故事	周進華等	周大觀	多人
2010	另一道陽光——陽光英雄施清文的傳奇故事	施清文	周大觀	視障
2010	無腿輪舞天后——何欣茹的傳奇故事	何欣茹、周鴻隆	周大觀	肢體障礙
2010	用愛喚醒——天才植物人王建詔的傳奇故事	李開菊	周大觀	植物人
2010	斷了發條的洋娃娃	羅雅萱	博客思	肢體障礙
2010	點亮幸福微光	莊靜潔	寶瓶文化	視障
2010	紅面棋王	馬西屏	皇冠文化	顏面損傷

出版年	書名	作者	出版社	障礙類別
2010	海天浪：莊馥華的詩和生命故事	莊馥華	聯合文學	多重障礙
2010	祈盼人生是個圓	劉千瑤	白象文化	肢體障礙
2010	奇蹟男孩	陳維鸚	聯合文學	罕病
2011	跨越障礙活得精采	張天泰、鄒敦怜、林　瑋等	康軒	罕病
2011	120公分的勇氣	張麗君	張老師	罕病
2011	生命從明天開始——一對輪椅女孩的倒數人生	徐東清（春曼）徐東梅（心曼）	周大觀	罕病
2011	每天都是奇蹟——關島天使娜塔莎的傳奇故事	娜塔莎	周大觀	罕病
2011	99分的生命——全球23位生命總統活在當下的故事	周進華等	周大觀	多人
2011	45°的生命——攤瘓天使鄭慧蓮用愛畫出奇蹟的故事	劉佩榕	周大觀	罕病
2011	堅持就是阮的名	張軒瑀／採訪撰文	白象文化	視障
2011	30年的準備，只為你	卓曉然	寶瓶文化	多重障礙
2011	從殘童到富爸	劉　銘	經典雜誌	肢體障礙
2011	孩子，請為我活下去	劉采涵	有鹿文化	罕病
2012	坐輪椅也要旅行	鄭　鈴	張老師	罕病
2012	9個萬分之一的相聚	袁鵬偉、顧潔如、陳道怡……等／合著	張老師	罕病

出版年	書名	作者	出版社	障礙類別
2012	活出第19層——漸凍博士陳銀雪的生命故事	周慧珠／執筆	周大觀	罕病
2012	生命藍海——全球19位生命總統安渡彼岸的故事	周進華等	周大觀	多人
2012	生命是荊棘還是鮮花：尼泊爾天使吉邁兒的傳奇故事	吉邁兒	周大觀	罕病
2012	萬分之一的奇蹟：無腿媽媽宋雅靜的傳奇故事	宋雅靜	周大觀	肢體障礙
2012	按動生命——不落跑老爸曾金世	曾金世	周大觀	肌肉萎縮
2012	牽著天使的手	林美瑗	心靈工坊	多重障礙
2012	極速13Km：剎不住的狂想人生	高有智、唐峰正	八旗文化	肢體障礙
2012	活著的每一天都是奇蹟	張英姬／文；沈潼／譯	時報文化	罕病
2012	人生瞎半場	賴淑蘭	一品文化	視障
2012	週末的那堂課	楊惠君	天下文化	罕病
2013	生命藏寶圖：呼吸英雄張守德的生命故事	張守德	周大觀	罕病
2013	想飛．飛過世界——全球20位生命總統活出極限的故事	周進華等著	周大觀	多人
2013	生命鬥士的熱血志願	陳贈友／著；齊世芳／撰文	大喜文化	罕病
2013	半杯水．三個夢——今日劉俠陳美坊的傳奇故事	陳美坊	周大觀	罕病

傳記類圖書的編目方式與查找問題

一　前言

傳記類圖書歷史悠久，長期以來廣受讀者喜愛。海峽兩岸在各自放鬆其對政治上的管制後，各類型的傳記更是如雨後春筍般蓬勃發展。讀者們面對如此龐大數量的傳記作品，除非已明確了解所要找尋的傳主姓名或書名，一般來說，還是得依賴圖書館的分類法幫忙查找。

目前臺灣使用最廣的圖書分類法是賴永祥先生所編訂的「中國圖書分類法」，此分類法在史地類（編號700）項下特別列有「傳記」一類，其編號範圍為780到789，大部分的傳記作品都會編在此類，也就是說，這幾類編號是專門分配給傳記使用的。例如中國人物傳記的編號便為782，英國人物的傳記編號為784.1等。如果要找關於傳記類圖書，圖書館員一般都會指引讀者直接查找編號780至789的圖書，既快又方便。大部分的傳記類圖書也都是置放於此，讀者進了圖書館，只要找到分類號為780的書架，或是由電腦中查找780到789的書目，大致都能夠找到相關的書籍。

但傳記類圖書的編目現狀其實十分複雜，許多傳記並不是放在「傳記」類，而是放在其他各種項目之下。在「中國圖書分類法」的「傳記」類目下，有一小段附註：「宗教開祖及宗教界主要人物傳記收入於各該宗教；哲學家評傳，得隨其著作入各國各時代哲學家之目；其他各科總傳或分傳，如果內容偏重於學術貢獻上，得依實際需要歸入有關學科的歷史目」。依此原則編目，就會出現宗教人物及哲學家的傳記，除了少數幾本，幾乎是全部被移出傳記類圖書之外的情況。而各學科的重要人物傳記，也可能被打散分到其學科底下。

除此之外，中國圖書分類法還在某些學科下，明定了「傳記」的類目，例如410.99為「醫療界人物傳記」，005.3為「中國國民黨黨人傳記」，039為「漢學家傳記」，309.9為「科學家總傳」，920.99為「建築師傳記」，940.98為「中國畫家傳記」，982.9為「伶人傳記；演員傳記」等等。

另外，有的類目不以傳記為名，卻很明顯可以放入各人生平事蹟，導致某些傳記圖書被置於其下。如380.98為「中國動物學家」，959為「攝影業；攝影師」，976.93為「舞蹈家」，549.348為「馬克思生平」，549.349為「恩格斯生平」，549.359為「列寧生平」等。

由於例外的情況太多，若非十分了解圖書編目規則，或是有人特別提醒，一般讀者僅由傳記類圖書項下尋找，很容易就忽略掉還有許多藏在圖書館深處的人物傳記。例如宗教界人物傳記就是明顯的例子，此外醫療人物傳記也不易找，因為分布在至少三個不同的領域。還有國民黨的領袖人物如孫中山、蔣介石、蔣經國等，其傳記被放在總類底下。另有許多人物傳記，則依其職業被歸入不同職業類別之中。以下將依據二〇〇七年版的中國圖書分類法，分別加以說明。

二　宗教人物傳記

在《中國圖書分類法》中，宗教人物傳記是以宗教的特殊性質為考量，預先作了安排。在「宗教」（200）項下，有「宗教家傳記」（209.92），並註明「各種宗教傳記彙編入此，某一種宗教的人物傳記各入其類」。

除了各種宗教的合傳之外，還依照各宗教的區別，另外規畫了各宗教的傳記，並將其教內人物的傳記歸於此項下。如佛教傳記的分類號為（229），道教傳記為（239），基督教傳記（249），伊斯蘭教傳記（259），猶太教傳記（269）。所以宗教人物的傳記在史地類下的「傳記」項中是找不到的，如果讀者要找星雲法師、聖嚴法師等人的傳記，就必須到229的類目下才能找得到。

特別要注意的是，藏傳佛教人物的傳記乃是編在「佛教宗派」（226）項下的「密教」（226.9）底下。所以達賴喇嘛的傳記數量不少，但是在傳記（780）項下是找不到的，甚至在佛教傳記（229）項下也找不到。必須到「密教」（226.9）的類目下才有。另外天主教的教宗、聖人、教廷人物的傳記則是被歸在「基督教傳記」底下。

三　哲學家傳記

哲學家也是被特別提出來獨立成一套編號的，分類號109.9為「哲學家總傳」，東西方哲學家的合傳會放在此處。但是各國哲學家的合傳又獨立出來，放在各國哲學史項下。例如中國哲學家總傳入120.99；日本哲學家總傳入131.099；韓國哲學家總傳入132.099；印度哲學家總傳入137.099；西洋哲學家總傳入140.99；英國哲學家總傳入144.099；美國哲學家總傳入145.099；法國哲學家總傳入146.099。

四　醫療界人物傳記

如果說宗教人物和哲學家傳記的情況是最特別的，那麼醫療界人物的傳記則可說是最複雜的。要查這部分的傳記，在「傳記」類僅能找到一小部分，許多醫療界人物的傳記不是放在「傳記」類，而是放在「醫學」類目下。最新版的中國圖書分類法中，410-419分配給「醫學」使用，410為「醫學總論」，而410.99則是「醫療界人物傳記」，照理說醫界人物傳記就在這裡了。不過實際查找圖書館藏書，卻只有少數醫師傳記被放入此類目下，大部分的醫師傳記其實被放入419.9項下，分類法標題為「醫院管理：醫事行政；護理」，這可能是較令人猜測不到的安排。為何會出現這樣情況？這是因為在中國圖書分類法增訂七版之前，419原本的類目是「醫藥設施；醫師及護理」，其中的419.9就明定為「醫療界人物傳記」，因此大部分的醫師傳記是被編入此號碼之下。也就是說，這些書是用以前的分類號編目的。不過再修訂的分類卻又把這個類目改到410.99，同樣也叫做「醫療界人物傳記」，結果造成兩個類目底下都有醫界人物傳記。不過由於長期以來都是以之前的規定編號，所以才使得目前此類目底下的書目不多。

此外因某些醫師也同時具有傳教士身分，所以有些醫師傳記會被放入「宗教」人物下。尤其是基督教，因為由北到南創辦了好幾所醫院，也有許多傑出人物，教中的一些醫師傳記便被放在宗教類的基督教傳記（249）底下。如馬偕醫師，蘭大衛醫師的傳記等。

另外419.652為「護士、護理師」，也有少數護士傳記置於此項下。

還有一些醫界人物傳記可能會在各專業領域之下，如「心理學」類，編號170，便可找到《弗洛依德傳》，這就需要全面性的查找方能發現。

總而言之，若想找有關醫療界人物的傳記，最好是將醫學、宗教、及傳記三個主要方面的書目全部瀏覽一遍，同時注意其專科領域，才不會有所缺漏。

五　中國國民黨黨人傳記

在總類項下，另編有「中國國民黨黨人傳記」一項，編號為005.3，其中特別為三位領袖人物訂定了分類號；分別是「孫文傳記」005.31，「蔣中正傳記」005.32，「蔣經國傳記」005.33。由於這三位的傳記作品甚多，有些也會被放入「中國人物傳記」類目（782）下，讀者必須小心查找。

其後並有「其他黨主席傳記」005.34，及「其他分傳」005.35，但這兩項都被註記「宜入782.88」也就是現代中國人物傳記的項下。

與此類似的則是共產黨人的傳記，如549.348為「馬克思生平」，549.349為「恩格斯生平」，549.359為「列寧生平」，此三位的傳記也就放在這些類目底下。另外549.29定為「各國共產主義」下的「傳記」類；而549.4229更特別訂為中國共產主義的「傳記」，這方面的書在大陸書籍越來越普遍的情況下，有逐漸增加的趨勢，許多大陸出版的簡體字版人物傳記，在臺灣的圖書館中常被置於此類。

六　其他明訂為「傳記」的類目

有一些學科底下，明訂了與「傳記」有關的類目，茲分述如下：

編號309是科學史，其下309.9是「科學家總傳」，許多科學家的傳記會放在此處。這裡不僅僅有合傳，有時也能找到科學家個人的傳記，例如《愛因斯坦傳》、《電學之父：法拉第的故事》、《牛頓：現代科學之父》等。

編號340是化學，其下340.99在增訂七版中原本是「練丹術，點金術」，但是2007年版已經改為「化學史」中的「傳記」類，因此在這個類目下會查到兩種不同的書籍。不過340.98也有傳記，如《改變世界的10大化學家》、《被化學所誘惑：白川英樹》等都在此。

編號920.99為「建築師傳記」，如建築師安藤忠雄的傳記《永不放棄的建築大師：安藤忠雄》及其自傳《建築家安藤忠雄》在此。

編號940.98為「中國畫家傳記」，940.99「各國畫家傳記」，940.9933「臺灣畫家傳記」。古代畫家傳記如《歷代畫壇百名家傳》、《中國名畫家列傳》；現代畫家傳記如《趙無極自畫像》、《白石老人自述》等都在940.98下。而西方畫家如梵谷、雷諾瓦、秀拉、馬帝斯、米羅、林布蘭等人的傳記都可在940.99下找到。臺灣畫家如李石樵、郭伯川等人的傳記則可在940.9933找到。

編號982.9為「伶人傳記；演員傳記」。如京劇演員顧正秋的回憶錄《休戀逝水：顧正秋回憶錄》，還有歌仔戲旦角廖瓊枝的傳記《廖瓊枝：凍水牡丹》在此。

編號987電影項下，有「電影史」987.09一類，並特別註記說明987.099為「電影導演傳記」，電影演員傳記亦在此。如西班牙導演《布紐爾自傳》，臺灣配音師杜篤之的回憶錄《聲色盒子：配音大師杜篤之的電影夢》編號即為987.099。

有些傳記書目稀少，雖然在分類法上另立了條目，但影響不大。如546.25為「著名奴隸傳」，另外039是「漢學家傳記」，983.19則是「日本伶人傳記」，主要是日本傳統的能劇、歌舞劇的表演者。這幾類書數目極少，如「日本伶人傳記」的編號下，許多圖書館只有日文書籍。

七　以職業或人物為名的分類

如前所述，有些分類不以傳記為名，卻很明顯可以放入各人生平事蹟，導致某些傳記圖書被置於其類目。這些類目通常是人物職業的名稱，或是直接以某某人物為名。這些類目之下的書籍，大部分都是這種職業的規範或資格要求，但也有少數傳記被編在此處。

編號380是動物學，380.9是動物學史，其下定了兩個子類，分別是380.98「中國動物學家」，以及380.99「各國動物學家」。如動物學家珍古德的傳記，編號即為380.99。還有《被遺忘的日籍臺灣動物學者》，及英國動物學家杜瑞爾的回憶錄《現代方舟25年：杜瑞爾與澤西動物園傳奇》也都編在此類。

編號520.9為教育史，其下有520.98「中國教育人物」，520.99「各國教育人物」，520.9933「臺灣教育人物」等。如梅貽寶的自傳《大學教育五十年：八十自傳》，還有《教育愛：台灣教育人物誌》、《蒙特梭利：生平與貢獻》、《布克爾．華盛頓自傳：從奴隸變身教育家的震撼事蹟》等都編在教育類目下。

編號542.2為戰爭，542.25為「個人之參戰」，其下並細分為十個子類，如542.253為「陣中生活」，542.254為「被俘生活」等。如沉醉的《戰犯改造所見聞》，還有《臺灣人日本兵的戰爭經驗》、《台灣慰安婦報告》等都被置於此。

編號733為「臺灣史地」，其下733.7為「人物；文獻」，其下又細分有733.76「明清時期人物」，733.77「日據時期人物」，733.78「現代人物」等。如《台灣近代人物集》便置於733.78項下，《日據時代台灣新文學作家小傳》則在733.77。

編號895.1為「新聞記者」，並且註明「攝影記者、通訊記者、新聞廣播員、電視新聞主播、新聞節目主持人入此」，這裡會有許多記者採訪生涯的回顧，如《走過戒嚴的資深記者生命史》。不過在898.9又有「中國新聞界人物」，下有《報人王惕吾：聯合報的故事》、《新聞界三老兵：曾虛白、成舍我、馬星野奮鬥歷程》。899.9又有「各國新聞界人物」，下有《普立茲傳》、《跨國報業巨人：梅鐸》等傳記。

編號909.8為「中國藝術家」，909.9為「各國藝術家」，909.933為「臺灣藝術家」。這其中大多數為藝術家作品之研究，但是也有少數傳記被編於此類。如達文西、米開蘭基羅等人的傳記可在此找到。

編號910.98為「中國音樂家」，可找到《馬思聰傳》。910.99為「各國音樂家」，可在此找到音樂家貝多芬、蕭邦、布拉姆斯、柴可夫斯基、莫札特等人的傳記。910.9933為「臺灣音樂家」，可找到馬水龍的傳記《音樂獨行俠：馬水龍》及《張福興：近代臺灣第一位音樂家》、《台灣音樂哲人：陳泗治》等傳記。

編號959為「攝影業；攝影師」，如攝影師柯錫杰的傳記《宇宙遊子柯錫杰：台灣現代攝影第一人》，外國攝影師如《光與影的一生：安瑟・亞當斯回憶錄》、《失焦：羅伯・卡帕二戰回憶錄》在此。

編號976.93為「舞蹈家」，如臺灣舞蹈家羅曼菲的傳記《羅曼菲：紅塵舞者》、林懷民的傳記《少年懷民》，還有外國舞蹈家如《血的記憶：瑪莎・葛蘭姆自傳》在此。

八　其他

在〈總論複分表〉指出，099是分配給傳記使用的號碼。所以在一些學科底下，雖然沒有明訂出「傳記」的類目，但是如果在分類號上加上099，通常也能發現一些傳記。如「物理」類（330）並沒有特定的傳記類目，但若以330.099查詢，就可查到其實有許多物理學家的傳記是放在這裡的。如居里夫人、霍金、費曼等人的傳記均可找到。

另有些傳記是叢書的一部分，其分類號可能會是083，也能在其中發現一些傳記作品。

還有各國文學複分表編有65「傳記文學」，中國作家作品複分表也有編號7「傳記資料」並註明「自傳、傳記、回憶錄、年譜、日記、書信、墨寶等入此」。但是實際使用情況要視各圖書館而定，不過有些文學家的傳記確實可在文學類下發現。

九　結語

因為圖書分類法給定了傳記的類目，卻又有這許多例外，有時圖書館員編目時似乎也無所適從。例如醫師傳記大部分會放在419.99項下，但也有少數醫師的傳記被編入一般的傳記類，例如陳五福醫師的傳記即是。還有少數宗教人物傳記也被歸類在一般人物傳記項下，沒有附在各宗教底下，例如周聯華及黃武東牧師的回憶錄即是。也有些中外名人，其傳記有十餘本，有的被編入傳記類，有的又依據分類法中的各種學科人物類別編目。如居里夫人，就可以分別在780「傳記類」，309「科學史類」，以及330「物理學總類」項下找到她的傳記。

又比如在分類法上雖訂有「女性傳記」，並給予兩個編號781.052及782.22，但實際的情況就和男性傳記一樣複雜。如整形外科醫師林靜芸的傳記，就被放在醫療界人物類。舞蹈家羅曼菲的傳記，就在舞蹈家類。許多比丘尼的傳記，當然都在宗教類。因此，以上所提的各種傳記分類的例外，其本身也還有例外，並不是所有傳記書籍都會完全在其分類之中。

由此也可看出，圖書分類法對傳記的觀念是將其視為各學科的附屬單位，即使是書目最多的「傳記」類，也仍然是史學的附屬。其他各學門的人物傳記，則隸屬該學門底下，因此才會出現這樣複雜的編目方式。

由於學術不斷進步，圖書編目法一直都有可以改進之處，其設計上的限制，有時使得某些傳記會被歸類到其他項下。這樣的情況不是臺灣所獨有，在中國大陸使用的「中國圖書館分類法」中，對傳記有相當詳細的劃分，傳記的編號為（K81），「中國人物傳記」則編在（K82）項下，其中按照人物的特徵和職業又細分了包括法律、軍事、音樂等至少五十三種不同領域人物傳記。唯獨宗教人物卻特別被提取出來，獨立在「宗教」類的「宗教家傳記」（B929.9）底下，分別為佛教傳記（B949.9），道教傳記（B959.9），伊斯蘭教傳記（B969.9），基督教傳記（B979.9）。與其他的傳記相隔甚遠。

美國國會圖書館圖書分類法也相似，傳記歸屬在歷史學項下，代碼為CT。但宗教人物傳記卻又分在各宗教項下，例如猶太教代碼BM，猶太教傳記為BM750-755。伊斯蘭教代碼為BP，伊斯蘭教傳記為BP70-80。佛教代碼為BQ，佛教傳記BQ840-999。基督教代碼為

BR，基督教傳記為BR1690-1725。

圖書分類法既定了傳記的分類號，卻又在各處放置基於各種考量的例外情況，造成的最直接影響就是書籍的陳列，不同分類號的書籍必定會在不同書架，或是不同樓層，甚至是不同的分館，讀者查找起來就很麻煩，也可能有所遺漏。

另外一個影響就是對傳記的研究，如果研究者只由「傳記」類下尋找及分析資料，可以想見其缺漏情形必定十分嚴重。還有若對傳記做文獻計量學研究，由於數量龐大，必須直接提取電腦資料分析，若對傳記分類編目的情況不了解，很可能做出錯誤的統計。

總而言之，雖然圖書分類法給予讀者一個查找書籍的方向，但讀者還是必須多方翻檢，方能查到完整的書目。

輯三

自傳與傳記解讀

早期美國華裔女童自傳的主體與認同
——林太乙《林家次女》與黃玉雪《華女阿五》[1]

一　前言

林太乙的《林家次女》與黃玉雪《華女阿五》（*Fifth Chinese Daughter*）是少見的兩部早期美國華人移民女性自傳，這兩本書的主角都是一九三〇年代住在美國的華裔小女孩。黃玉雪是在舊金山出生長大的華裔第二代，是不折不扣的美國人。林太乙雖在中國出生，但自十歲後，便長住美國，直到三十六歲才遷居香港。兩人的出生年代也十分相近，黃玉雪出生於一九二二年，林太乙則出生於一九二六年，只差四歲，因此基本上在同一時期於美國接受教育。當時的美國仍有排華法案，白人對待華人的態度仍充滿誤解與歧視。她們來自不同階層家庭，卻都在成長時期進入美國社會，經歷了不同文化與種族差別待遇的衝擊，再加上同為女性身分，也都有傳統文化中相同的角色限制，這使得二人的自傳有許多相似之處。

二書中所敘述的生命階段也十分類似，《林家次女》敘述至十八歲，結束於林太乙高中畢業。而《華女阿五》則結束於二十三歲，以黃玉雪自力更生開設陶器店，並在商業上獲得成功作結。二書都是以童年及青少年等成長階段為主，尤其是受教育的過程更是著重描繪，

1　《華女阿五》為大陸譯林出版社於二〇〇四年翻譯《*Fifth Chinese Daughter*》一書所使用之中文書名。該書已絕版，筆者亦無緣得見，本文僅借用其翻譯書名。本研究所使用的文本為參考書目所註明之英文版。

但長大成人至學校畢業之後的敘述就很少。這樣的安排著重在成長階段的描述，而不是長大之後的工作經歷，這與許多功成名就之後，回顧一生經歷的自傳也有明顯的不同。

《華女阿五》一書，描寫黃玉雪從小刻苦努力，衝破各種藩籬限制，終於找到自己人生道路的成功故事。此部自傳曾被湯亭亭譽為「華裔美國文學之母」，也是美國亞裔文學研究必讀之書。除美國外，也在英國、德國出版。還曾被美國國務院翻譯為泰文、馬來文、日文、緬甸文等多國文字。這樣一部重要的自傳，卻同時也被亞美文學批評家趙健秀斥為將多樣性的華裔美國人模式固定化，加深美國人對中國人的刻板印象。同一本書為何有這樣兩極化的評價？這點值得我們進一步探索。

另外林太乙的自傳《林家次女》，所處理的自傳主題與《華女阿五》幾乎完全相同，也是從小到大的成長。不過全書是以略帶輕鬆戲謔的語調，敘述各種經歷。由於加上林太乙從小經歷豐富，在中國出生，三十年代即出國留學。在人格養成時期便遊歷多國，其境遇可謂十分特殊。本書不僅可看到她從小的成長與轉變，也可見到因文化差異所造成的身分認同與文化主體性之形成。

二　成長歷程的自傳

自傳處理成長歷程是很自然的事，但特別專注處理童年及青少年時期成長階段的自傳並不多。這兩本自傳卻都不約而同地將重點置於人生的成長階段，也就是說，他們著重處理的是兒童到成人這短短二十年左右的時間。至於結婚生子，以及其後長達數十年的工作經歷則略而不談。在成長的過程裡，除了身體上的變化外，還有心理上的領悟。由於兒童的成長與教育歷程經常是密不可分的，因此書中也常以受教育的過程為敘述重點。而小時候受的教育，不論是家裡學的，或是學校教的，不但教導了知識，也塑造了人格，對人的一生都會產生重要影響。

以第一本自傳來說，黃玉雪（1922-2006），出生於美國舊金山，父母均為由廣東來美的第一代移民，家中共有九個孩子，她排行第五。父親經營一間小小的成衣廠，同時也是基督教會的牧師。她的第一部作品就是以英文撰寫的自傳《華女阿五》（*Fifth Chinese Daughter*），敘述她自出生到長大成人的故事，全書共二十八章，約結束在二十三歲左右。

另一本《林家次女》是林語堂的二女兒林太乙（1926-2003）所寫的自傳，她是福建人，出生於北京。《林家次女》所述是她童年至青年的成長歷程。由於林語堂經常來往各國，她也跟著四海為家。自傳結束在高中畢業，約十八歲左右，其後的人生都是一筆帶過。

這樣的自傳是把重點置於成長階段，使得它與所謂的成長小說（Bildungstroman）十分類似。在成長小說的作品裡，藉著主人翁由小到大的成長，敘述他們的教育及社會化歷程。其中除了可以看見個人的遭遇及家世外，還能看出當時的社會文化對一個人的形塑過程。主角經常因為年紀小，受困於威權的家庭或虐待孩子的學校，甚至是漂泊於冷血的社會底層，受盡欺凌。由一個懵懂無知的小孩，歷經社會各種無情洗禮，逐漸成長，體會出人生的意義，最終獲得一番成就。在早期，這類型小說的主角都是男性，例如狄更斯的多本名著。但近年來，這樣的成長紀錄逐漸由單純的兒童擴展到少數族群以及女性，其重點除了成長歷程之外，也更加強調他們如何經過奮鬥，掙脫加諸在他們身上的無形枷鎖，例如種族歧視、性別歧視等不公正待遇，最後獲得成功的故事。在自傳上，努力奮鬥終至成功本是常見主題。但是此種自傳中，要突破的是明顯的人為禁錮與束縛，通常就是主流社群的偏見或是性別上的差異對待。

黃玉雪從小在舊金山的中國城長大，父母以十九世紀的中國傳統觀念教育她。父親是一位十分傳統的中國男人，他將家中擔子一肩扛起，在美國奮鬥稍有所成，便將妻兒接來同住。他以自己從小接受的中國倫理道德要求家人，常以傳統禮教規範小孩。這其中有的令黃玉雪受用無窮，例如絕對誠實的觀念，使她一直受到雇主的信任。然而也有令她難以忍受的，例如打罵教育，重男輕女，還有父親的絕對權威。在她家中，只要父親開口，就是拍板定案，沒有爭辯餘地。如果在外面受了欺侮，那一定是自己有錯在先，父母會先檢討自己小孩，而不是去討回公道。

這樣的日子一直到她上了二年制專科，接觸了歐美社會學理論，她才驚訝地發現，原來小孩不是家庭生產力的來源，父母也不能要求孩子無條件順從。美國已將孩子視為獨立的個體，尊重小孩個人的選擇。因此她的心理成長轉變，可以歸因於教育的啟發。此外，她的打工經驗對她造成極大影響。由於家境不好，黃玉雪在高中時期便到美國家庭幫傭，工作內容有打掃房子、洗衣做飯、照顧小孩等。在實際接觸許多不同的美國家庭後，她發現西方人和華人的家庭有極大的不同，美國的爸爸會親吻媽媽，也會親吻小孩。他們對小孩的態度更是與自己父親的表現截然不同。相比較之下，她更喜歡西方家庭的互動模式。她也曾在結束打掃工作後，獨自坐在雇主寬敞清潔的屋子裡，享受片刻的寧靜。想起她自己的房間在地下室，而且又小又擠。不論是物質上還是思想觀念上，都讓她感到美國比較進步。而自己又正好就是美國人，只是身為華裔，為何就不能享有一般美國小孩的待遇？這種種因素加起來，終於在一個極具象徵性的事件中爆發。由於她私下與男友出去，不巧被父親察覺，兩人大吵一架。玉雪在這次爭執中，將學校學的社會學理論以及心中的不滿一股腦兒全部傾倒在她父親身上，父親在驚愕憤怒之餘，也發現無法再用中國傳統禮教約束她，只能回以「你將來會後悔」之類的話。這件事在她的自傳中，被視為一次人生的勝利。

黃玉雪從未在中國上過學，她的中文是由父親啟蒙，之後進入私塾般的中文夜校就讀。在她的自傳中，對中文學校完全沒有好評，裡面的老師就像她父親一樣，強調聽話和權威。老師上課既無聊，又會打人。對她而言，在美國學校課業完成後，還有中文的功課要學，實在很痛苦。一直到她遇到一位喜歡以比賽決定分數的老師，才讓她有了努力學習中文的慾望。雖然中文對她而言似乎無用又煩人，但直到她上大學，她自承思考問題時還是習慣是使用中文，這讓她在美國大學的課業上遭遇一些麻煩，不過很快就克服了，但明顯看得出是壞的影響。這些中文學校的記述，其實與她心中的中華文化是相關的，都是負面的記憶。

但是她的美國學校教育就截然不同，美國小學老師親切又溫柔，當她哭泣時，白人女老師還會抱著她安慰，而她自己的母親根本不抱她。大學的社會學老師教導她以獨立個體的角度從新省視自己，讓她找回自信，也找到自由。專科畢業後進入米爾斯學院，這是一所菁英私立學校，一個班級五、六人都可以開課。在那裡她學到獨立思考，也找到她最大的興趣：陶藝。米爾斯學院的院長對待她有如親生女兒，千方百計幫她想辦法繼續學業。反而自己的父母對她的經濟困境，只回以沒錢就不要念，自己去籌學費等無情的話。在她看來，美國教育教導小孩獨立自主，而華人教育是教導小孩習慣傳統文化框架。

對黃玉雪而言，除了在專科學校上課時學到每個人都是獨立個體這件事讓她受到極大震撼外，另一次人生中的重要領悟，是在她二十歲時。當玉雪已經有了穩定職業，能夠自力更生之後，母親竟然又生了一個弟弟。這時的父母親兩人年紀都不小了，上美國醫院需要會講英語的子女陪同。此時她突然發現，父母親竟然需要她的幫助，她這時才忽然了解到，原來長大不是一種解脫，而是嚴肅和痛苦的責任。

自傳結束時，她開了一間陶器店，靠著白人顧客的捧場而生意興隆，父親也以她為傲。她已成為一個快樂的，靠自己雙手創出無限希望的現代女性。

另一位傳主林太乙的經歷也十分特別，嚴格來說，她的正規教育只到高中畢業，也因此她所敘述的經歷也就侷限在這短短十幾年中。但這十幾年奔波於海內外，使她極難得的親身體驗東西方教育理念與教學方式的差異，尤其是價值觀的不同。再加上林語堂個人獨特的教育理念，將林太乙塑造成兼具中英文素養，又有獨立思考能力的現代女性。

由於林語堂自己天資聰穎，學校考試只要花二十分鐘準備就能輕鬆過關，因此他一直看不起學校。他還在一九三〇年寫過一篇〈讀書的藝術〉，發表在《中學生》雜誌，嘲笑學校教育之無用，此文林太乙還將其抄錄在自傳裡。這樣的文章林語堂寫過不只一篇，另有一篇類似的〈論讀書〉也被林太乙收錄在自傳中。這種對學校的藐視，造成小孩教育的偏差。林太乙的學校教育，經常被任意終止。原本在中國讀小學，突然就轉到美國，讀了幾年，又去法國。這三個國家語言文字以及社會文化完全不同，還好她們姊妹天資聰穎，銜接上沒有太大問題，沒有因此放棄學習，實屬萬幸。

在中文教育方面，由於林太乙曾經在中國念過幾年小學，因此對於中文並不陌生。出國後，林語堂堅持自己教小孩中文，會開一些他認為重要的中文書籍或文章讓女兒念。他在〈課兒小記〉中說，由於諸兒入學學不到中文，所以他自己教。至於教什麼呢？

> 笑話得很，一點沒有定規。今天英文，明天中文，今天唐詩，明天聊齋——今古奇觀，宇宙風，冰瑩自傳，沈從文自傳，當天報紙！忽講歷史，忽講美國大選總統，忽講書法，都沒一定。[2]

2　林太乙：《林家次女》（臺北：九歌出版社，2007年），頁97。

至於這樣教法有無實效？以林太乙的說法，似乎教什麼或怎麼教都無所謂，因為「我是為爸爸而攻讀中文的」。[3]由於放學後還要上中文課是很辛苦的，她背中文單字只是為了不想讓爸爸不高興，不是為自己。是因為她對爸爸「懷了一點稚氣的憐憫之心」，才讓她今天能認識幾個漢字。

她到了美國，才發現原來白人也有當侍應生的，外國人不再是個個都有地位的。美國的同學不來謙虛客套，林太乙同他們說自己成績不好，他們就真以為她考壞了，而不會想到是客氣話。這些國外生活的新鮮經歷，使她了解自己是一位中國人。

不過林太乙心理上真正的巨大轉變，應該是在四川飽受日軍轟炸，親歷戰火殘酷的那段時期。雖然父親把他們母女保護的很好，實際待在四川的時間也不長，很快就回美國了。但是她由一個和平靜謐的環境回到戰亂的中國，再輾轉由福建到四川，經歷許多困苦。到了四川，所住的房屋還被日軍給炸了，最後林語堂才決定於重慶大轟炸的間隙中離開。童年時期這最後一次返國的戰亂經歷，無可避免的對她的心理造成影響。她在中國的最後一小段時期，正是日本轟炸重慶的同一時間。無止境的警報和爆炸，對剛由繁華紐約回來的小女孩而言，實在是太巨大的反差。這一路上的所見所聞，對一個已經懂事的青少年造成了極大的震撼。她自傳中也說，「我變了個人，不再是回國之前那個無憂無慮的孩子。」[4]經過這段時期的洗禮，再回去美國時，看待事物的角度已然完全不同。她的這段經歷，也促使她在高中時期，就寫作並出版了第一本小說。

林太乙的自傳中，從未提及打工之事。她的父親提供衣食無虞的環境，送她上美國的學校，也帶她去法國讀書。林語堂的英文著作《吾國與吾民》於一九三七年，在美國已印至第十三版，同年他的英

3 同註2。

4 同註2，頁160。

文新作《生活的藝術》又被擁有數十萬會員的美國每月讀書會選為特別推薦書，不啻中了銷售保證的彩票。林太乙前後兩次入美國的私立學校念書，都不用繳學費，因為爸爸是名人。家中來往的客人，也都是中美兩國的上流社會人士。這樣的人生境遇，與黃玉雪自是截然不同。實際上，她能夠以十八歲稚齡去耶魯大學教中文，也是由於父親的安排。當其他同學正在申請大學時，她卻有了大學教職，又能出書。這些異於常人的好運，早已經引起美國中學老師的忌妒，而刻意不給她榮譽畢業生的頭銜。由於這些都是靠著父親的幫助才能得到，也造成林太乙的自傳一直壟罩在父親巨大的身影之下。

三　父親的身影

在這兩本自傳中，父親都扮演了貫串全書的重要角色。兩位父親的個人意志，一直主導著這兩家人的生活。

《林家次女》這本書從頭到尾都像是林家女兒的過往經歷，而不是林太乙本人的自傳。這本書提為《林家次女》，事實上也很符合全書主旨。她先是林語堂的女兒，其次才是林太乙。

她的童年經歷受其父親影響巨大，在民國初年的中國女性中，林太乙的經歷是極為特殊的，她從小隨著父親四海為家。加上林語堂是個倜儻不羈的才子，對任何事情都有自己的創見，不管世俗的眼光。甚至可說是我行我素，恣意任性，也因此全家人便跟著他有著不凡的經歷。作為林語堂的二女兒，她似乎永遠擺脫不掉爸爸的控制，就連在中國小學讀書時所用的英文課本《開明英文讀本》，都是她爸爸編的。她在對日抗戰期間，能夠脫離戰亂中國，到美國讀書，去法國滑雪，與秀蘭鄧波兒合影等，也都是因為林語堂的個人影響力與經濟實力。她童年時期多次搬家，都與父親有關。可以說如果她的父親換了別人，這些事情都不會發生在她身上。

書中所附照片也反映出這點，她在書中的形象停留在高中畢業。林太乙本人附在書中大部分的相片都在兒童及少女時期，照相時父母經常陪在身邊。全書年紀最大的一幅照片，是她高中畢業後所拍的。相片中她身著旗袍，父親拿著菸斗，微笑著坐在一旁看她，使用林語堂設計製造的中文打字機打字。

由於林語堂本人十分聰明，在哈佛拿碩士，到德國拿博士，對他來說都是輕而易舉的事。他在中文方面造詣還是三十歲後才發憤自修而來的，因此他認為自修即可求得一切知識。林太乙的祖父年輕時叫賣糖果，靠自修才能入基督教神學院。林語堂本人也經歷許多次經濟困難，方能取得博士學位。但是他卻不把女兒的教育當一回事，多次將其學業中斷。林太乙中學畢業時得到榮譽畢業生的獎勵，成績很好，要申請任何大學都不會有困難，卻因為父親不准，而斷了升學之路。林太乙內心十分在意父親的專斷導致自己無法順利繼續升學，書中在不同段落多次感嘆父親不讓她念大學的這個決定。林語堂的看法是，只要有字典在手，任何學問都可以求得到。但林太乙自己則在書中說：

> 假使我有一張大學文憑，我一生經歷會有什麼不同，我時常這樣想。[5]

林太乙對於自己的求學之路記述頗詳，也看得出她有讀書的天分。雖然書中儘量以略帶幽默解嘲的口吻，敘述父親的任性專斷，並且輔以林語堂論學校教育的文章以證明其行為之合理。但是我們仍可看出她自己對於這件攸關人生的大事，不但無法參與決定，甚至連表達意見的發聲權力皆無的無奈。其實她在自傳中，經常感嘆這件事。

5 同註2，頁208。

林語堂這位父親，在林太乙的自傳中總是以頑童的姿態出現，常做出旁人難以預料的事。會陪著女兒們玩遊戲，聽唱片；也不在意是否有兒子，還會教女兒讀書寫字。乍看之下，這似乎是位思想開明，作風西化洋派的民主父親。但實際上林語堂對女兒卻比黃玉雪的父親還要專制，她不管女兒快要畢業，執意要去法國，讓她從頭讀起，只為了自己想有個安靜寫作的地方。林太乙的母親在法國似乎得了憂鬱症，每天以淚洗面。林語堂卻怡然自得，並說自己是世界公民，到哪裡都可以住。他也不管女兒學業成績優秀，就是不讓她申請大學，所持理由又是很可笑的有字典就可以學習。對這件事林太乙始終耿耿於懷，在自傳中以溫和隱晦的方式反覆提及許多次。雖然林語堂後來幫她找到耶魯大學中文教師的工作，讓同學們羨慕不已。但是也不能彌補她心中的缺憾。對林語堂而言，似乎所有家人都要依照他的想法而活。而林太乙對父親主導的家庭生活，也未有過怨言，從沒想過反抗。就連在抗戰情勢升高之時，林語堂還把全家帶回中國，四處躲炸彈，不僅學習難以為繼，連生命都有危險，她也覺得是難得的體驗。

相較而言，黃玉雪的父親就沒有這樣強烈的控制及主導家人生活。黃玉雪的父親堅守華人傳統道德，要求子女要絕對誠實。但他也十分重男輕女，觀念老舊，生兒子就請客，生女兒則無。太太生了男孩，他先感謝上天讓黃家有後，再感謝上天讓太太沒事。兒子有大書房，女兒只能兩人擠一間地下室的小房間。他也灌輸小孩倫理規範，他是家中絕對的權威，父親只要發話，就是最後的決定。黃玉雪從小就習慣這樣的家庭階層倫理，不僅對父親言聽計從，就是有事要對父親說，也得事先打好草稿，找尋適當時機詢問。一旦父親否決，她也了解不會再有翻案機會，也就不再提起。這樣的行為模式，乍看之下，似乎比林語堂封建保守又更專制。而黃玉雪也極力在自傳中將父親塑造為中國各種不合理傳統的代表，經常以長輩身份發號施令，她自己則是中國城裡的灰姑娘，受盡欺侮卻從不屈服。但是細觀全書，她父親雖說嚴厲要求家中的階級秩序，但是當女兒自己申請獎學金去念書，他並不干涉。女兒自己打工賺錢，他也沒意見。他打玉雪和妹妹，是因為她們倆人在外面待得太晚，超過約定回家的時間，而美國的街頭在深夜是很危險的。他不給女兒錢繼續接受高等教育的理由是因為小孩太多，錢不夠，必須把錢留給哥哥弟弟念書。雖然是重男輕女的老舊觀念，但對家中有九個小孩的父親來說，實在也是不得已。相較之下，林語堂沒有經濟困難，女兒唸書還得獎，卻強迫她中斷學業。林太乙本人也沒意見，這反映出其實林太乙的家庭與黃玉雪大同小異，都服膺父權。但黃玉雪因為已有西方教育與社會文化的影響，即使是女兒也認為自己要自尋出路，在書中多次以反抗父親來得到自己所想要的事物。可是林太乙在自傳結束的十八歲時期，很明顯並未走出父權的掌握。而黃玉雪在相同的年紀卻已經自己選擇繼續升學，並在無家人支持的情況下，靠著打工和獎學金完成學業。實際上黃玉雪長大後，與父親產生的幾次衝突，或意見不合的時候，最後總是以她的勝利告終。這不是偶然，也不只是父權的控制低落，而是更高的文化認同的結果。因為她心中一直認為，自己代表的是二十世紀的進步美國，而父親是十九世紀的落後中國，二者是有優劣高下之分的，這也是她的自傳被批評的主因。

四　文化主體與認同

林太乙從小跟著父親四海為家，雖是福建人，卻生在北京，住在上海。小時候她以為只有自己一家人和親戚講廈門話，因為周圍的人講的方言都不同。在上海時，對面住的是「廣東仔」，隔壁住的是「福州仔」，都是他鄉人，她母親都不信任。林太乙說自己母親「好像在異域建立廈門基地」，不僅在家裡講廈門話，女僕也由廈門帶來，吃的東西也是廈門的好。對她而言，廈門人和非廈門人是涇渭分明的，家裡是廈門人的世界，歸母親掌管，即使是身為南京人的女傭黃媽，身為通州人的聽差阿經，也都要聽母親指揮。林太乙的家中是廈門，但出了大門，就是上海。書中的標題，正清楚反映出這種身分認同的困惑。全書第一節標題即為「移植上海的廈門人」，描述其移居上海的各種不適應。以廈門人的眼光，對於中國其他地區的生活習慣感到詫異，甚至有些鄙視。

上海是國際大都會，又有租界。除了中國各地的人之外，還有洋人和印度人。這讓她自動將童年的空間分出兩個部分，一是學校，一是家裡，這是清楚可見的兩個完全不同的空間。學校包括上學所遇到的一切，當地的男孩子會欺負她，校長也會處罰全班同學，校長還有權力命令同學去看護士，有砂眼的要被刮眼睛。走在街上，頭髮很長的印度人會瞪她，嚇得她趕快跑回家。即使在家裡的陽臺，也會聽到外邊有人大罵粗話。對她而言，家以外的地方，就是完全不同的區域。這樣的經驗，也讓她自外於所生活的上海。

不過上海畢竟還是中國，當林太乙全家搬到美國之後，更大的衝擊在等著她。在全書後半另有一節，題為「移植美國的中國人」，描述的是強烈的文化震撼。這已不再是中國國內的習慣差異，而是不同種族之間的文化差距。由飲食到教育，種種事情都和中國不同。尤其在一九三〇年代，華人在美國受歧視的情況很普遍。「中國人的形象是留辮子，抽鴉片，迷信，好賭，怯懦的動物，白人根本不把他們當人看待。」[6]隔壁的鄰居太太還幫自己的狗取了「宋先生」這樣的中國名字。上學時，班上的美國孩子也會問她：中國有桌椅嗎？你抽鴉片嗎？你是用敲鼓棍子吃飯的嗎？等各種奇怪的問題。書中另有一節題為「突然覺得自己是中國人」，敘述第一次到美國時的情景。由於她們母女都穿著旗袍，去餐廳吃飯都會有許多美國人看他們，因為中

6 同註2，頁86。

國人很少來餐廳吃飯。當然也有正面的經歷，例如六年級的老師蒲林頓小姐就告訴同學們說：「班裡有個中國孩子，我們應該向她學習一點中國文化。」[7]並且請林太乙寫書法，放在教室後方。還有全班同學與此書法合照的相片，附在自傳之中。

林語堂似乎對孩子們的文化震撼有些擔心，書中多次提及他就此事告誡孩子如何應對，林語堂說：

> 我們在外國，不要忘記自己是中國人。外國人的文化與我們的不同，你可以學他們的長處，但絕對不要因為他們笑你與他們不同，而覺得自卑，因為我們的文明比他們悠久而優美。無論如何，看見外國人不要怕，有話直說，這樣他們才會尊敬你。[8]

林語堂甚至認為中國人不要有英文名字才好，所以林太乙的乳名叫阿No，她的英文名就變成Anor；而她妹妹的英文名居然就叫Meimei。書中也嘲笑美國人，主要是不懂得吃。吃螃蟹竟把蟹黃洗掉，也不了解動物內臟的美味。書中也記述林語堂曾故意捉弄白人，在火雞大餐中翻找內臟。另有他們嘲笑黑人女傭的段落，則已近乎種族歧視了。

認同是明顯可見的主要議題，林太乙生在中國，卻長年在美國。其實她在中國時已經很少住在家鄉，但卻一直帶著身為廈門人的驕傲，以戲謔的眼光看待發生在自己身邊的一切外省及外國事物。事實上，不論在上海，在四川，在法國，或在美國，林太乙對於自身的廈門人認同從未改變，這個基本觀念跟著她雲遊四海。當然，此觀念之所以能根深蒂固地深埋在她心中，也與童年時期永遠陪伴在身邊的父母有絕大關係。母親對於廈門廖家的深厚感情，也一直影響著女兒。

7 同註2，頁105。

8 同註2，頁80。

可是這種認同隨著移居海外的經驗日益積累而逐漸淡去，加上她對中國的印象仍在童年時期的三、四〇年代，使得她心中的中國，不論人、事、物都已經和書中所附的黑白照片一樣，永遠停留在照相的那一瞬間，再也不可能找到相同的複刻本。在她成年之後的文字僅有兩節，其中一節題為「故鄉不能再回去」，另一節為「春日在懷」，敘述她於八〇年代再回上海，卻發現人事全非。不僅找不到當年的兒時記憶，中國的實際狀況也讓這位常住美國的異鄉遊子感覺格格不入，有如到了一個完全陌生的國家旅遊，其中的文化差異令她難以適應。雖說她內心一直以身為廈門人自豪，經常提及廈門廖家的獨門廚藝，以及廈門的風光，但那似乎只存在於記憶之中了。其實林太乙當年由法國回美國時，就已經感覺到自己不再像第一次來美時的那般陌生，不知不覺已能和環境多多少少融在一起了。也就是說，早在十多歲時，她就已融入了美國社會，因此在文化主體上，她是有著雙重認同的。

就如同書名所暗示，《林家次女》著重在林家一家人的生活，而《華女阿五》則更重視華人文化習俗的介紹。當面對美國文化的衝擊時，林太乙是以林家人的角度看待；但黃玉雪是將自己的華人身分擴大，以自己在中國城內的經驗代表所有華人，評騭東西方傳統的差異及優劣。

《華女阿五》一書有許多介紹中華文化的文字，作者藉由自身經歷，介紹中國人的許多傳統觀念及文化習俗。書裡有太多的中國文化介紹，已經是使本書不大像是自傳，倒像是一本給美國人看的中國文化基本教材。她在書中經常以大篇幅文字描述華人的傳統生活習俗，大至婚禮、喪禮的儀式進行，小至如何燉雞湯，如何洗米等等。尤其是對中國菜的描寫，幾乎是各章都有。此外書中的家人角色如主人翁黃玉雪，妹妹玉寶，弟弟天恕，書中均以英文意譯稱之。如玉雪在書中即成為Jade Snow。妹妹玉寶叫做Jade Precious Stone，弟弟天恕叫做Forgiveness From Heaven。以作者的中英文程度會將家人的名字如此翻譯，且通篇均如此稱呼，實在令人難以理解。再加上其實書中其餘華人卻不一定這樣稱呼，如玉雪的華裔男友，便叫做Joe，是個英文名字。而中國城的雜貨店老闆叫做Uncle Jan，另外爸爸的朋友叫做Uncle Bing，玉雪在米爾斯學院的好友叫做Wan-Lien等，卻又是直接譯音。可見黃玉雪是故意將自己的家人以奇怪的方式命英文名，她讓家人成為書中極為特殊的存在，明顯可見不是白人也不是黑人，而是名字含有特定含意的華人。這樣的名字無疑增加了許多異國色彩，也容易為英語讀者所辨認。這種安排與書中的許多中華文化介紹結合起來，使人感受到作者不僅在寫自己的故事，也希望將華人文化介紹給美國人甚至是廣大英語讀者的企圖。

此書以第三人稱敘述，是其一大特徵。作者在序言中說，如此作法是為了符合中國傳統。但中國古典文學自詩經楚辭以下，以第一人稱敘事者多不勝數。因此作者這個理由實在很牽強。而綜觀全書，雖然使用第三人稱敘述，但是書中仍舊以黃玉雪的角度看所有事情，沒有小說中常見的全知視角。其實也沒有使用第三人稱的敘事必要。因此筆者認為，第三人稱的使用，除了作者自稱的符合中國傳統以外，其實也有和書中的批評中國事物脫離關係的想法。由於此書對於華人家庭及華人傳統多有批評，而她自己又是不折不扣的華人，她心中對於自己的種族及文化還是有感情的，似乎不適合直接用「我」來行文。即使她心中的確是以西方白人角度看待華人，但仍不適宜直接以第一人稱身分表達。再加上此書出版於一九五〇年，當時的美國華人移民的傳統觀念自不如現今開放。由書中黃玉雪對自己的家庭教育敘述可以也看出，她的父親把她訓練成一個不輕易表露情感的人。她在書中提過，與父親說話就是講事情，沒有個人意見。在這樣的情況下，要她用「我」來敘述自己的事情，自然是很困難的。尤其對所講的華人傳統文化又語帶批評，更是難上加難。

此書對於種族歧視就不像《林家次女》那樣輕輕帶過，而是赤裸裸的直接描寫。例如白人男同學趁她落單時，拿板擦丟她，還追著她一路嘲笑。這些事情她竟然不敢對父母說，因為她覺得爸媽一定也是先檢討她的錯，這是他們教導她的華人傳統習慣。此處的華人文化，似乎成了種族主義的幫兇。在她大學畢業後，到社會上找工作，這種歧視就更明顯。面試官不但不在意她的優異成績，竟然還告訴她：

> 如果你夠聰明，就該去中國人的地方找工作，你不可能在美國公司得到任何職位。我相信你應該知道，太平洋沿岸的種族偏見會限制你。[9]

在遭受不平等待遇的情況下，黃玉雪卻成長為一位支持西方觀點的人。她內化了美國白人基督徒的價值觀，表現在自己身上。她沒有挺身而出，反對歧視華人，而只是藉由優異表現，證明華人是「少數族裔模範生」。其實在其自傳第二十三章，她就坦承自己出外就讀米爾斯學院兩年後，再回到家裡，已經覺得和以前的中國朋友難以交往，反而是和另一位年齡相仿的白人女孩成為好友。她當時就覺得自己像是一位中國城的旁觀者，而不是參與者。

對《華女阿五》一書的批評，多集中在作者面對中西文化差異時，近乎一面倒地支持西方觀點，反而對中國文化略帶嘲諷，這點與《林家次女》的嘲弄西方正好相反。趙建秀指出，早期美國的華人寫作出版的書籍，除了食譜之外，就屬自傳的數量最多。而這些自傳的作者，又清一色全部是基督徒，包括黃玉雪在內。基於胡適大力推廣國人寫自傳的事實及中國古代並無寫自傳出版的傳統，因此他推斷這

---

9 Wong, Jade Snow, *Fifth Chinese Daughter*, University of Washington Press, Seattle,1989, p. 188.

些早期在美國出版的華人自傳都和基督教的懺悔錄傳統有關。[10]而十九世紀白人基督徒對華人的許多刻板印象，也都會透過學校及教會教導給華裔下一代。這些刻板印象若再透過華裔作者以自傳形式重新呈現，只會加深白人對華人文化的誤解。在這方面，黃玉雪的自傳顯然就是個以華裔身分，卻以西方觀點介紹華人文化的明顯例子。在全書末尾，玉雪的父親在她事業有成後，很感慨的對她說，當年他來到美國，曾有一位堂哥來信勸他回中國。但是他拒絕了，並且回信說：「你不知道中國文化把女性貶抑及羞辱到何種地位，在美國，基督教的觀念允許女性擁有自由及獨立自主。我希望我的女兒們能夠有基督徒的機會。」[11]如今玉雪真的闖出一番事業，讓他覺得十分欣慰。這樣的文字實在太明顯有特定立場，畢竟此書在美國以英語出版，若說是在討好美國讀者，其實也不為過。

林太乙與黃玉雪的最大不同點在於，林太乙曾經在中國居住及就學，黃玉雪則無。因此黃玉雪介紹中華文化時，其實是以一位美國人的身分，介紹自己在華裔家庭中的經歷。這樣的情況就類似於一位在美國出生長大卻從未見過祖國的芬蘭人或是越南人等等，以自己的家庭背景介紹其祖國文化。其中的以偏概全及寫作立場的傾斜，自然是可以預料的。童年這段短短的十年時間對這二本自傳造成了極深遠的影響，因為它正好就是一個人的成長階段。由於林太乙從小就在中國社會長大，其實她比較像是華人移民的第一代。而黃玉雪在美國出生，屬於移民第二代。她雖然是華人，但直到尼克森訪華後，她才第一次踏上中國土地。二人小時候這十年差距，卻對主體認同造成極大差別。嚴格來說，林太乙只是住在美國的中國人，而黃玉雪卻是華裔

---

10 Chan, Jeffery Paul, Frank Chin, Lawson Fusao Inada, Shawn Wong, ed. *The Big Aiiieeeee!: An Anthology of Chinese American and Japanese American Literature.* New York, Meridian, 1991, p. 8.

11 同註9，p. 246。

美國人（Chinese American）。就如同日裔美國人或非裔美國人一樣，雖然有著不同於白人的膚色，不過內心有著對美國文化的認同，也是可以理解的。

五　結語

《林家次女》寫於作者七十歲時，所記敘的卻是十八歲以前的事，所有的記憶自然是片片斷斷，不完整的。因此有一般自傳作品常見的不連續性，及敘述的斷裂性。再加上真實人生本就充滿各種變數，社會、家庭、個人，任何一方面都可能突然出現變化。例如書中原本敘述上學過程，但突然又成為國外生活的紀錄。這樣雖符合真實，卻也相對喪失了作品在表述上的統一。一些重要的議題，可能在剛開始描述時便戛然而止，無法達到凸顯重要性或甚至是感動讀者，引發反思的程度。例如林太乙本身的教育問題，美國老師的歧視，華人文化與美國文化的衝突等，在書中我們都能讀到一點，但是卻又都沒有細說。可說是只開了頭，卻沒有寫結尾。

反觀《華女阿五》出版時，作者還不滿三十歲，兒時記憶還相當清晰，所以內容較為詳盡。再加上它以第三人稱敘事，因此作者可以任意安插所需要的情節與敘述安排，例如空間描述，事件穿插等。而這樣的自由，可讓全書的更加完整統一，有助於作者表達自己所需要傳達的意圖。可惜作者還在自傳中加入了「讓美國人更了解中國文化」[12]的企圖，使全書顯得駁雜。也因此喪失了對真實性的要求。

這兩本書的立足起點就不同，林太乙寫自傳是為了懷想自己的過去，但黃玉雪是為了介紹中國文化。造成林太乙是以「家」的角度寫作，而黃玉雪則是以「族群」的角度想事情。因此林太乙的自傳大多

---

12 同註9，p. vii.

是關於家庭的經歷，偶有關於時局的分析，還有她那不同凡響的爸爸。但是黃玉雪的自傳除了自己的成長經歷之外，更多篇幅在介紹她所認知的中國文化。只不過由內容來看，她筆下的中國文化或許應該稱為「中國城文化」或「唐人街文化」較恰當。

二書另有一不同點是，《華女阿五》初版於一九五〇年，而《林家次女》初版於一九九六年。二書寫作及出版有將近五十年的差異，這五十年來，美國社會對華人的看法也有很大變化，這也為這兩本自傳帶來極不相同的面貌。

參考書目

林太乙　《林家次女》　臺北　九歌出版社　2007年

紀元文、李有成　《生命書寫》　臺北　中央研究院歐美研究所　2011年

Chan, Jeffery Paul, Frank Chin, Lawson Fusao Inada, Shawn Wong, ed. *The Big Aiiieeeee!: An Anthology of Chinese American and Japanese American Literature.* New York　Meridian　1991

Davis, Rocio G. *Begin Here: Reading Asian North American Autobiographies of Childhood*　University of Hawaii Press　2007

Wong, Jade Snow, *Fifth Chinese Daughter*　University of Washington Press, Seattle　1989

聶華苓的生命表述：從自傳書寫到影像紀錄

一　自傳書寫與自我認同

聶華苓於二〇〇三年出版其自傳《三生三世》，該書曾在二〇〇七年改版，加入兩百八十四張照片，並更名為《三生影像》，由香港明報出版社出版。到了二〇一一年，又增添一些附錄，再改名為《三輩子》，由臺北聯經出版社出版。全書由三部分組成，分別是第一部「故園（1925-1949）」、第二部「綠島小夜曲（1949-1964）」、第三部「紅樓情事（1964-1991）」。基本上以大陸、臺灣和美國三地的不同空間為區隔，再搭配時間上的年代差異組合為章節。表面上看，這是很常見的自傳內容安排，但實際上，書裡的文字卻十分複雜。她的自傳使用各種不同文體交錯敘述，時間上也經常跳接，李歐梵曾對此提出看法：

> 綜觀全書，不難發現不少文體：對話式的散文和短篇小說敘述（「故園春秋」）、老友座談紀錄（此部的「外一章：尋找談鳳英」）、回憶或紀念性的散文和雜文（「生死哀樂」）、和安格爾共同穿插寫作——包括書信、回憶、散文和安格爾的詩（「紅樓情事」）。可謂五花八門，而這些多聲文體的聲音都是人的聲音，極少抽象說理的文句（所以不合杜斯陀耶夫斯基的模式）。它讓讀者感覺作者是在向她所熟知和深念的人物作不停

> 的對話，而且經由簡潔而生動的語言把這些過去的「遊魂」都召回到現在。即使是仍然在世的人物（如陳映真）亦作同樣的處理。[1]

這樣的內容安排首先凸顯出傳記這個文類在寫作上的特性，它能夠兼容各種不同文字手法，也會隨著作者意圖而推陳出新，在形式上出現各種新的面貌。不過更重要的是，聶華苓似乎企圖在自傳中放入更多的元素，遠超過敘述生平這樣單純的目的。

我們可以拿江蘇文藝出版社的《最美麗的顏色：聶華苓自傳》一書來比較，此書是該社於二○○一年，蒐集外界已出版的相關資料所編選的聶華苓傳記。在當時《三生三世》尚未出版，編者就已經按照聶華苓的生活軌跡，「在大陸」，「在臺灣」，「在愛荷華」等三階段立為三章。最後再將她與作家們的來往等資料編為「和大陸作家在一起」以及「談創作」兩章。經由這樣的編排，將聶華苓的一生有秩序地排列出來。若以資料的呈現與文字內容剪裁而言，此書確實比聶華苓自己寫的自傳要清楚易讀，可說是一本很成功的由他人編選的傳記作品。不過聶華苓自己寫的自傳歷經三次改版，前後改了近八年，卻從未想過修訂剪裁內容，反而越改越「雜」。最後加入的甚至是多篇他人的小傳，將她的自傳變得愈加厚重繁複而不易理解。以她的文字功力，要將自傳寫得平易近人並不困難，但是她卻堅持採用這樣特殊的方式表達，其中反映的是極其複雜的寫作考量。

聶華苓在自傳中表達複雜了的認同，包括民族、性別、家庭、政治、文學、人道主義，以及離散身分。若仔細分析，她書中的文體與敘事轉換，其實與所欲傳達的各種內在認同是相關的。全書第一部「故園（1925-1949）」中又分為兩部分，敘述重心隨著人生過程的轉

---

1 李歐梵：〈三生事，費思量〉，《讀書》（2004年第6期），頁59。

移而圍繞在幾位不同親友身上。第一部前半是家人，尤其是母親；後半是同學及朋友。在第一部中，她企圖表達的不僅是自己的童年與家族歷史，還有對國家民族的情感。例如此部分的每一章節，開頭都會有一首抗戰老歌，像是〈松花江上〉、〈在太行山上〉、〈黃河之戀〉、〈玉門出塞〉。而每一首歌的歌詞都與反抗侵略，收復失土，打回家鄉有關。這些歌詞的出現，旨在表達聶華苓的民族情感，也呼應文中的抗戰敘事。這樣以歌詞隱喻的安排在後面的章節，只有表達白色恐怖的〈綠島小夜曲〉一首而已，從此也不再出現。

第一部後半敘述她的求學階段，此時正是抗戰方殷，國家危難，社會上一片混亂，一切都顯得混沌不明。外有日軍步步進逼，而學校內又有各種示威抗議，不同黨派經常打成一團。這時的聶華苓也正處於生命中最為反叛狂飆的青春期，成長改變的身體與逐漸解放的心靈，都與外在世界的現實狀況不謀而合。傳統的規範正在瓦解，新的價值尚待建立。我們在書中讀到的動盪社會，其實也是她自己的寫照，可以說她自傳寫這段歷史，也就是在寫自己。

而她描寫母親及家庭，則是在表達自己是聶家的小孩，是母親的女兒。其文體不僅是優美的散文，在描述許多家庭事件時，甚至還包括了小說筆法。重要的是，聶華苓在其中都是參與者的腳色，這點和她描寫臺灣時的經歷明顯不同。我們在文中可以看見她與母親、祖父、同學們頻繁的互動過程，這也如李歐梵所觀察的，聶華苓寫母親時似乎特別感人，其餘部分則無。這是因為她要表達的是自己的孺慕之情與對自己家族，也就是對聶家的認同。

但是到了臺灣以後，她的筆鋒為之丕變，忽然成了一位冷眼旁觀的局外人。第二部「綠島小夜曲（1949-1964）」的重點無疑是雷震與殷海光，母親與家人也偶有出現。這裡的篇章主要是《自由中國》雜誌的政治事件，穿插了她的母親和大弟過世的家庭悲劇。此處的《自由中國》雜誌與雷震等人的處境，其實也象徵她自己的人生階段。雷震等人創辦雜誌，鼓吹理想，卻被冤枉逮捕，以叛亂罪論處。雷震判刑十年，殷海光幽居以終。她講雷震、殷海光，雖說也是筆鋒常帶感情，但是仔細看來，她都是以旁觀者的角度敘述。這和此部分談論的議題是政治有關，聶華苓對政治沒興趣，也不願涉入。她雖在《自由中國》負責文藝編輯，卻不介入敏感議題。就像她自己所言：

> 我是編輯委員會上最年輕、也是唯一的女性，旁聽編輯會議上保守派和開明派的辯論以及他們清明的思維方式，是我的樂趣，不知不覺影響了我的一生。[2]

她經常是屬於「旁聽」的人，也自稱「我關懷實際政治，而不喜參與」。這樣的心態反映在書中，就是以第三者的全知觀點描述事情。讀者看完這一部分，會對雷震等人感到肅然起敬，這才是聶華苓要表達的重點，不是她自己的所作所為，也不只是雷震和殷海光的事蹟，而是她自己的政治認同。這個部分的章節取名為「綠島小夜曲」，也飽含了政治意識，因為當年的綠島就是關押政治犯的地方。

本書第三部「紅樓情事（1964-1991）」最令人感到駁雜，各種文體交錯出現，主要是因為聶華苓要表達的自我太多，尤其是此時她經歷了逃亡、喪母、離婚、生子、再婚、政治迫害等等許許多多事件，早已不是當年思想單純的小女孩。她在不同環境中建立的自我主體，此時交會在身上，令她不易下筆。

此部分最突出的一個身分，毫無疑問就是妻子。聶華苓的第一次婚姻並不完美，由書中可略知一二。相較於美國丈夫Paul的無所不在，她的第一任丈夫王正路在自傳裡大概可以用「失蹤」兩字來形容了。對他著墨較多的也就是在逃難一段，之後就銷聲匿跡，只知道他

2 聶華苓：《三輩子》（臺北：聯經出版社，2011年），頁181。

後來去了美國。傳記研究中經常提及的「選擇性記憶」與「不出現」，在此有很明顯的呈現。由於人的一生很長，在傳記中作者選擇讓誰出現或不出現，自動反映了作者區別「他者」的意向。由自傳中可知聶華苓對王正路非常不滿，甚至用癌症來形容婚姻關係，表示二人已經無可挽回。兩人的關係從她初次到北京婆家，親歷小媳婦的嚴格禮教生活後就已經埋下禍根，及至往南逃難等一系列生活變故，二人不但沒有培養出患難情感，裂痕反而越來越大，已不可能再繼續一起生活。他在書中的消聲匿跡，代表聶華苓不希望自己的生命中曾經有這個人的存在，也不願意認同自己是她的妻子。

保羅・安格爾（Paul Engle）是聶華苓的第二任丈夫，自傳第三部分幾乎都是他的身影。由於聶華苓在書中都直接以英文Paul稱呼，本文也以她的習慣，不再翻譯為中文姓名，希望能藉此重現書中那種兩人親密無間的感情。在當時他只是位來自美國愛荷華的作家，第三部分便是以數十封Paul寫給聶華苓的信件開始。這些信件占據了十多頁的篇幅，乍看之下與自傳無關，都是Paul在國際旅途中的一些見聞以及抒發對聶華苓的思念。若放在Paul的自傳中還比較合理，放在本書則令人感到格格不入。其實這樣的安排與前兩部分的手法相同，都是借人寫己。Paul在信中敘述自己雲遊四海，自由自在來往世界各國。聶華苓將它放在書中，就是在暗示她將來成為美國人之後的生活以及心境。由書中可知，聶華苓的第二段婚姻中充滿了愛與歡笑，有如童話故事一般美好，與前一段婚姻的苦不堪言簡直是天壤之別。Paul將她和女兒帶到自由富裕的美國，從此她不僅不用再擔心現實生活，也不會有人為的政治禁錮，一切都是那麼完美，完美得不像是真的。在第三部分幾乎無處沒有Paul的存在，他出現在任何場合，充滿自信，幽默風趣的穿梭在眾人之中。他也十分真誠，幫助所有他有能力幫忙的人。這部分的自傳有如Paul晚年的紀錄，聶華苓只是陪在他身邊，如穿花蝴蝶般偶爾點綴一下。實際上她早已經將自己與丈夫合而為一，她以美國人的身分生活，並且以這個身分所獲得的自由、便利以及金錢，去幫助許多沒有相同機會，但是有相同理念的世界各國作家。由於Paul在她生命中的重要性已超越丈夫與妻子的關係，成為她對自我認同的一部分，因此她的生命裡一旦沒有Paul的存在，她竟不知道要寫什麼？她已經把自己完全託付給這位亦師亦友，又全心全意愛著她的丈夫。其實她的妻子身分在全書中到處可見，她在行文的時候經常會想起丈夫生前的模樣。這使得本書除了聶華苓自己之外，還夾雜了Paul的傳記。這點在後來根據此書所拍攝的紀錄片中，也能發現同樣的現象。她對扮演妻子的腳色是如此投入，以至於在Paul過世後，她忽然間找不到自己的定位。書中對Paul過世後十二年的生命歷程一字不提，也反映出在她心中二人實為一人。聶華苓自己在跋語中說：

> 他一九九一年突然在去歐洲的旅途中倒下。天翻地覆，我也倒下了。二〇〇三年，他去世了十二年以後，我居然寫出了《三生三世》，也是死裡求生掙扎過來的。[3]

因為Paul就是她人生的全部，所以她在全書結尾的跋語又說：

> 沒有了Paul的日子，回想起來，只是一片空白。不寫也罷。[4]

她的自傳結束在Paul過世那一年，雖然本書歷經三次改版，但是增加的都是Paul在世時的資料，並沒有聶華苓本人晚年的人生經歷。Paul過世時聶華苓才六十六歲，到自傳第三版《三輩子》出版時已經

---

3 同註2，頁596。

4 同註2，頁596。

八十六歲。也就是說，這之後二十年的人生，對她而言都已沒有紀錄的必要。全書到最後聶華苓又回到Paul的妻子的身分，歷數他們共同生活的點點滴滴。他們一起說過的話，一起經歷的旅行，一起開過的玩笑等等，包括最後Paul在機場猝逝的每個小細節，並且以他的離世作為自傳的結束。

在改版後的《三生影像》以及之後的《三輩子》二書，第三部的後半加入了許多當年參加「國際寫作計畫」的作家小傳。乍看之下與她的自傳實在沒多大關係，聶華苓只是以客人或主人的身分出現在其中，與他們說說話，問幾個問題，或談天說笑，其實與她描述自己陪伴在Paul身邊的記述差不多，沒有什麼描寫自己的文字，但這卻是她自傳改版的主要更動部分。粗略來看，我們當然可以說這是她是為了懷念自己曾經做過的大事。年復一年，邀請世界各地有名的作家齊聚在她家裡，本身就是一件了不起的事，尤其當時冷戰方殷，許多作家受政治影響遭受迫害，因為他們的努力才得以出國，他們夫妻所付出的心血實在難以估計。但是由她先前的敘述脈絡，我們可以知道這些篇幅恐不只是緬懷自己曾有的豐功偉業這樣簡單。她選擇放在書中的這些作家，幾乎都有因堅持理念而遭迫害的經歷。這些作家都是經過精挑細選的，她特別找出與自己理念相合，又有特殊經歷的人放在書中，其目的是在表達她對自己的另一項認同，也就是人道主義者。

國際寫作計畫是她和Paul的偉大成就，雖然由自傳中看來，好像只是一些人吃吃喝喝，聊天談笑的聚會。但是以當時的時空背景，能夠讓各國作家，特別是因為政治因素受到打壓的作家們出國，就已經是一件了不起的事。聶華苓在書中所要傳達的是，偉大的作家通常都會秉持良知說真話，卻也因此容易觸怒各國的統治者，為自己招來各種迫害。在她書中挑選出的幾位，都有程度不一的辛酸遭遇。包括她自己，也曾被臺灣列入黑名單，禁止入境。她在美國可以暢所欲言，但在臺灣卻不行。這點心酸和其他作家的遭遇對照來看，竟變得很渺小。書中把中國人的苦難與全世界各國的不公不義之事相連結，認為這是二十世紀許多人的遭遇。例如羅馬尼亞的作家易法素克（Alexandru Ivasiuc），帶著一口假牙來美國，因為在國內遭受警察拷打，牙齒都被打掉了。又如曾遭納粹迫害的猶太籍匈牙利女作家戈艾姬（Agnes Gergely），冒著大雪走一百多公里回家，雙腿凍壞差點截肢。以及九歲就被關進惡名昭彰的奧斯維辛集中營（Auschwitz Camp），親眼目睹母親走進死囚營的捷克小說家魯思狄克（Arnost Lustig）等人。

因為美國的自由開放及富有，所以才能邀請並接待這些來自世界各地的作家，讓他們暢所欲言，自由交談。這也反映了她自己的真實情況。她說自己流亡了三輩子，軍閥混戰時逃避不同派系的暗殺，抗日戰爭時逃到後方，國共內戰時逃到臺灣，在臺灣又要逃避特務追捕，一直到了愛荷華才停止逃亡。但是在愛荷華，她卻是位異鄉人。她曾經感慨戰亂中的中國人就像是犯了什麼罪似的，被迫四處流亡。不過當她到了美國，接觸到世界各地的作家後才發現，原來世界上四處流亡，飽受戰爭或政治迫害的民族太多了。她曾說：

> 我和許多地區的作家認識以後，讀到他們的作品，發現中國人的命運，也就是二十世紀的人的命運。
>
> 我和世界文學接觸所得到的這份感受，擴大了我的視野，影響了我的創作。[5]

事實上，國際寫作計畫讓她與世界文壇結合，使她的後半生有了一個全新的身分，即人道主義者。她在美國，爭取美國政府的經費，幫助許多人第一次出國。讓這些作家們齊聚一堂，激盪出智慧的火

5 同註2，頁632。

花。由於她認為自己的命運就是中國人的命運，而中國人的命運也就是二十世紀的人的命運，因此書中的後半部，她那追求自由的人道主義者身分就由這些作家們的各種故事代為敘述了。

在第三版的自傳的末尾，加入了聶華苓的文學作品列表以及他人的評論，其實是以最小限度的筆墨說明，她也是位文學家，而這個身分是受到公認的。但是相較於她的其他身分，這個部分在自傳中近乎不提，反而是在電影紀錄片中成為重點。

二　離散

聶華苓的小說，早有人提出具有離散的特質。她的自傳中，也同樣帶有這樣明顯的基調。除了她的移民身份之外，還有其他明顯使自己自外於他人的經歷。她在自傳中提及於南斯拉夫的國際作家會議上的講話，她說自己流放了一輩子：

> 我是故鄉的日本租界的中國孩子，租界公園門口掛著「狗與華人免進」的牌子。抗戰時期，我是流亡學生，到處流浪。我在臺灣是大陸人，在美國是中國人，在中國是華裔美國人。我在大會上講著講著，自己笑了起來：我究竟在哪裡呀？[6]

又說：

> 二十世紀是流放人的世紀。廣義的流放：隔離社會，或是家園，或是故土，或是政治主流，都是流放。坐牢是流放，離開家園是流放，甚至在自己的家園，也可能流放。還有被迫的流

6　同註2，頁490。

放，自我流放。[7]

可見她心中的流放範圍很廣，不只是移民遷徙或坐牢，還包括內心對外在環境的不適應，甚至是自外於人。由她的自傳看來，聶華苓始終認為自己處於「外人」的腳色。童年時期原本無憂無慮，但當媽媽發現父親其實還有一位元配大房時，她對自我在家庭中的腳色認知即開始改變。尤其當大房一家因為父親陷入政治危機而不得不帶著兩個哥哥搬來同住，這種介入他人家庭的感覺更是明顯。隨著母親的地位降低，既是二房又身為女兒，聶華苓馬上發現家庭的氣氛不對。而父親猝然過世，家產議題浮上檯面，她更被嚴重歧視。

這種情況直到她母親帶著孩子們搬回娘家，才重新又有了歸屬感。但當她與母親安頓下來沒多久，隨著日軍侵華，以及就學需要，她又離開家庭，千里跋涉到大後方。以一位來自湖北的姑娘，到人生地不熟的四川，自然又是外人。同學們也都來自大江南北，夜自習時若有人哼起懷念故鄉的歌曲，常常就會掉淚。她清楚這裡不是久居之地，僅是戰爭加上短暫求學時期的棲身之所。她也提到，四川人看他們這些下江人，明顯有人我之別。

抗戰勝利後，她隨著新婚夫婿返回北平婆家，飛機上只有他們夫婦二人，因為北方內戰已起，沒有人往北飛。到了夫家，嚴格的婆媳規矩，令她這位來自南方，又長期生活在外、自由獨立的大學生十分痛苦，直言日子過不下去。她對這個家庭根本沒有感情，也不願意融合進這樣的風俗文化。沒多久，他們夫婦又開始流亡，由共軍控制的地區走向國軍所在的南方。逃亡的路上提心吊膽，一路上躲躲閃閃，深怕被共軍發現自己的真實身分，祖國廣大土地此時竟成為一種走不完的折磨。此時的她，一心只想回到南方，去找自己的媽媽。山東、

7 同上註。

江蘇等地對她而言，都只是路過的地名。在飛機上是外人，在婆家也是外人，逃亡在路上時自然也是外人。這樣東躲西藏、四處為家的生涯，當然不可能會有歸屬感。

流亡到了臺灣，這種外於他人的感覺仍在持續。事實上，她在自傳中對臺灣本地的人文風情一字未提，就如同她住在四川和北平時一樣，因為她對自己所在的地方仍有隔閡，何況離亂中誰也沒有心情去了解。當時她很幸運地進入了雷震的《自由中國》雜誌社工作，還與同是湖北人的殷海光同住一間房子。此時的她有如白先勇筆下的《臺北人》一般，生活在外省人的小圈子中，並在其中找到自我的認同與歸屬。但很快不幸又再度降臨，由於《自由中國》雜誌的文章忤逆了統治當局，她所信賴的國民政府竟然開始誣陷迫害雜誌社相關同人，情治單位上門逮人，捏造證據陷人於罪。她雖因層級過低而置身事外，卻也惶惶不可終日，深覺自己竟被認同的群體懷疑，以後再也不屬於這個政治與省籍結合的群體了。在當時的政治氣氛下，整個臺灣似乎都找不到能夠安心居住的環境。當特務來家裡搜查時，她望著自己的女兒，心裡想：

> 但願下一代沒有這種恐懼了。[8]

這時的她不僅覺得外於社會，甚至感到全家人的安全都受到威脅。如前所述，臺灣時期的聶華苓原本就是以旁觀者的姿態出現。她對雷震等人對政治的追求，向來是知道、了解，但不參與。就如同書中所附的相片一般，她面帶微笑，遠遠坐在以胡適、雷震、殷海光等人為主的客廳一角。而她懷抱著理想，渡海離鄉來到臺灣，希望能夠展開一段新的人生。卻還是逃不出蠻橫的丈夫，還有身邊兩個女兒及

8　同註2，頁190。

母親的牽絆。情治單位毫不講理的恐怖手段，也讓她了解到自己終究是離不開威權的宰制。大家寄予厚望的胡適終於來臺，卻表現出一副事不關己、懦弱無能的態度，更讓她感到寒心。也了解到即使來到臺灣這個新的空間，政治與家庭那些無形的社會文化枷鎖仍然緊緊套在自己脖子上。聶華苓有如坐牢的雷震一般，差別僅在於她在監獄外面，但是每天卻在社會和婚姻的牢籠中度日。母親與弟弟都已經過世，自己只是為了兩個小孩，過一天算一天，行屍走肉般活著。外有碰觸不得的政治禁忌，內有生活的現實壓力，日子過得痛苦不堪。

Paul的出現帶給她一線希望，就像是為她開了一扇窗，可以讓她到更為自由民主的美國居住。自傳中「愛荷華」是她唯一花費許多筆墨描述的居住地，這個美國的一州也比湖北、臺灣等地更常出現在書中。其實愛荷華這個地名根本是貫串全書，從一開始就不斷出現，可以看出這個空間已經成為了她自我的一部分。仔細算來，她在美國居住的時間最長，在臺灣最短。自傳中也可看出時間對她的影響，她對臺灣的感情最淺，對美國的感情最深。聶華苓流亡了許多年，一直到了美國，她才有了終於安心定居的感覺。她曾為愛荷華寫了許多文章，有些也融入到自傳中來。她細細描述鹿園中的點點滴滴，樹林的景象，鹿群的顏色，屋子前面的花朵，愛荷華河的風光。這些都和她回憶當年居住過的各地影像不同，是她的家，不是她書中曾經去遊覽過的世界各地的名勝古蹟。是實實在在生活的土地，不是接待過客的旅店。她筆下的湖北、四川，臺灣，都無法與愛荷華相比。畢竟她住在美國的時間比在大陸和臺灣兩地加起來都還要長，對一個生活了大半輩子的地方，自然是比較有感情的。她在美國的照片每一張都是開心爽朗的大笑，與臺灣時期照片中的愁眉不展形成極大對比。

但美國畢竟不是中國，這裡講英語，居民主要是白人，外於他人的感覺並未改變。寫書時的她，雖已經以愛荷華本地人的身分自居。但是這並不代表她拋棄了其他身分，聶華苓畢竟是移民第一代，不是在美國土生土長的二、三代華裔美國小孩。她心中還是把自己當成外人，這點與其它以「模範少數族群」自許的華裔美人不同。聶華苓自己在紀錄片中說，以她當時的條件，若要在美國以英文寫作及發表，是易如反掌的事，但她就是寫不出一個字來。她畢竟是在中國出生長大，從小受中文教育的中國人，中文才是她的母語。她曾說「中文是我的根」，最後是在中式的方格稿紙上，她才用中文寫出了《桑青與桃紅》這部小說。自傳中也沒有特別頌揚美國文化的優越，或是貶抑中國傳統文化。從她的自傳中也可看出，她雖然在美國過得很快樂，但是卻一直把自己當做是住在美國的外國人，較像是一位移居海外的老華僑。在這樣的情況底下，她的自傳以及影片訪談中，到處可見「流亡」、「流放」、「外」、「逃」等與離散相關的字眼，也就可以理解了。她與許多第一代移民相同，因為各種原因而離開自己的家鄉。她身上帶著的故鄉傳統，在以前是沉重的枷鎖，到了國外卻又成了自身價值的證明。美國的文化允許她做自己，給了她很多自由。書中反覆出現的愛荷華三字，也反映出她已將此地融入自己的認同。可是從小到大，在各個環境中，她也曾經努力適應各地的文化與政治要求，這些當時建立的自我認同，與現在的美國人身分糾結纏繞在一起，不但沒有消失，反而常被刻意提起，以證明自已與其他族裔美國人不同的獨特價值。這是為什麼在這本自傳中，可以看到傳主對美國文化的欣賞，可是又說中國文化是她的根的原因。

三　影像記錄

在第一次改版的《三生影像》一書中，聶華苓就已經把自傳中的照片增加數倍，有兩百八十四張之多，書名也因此有了「影像」二字。這已經是有意識地提升了照片在自傳中的地位，企圖藉由圖像補充文字無法傳達的意象。在每一張照片底下，她都寫上了詳細的文字解說。在第二次改版的《三輩子》一書中，相同的照片依然保留。對自傳作者而言，照片不僅是時代的紀錄，也是自己曾經的風華與年少的唯一遺留，在照片中可以還原文字或口述都無法忠實再現的許多景象。照片中的她依舊青春年少，Paul永遠神采奕奕地站在身邊，許多已不在人世的作家們齊聚一堂歡笑。朋友們如今都已遠離，而照片中的每一次聚會寫在自傳中又太瑣碎，於是以照片形式附在書中，代表自己曾經有過的輝煌。

電影紀錄片當然不只是這種概念，由於影像已經是主角，不再是附加的補充說明，敘事手法也會有很大差異。二〇一三年，導演陳安琪歷時三年，遍訪各國，把聶華苓的故事拍成紀錄片。該片當時成立的網站至今仍持續運作，並透過Facebook發布許多最新消息，包括聶華苓的近況等。導演陳安琪是聶華苓女兒的同學，也曾受聶華苓夫婦的幫助到愛荷華念書，同時擔任他們主辦的國際寫作計畫助理。她與聶華苓相識四十多年，和他們全家人都非常熟悉，對於聶華苓一生的各種身分轉換也很了解。拍攝時聶華苓的自傳《三生三世》已經出版，導演其實已有可以依據的腳本。但是正如之前所論述，其書十分駁雜，不能直接使用。導演必須呈現聶華苓的一生，又要把握書中各種身分轉換，這使得本片拍攝十分不易。

導演對聶華苓的多重身分十分了解，她在影片網站上這樣寫道：

> 本片製作歷經三年之久，跟隨聶華苓走過世界許多地方，紀錄了她的多重角色：作家、精神導師、國際寫作計畫創辦人、女人、母親、妻子、大陸人、台灣人、美國人、以及總在爽朗大笑的和平愛好者。

導演在這些腳色中，選了一個聶華苓自己在自傳中很少提到的身分作為影片的主旨，也就是作家，同時也著重介紹國際寫作計畫和

Paul的故事。導演融合舊照片與老影片，穿插現代近況，在不同時代來回切換，呈現聶華苓複雜的時空經驗。也在世界各地找了許多人口述歷史，大部分是在讚揚聶華苓對文學及國際寫作計畫的貢獻。據導演所言，其實整個計畫的源起是Paul給她一封拍攝他自己紀錄片的授權信。也因此Paul的事蹟在片中佔了不少比重，對於聶華苓本人的人生故事著墨不多，所敘生平並沒有超出自傳的範圍。

影片中呈現的，是一種繁華落盡的滄桑。影片由拜訪愛荷華紅樓開始，由聶華苓本人口述自傳中的各段經歷，穿插當時的照片以及歷史紀錄片，還有現在的日常生活。可看出紀錄片的主體還是美國，愛荷華是最主要的場景。大陸的鏡頭最少，大多以口述和歷史照片帶過。鏡頭中的聶華苓是位和藹開朗的老婦人，與舊照片中的年輕貌美形成巨大的反差，時間的流逝瞬間就浮現出來，這同時也補充了自傳中的不足。因為聶華苓的自傳只寫到Paul過世為止，對於之後的人生，也就是一九九一年之後的事情近乎隻字不提。但由於聶華苓本人還健在，拍攝時勢必要有她現在的鏡頭。所以在影片中，可以見到老年的聶華苓與孫女擁抱聊天，上超市買菜，與美國水電工人有些小爭執，步履蹣跚的倒垃圾等日常生活片段，這些在三次改版的自傳中都是沒有的。

導演大量使用空鏡頭，搭配慢拍的音樂，以自然景物烘托氣氛，渲染出時間靜止的感覺。恰切地抓住聶華苓在Paul離世之後的槁木死灰、日復一日、永無止境的心態。這雖符合聶華苓自己說的「天翻地覆，我也倒下了」的現實狀況，但由於影片中這種古墓幽居的感覺太過強烈，導演應該也察覺到這個問題，為化解觀眾的印象，誤以為她就從此一蹶不振，抑鬱終老。所以也刻意安插一些活動紀錄，如回臺領獎，赴港演講等片段，展現出聶華苓仍然充滿活力，依舊機智風趣的一面。影片後半放入了許多參與國際寫作計畫的作家們的訪談，乍看之下似乎流於頌揚，但其實也是同樣目的，藉他人之口來說明她勇於任事，不畏艱難的精神。導演除了在世界各地取景拍攝，重現她在不同地區所扮演的不同身分之外，也有意地碰觸了她內心中始終自覺處於外人腳色的認知。例如聶華苓在影片中說過一句「一輩子總是在外」，這句話就被大力強調，並找了白先勇等名人為之作註，其實就是由側面描述她身分認同之複雜。

綜上所述，可看到聶華苓的自傳是極特殊的，她的生命表述，交織了多元身分，也涵蓋了民族、家族、政治、文化等概念。這些概念再以女兒、母親、妻子、中國人、美國人、作家與人道主義者的身分個別表現。同時她還企圖在其中藉由描述自我，反映現代中國人乃至世界各民族所遭受的苦難，這是她的書呈現出如此駁雜面向的原因。因為她在書中想傳達的不僅僅是自己的一生故事，還有她對自己的各種認同。

而聶華苓在生命的長河中，其認同不斷更新，而不是改變。因為舊的認同並未消失，只是與新環境互動後不斷累積，增加了新的內容，重塑出新的身份。她很喜歡以樹作比喻自己，說根在大陸，幹在臺灣，枝葉在愛荷華，可形象地看出這個整體卻又帶有不同的人生各階段，正活生生地以不同形態存在於同一株生命上。

參考書目

李歐梵　〈三生事，費思量〉　《讀書》　2004年第6期　頁59-64
李有成　《離散》　臺北　允晨文化出版公司　2013年
李有成，張錦忠主編　《離散與家國想像——文學與文化研究集稿》　臺北　允晨文化出版公司　2010年
陳以新譯　《離散與混雜》　臺北　國立編譯館　2008年
陳安琪　《三生三世聶華苓》　新北　天馬行空數位有限公司　2013年
夢花編　《最美麗的顏色：聶華苓自傳》　南京　江蘇文藝出版社　2001年
聶華苓　《三生三世》　臺北　皇冠文化出版公司　2003年
聶華苓　《三生影像》　香港　明報出版社　2007年
聶華苓　《三輩子》　臺北　聯經出版社　2011年
《三生三世聶華苓》電影網站　（http://www.onetreethreelives.com/zh/）

鄧麗君傳記的空間解讀

一　前言

鄧麗君是華人世界的國際巨星，雖然過世已二十年，但電視臺卻仍然經常播放她當年的歌曲。其影響既深且廣，只要有華人的地方，不論在歐美或亞洲，大概沒有人沒聽過她的歌。她還曾在日本發展多年，所灌錄的日語唱片拿下許多獎項，所以就連語言不同於中文的日本，至今仍有她的歌迷。

鄧麗君的歌曲受到世界上許多不同國家民眾的喜愛，她本人也曾隨著歌唱事業的擴展，不僅是頻繁來往各國，而且還在好幾個國家長住。不同的國家地區，各有不同的文化特性，鄧麗君身處其中，也會隨著地方不同而有著不同的表現，這些現象在她的傳記中都有清晰的描繪。這個特點也造成她的傳記常以不同地點為寫作段落依據，有的傳記甚至以她在某個地區的活動做為主題，例如介紹蘆洲的《戀戀蘆洲情——鄧麗君在蘆洲的歲月》，以及介紹鄧麗君在法國蹤跡的《在旅途中遇見鄧麗君》等。這些空間上的線索，可以作為解讀鄧麗君傳記依據，從中可以發現一些有趣的現象，讓我們對她有更深入的了解。

二　臺灣

鄧麗君在臺灣出生長大，歌唱事業也從臺灣起步，她的家人朋友也都住在臺灣，因此任何一本傳記都會把臺灣視為敘述的重點。

鄧麗君在臺灣發跡，從小參加各種歌唱活動，也上遍各電視臺。她給大眾的印象都是溫柔婉約，甜美可人。不論參加任何活動，她都保持著鄰家少女的清新氣質，與她的歌聲十分契合。在公私兩方面，她都像是一位難得的模範生。在家中，她十分貼心孝順，附近街坊鄰居提到她，都說「人緣好，有禮貌，嘴巴甜，心地好。」[1]再加上鄧爸爸教育兒女很嚴格，強調「棒下出孝子」。鄧媽媽也掌握她一切演出事宜，不辭辛勞跟著她四處表演，因此鄧麗君在臺灣從未聽說有任何出格的事。而當她賺了錢，首先就想為家中改善環境，先買電器，再買房子。為了改善家境，初中只念了幾個月，就休學去唱歌。如此孝順懂事，無怪乎許多人都和鄧媽媽說這個女兒是天上仙女來報恩的。

在工作上也是如此，鄧麗君十分敬業。不但是在練唱時勤奮努力，上節目也一定是早到晚退。而且待人接物十分謙恭有禮，不論是秀場老闆或同臺藝人都對她讚譽有加，提起她都說有禮貌。而且她對臺下的歌迷朋友也親切和藹，不擺架子。尤其還樂於參加慈善晚會以及勞軍活動，她還因此有了「軍中情人」的稱號。這種種正面的事蹟，構成了大部分鄧麗君傳記的主要內容。

鄧麗君在人前總是笑臉迎人，維持著她從小到大的良好教養。不過做為一位公眾人物，她心中也承受了極大的壓力。在家中有父母的管教，在外面有樂迷的檢視。她必須時時警惕，不可失了禮數，不可行為不當。在這樣的情況下，臺灣漸漸由小時候的避風港轉變為純粹工作的場所。社會上無時無刻不在檢視她，媒體記者也緊迫盯人。所謂的假護照事件，就是由一位記者無意間發現，進而上綱到愛不愛國的層面。而臺灣的情治單位也藉由控制出入境的手段，對她施加各種壓力，這些事情谷正文將軍和鄧麗君的日本經紀人都提過。她在泰國過世後，泰國政府發現她的護照國籍是貝里斯，這是一個中美洲國

1　姜捷：《絕響——永遠的鄧麗君》（臺北：時報文化出版公司，2013年），頁26。

家，人口只有二十多萬。鄧麗君捨臺灣的護照不用，而去辦一個應該從未去過的國家護照，明顯是希望自己入出境時快速順利。由於鄧麗君十分敬業，她在臺灣總是盡力扮演好自己的腳色，在家中是乖女兒，在臺上是甜姐兒。但她也是凡人，也會想放鬆一下。然而在一個見了人就要有禮貌打招呼，出門要時時注意自己言行舉止的文化環境之中，她根本沒有放鬆的可能。也因為如此，鄧麗君在臺灣幾乎沒有任何誹聞。她幾次傳出有男友的消息，都發生在國外。因為她只有到完全不同的空間，才能稍微卸下心防。臺灣對她而言，是個必須時時謹慎注意言行舉止的地方，稍有閃失就可能無法出境，或破壞多年辛苦經營的形象。這些有形無形的天羅地網，使她感到窒息。因此鄧麗君後來住在臺灣的時間越來越少，反而常待在國外。而她住過的國家中，又以美國、法國和泰國最為特別。

三　美國、法國和泰國

這三個國家是鄧麗君傳記不可缺少的部分，她不僅常去，還在美國和法國購置房產。這些地方語言文化甚至人種都完全不同，由各傳記的敘述看來，鄧麗君在這些國家度過了十分悠閒自在的時光。

對鄧麗君這樣的國際巨星而言，要找到一個沒有人認識她的地方委實不易。在美、法、泰等地，終於可以不避諱他人眼光。由書中的記載看來，她到這些國家的時候，母親已經不再陪伴身邊，大多數時間鄧麗君都是孤身一人。外在環境是完全不同的文化，家中又沒有長輩，這整個空間對她而言，確實是個難得的輕鬆環境。她在美國雖然辦過演唱會，不過大部分時間是在上課以及休息。在法國時除了上課，大部分時間是自由的。在泰國時更是隨心所欲。

在這些幾乎沒有人認識她的地方，鄧麗君過著與過去隔絕的生活。她的身邊經常只有一兩位知己好友或家人。她的弟弟鄧長禧回憶

與姊姊同住在國外時，兩人只能面對面吃著孤寂的飯，吃著吃著還掉下淚來。林青霞拜訪過鄧麗君在巴黎的住所後也說

> 我一直以來的夢想就是在巴黎有個小公寓，她在巴黎的這所公寓比我的夢更加完美，可是我感受到的卻是孤寂。[2]

在一個人生地不熟的地方，感覺孤單是必然的，而孤單的另一面就代表著自由。既孤單又自由，許多不符合鄧麗君玉女形象的行為，就在此時顯現出來。鄧麗君幾次有名的誹聞都發生在國外。如在美國與成龍的交往，與秦祥林的曖昧情事，她最後的法國男友保羅，以及傳說論及婚嫁的馬來西亞富商等，都不是發生在臺灣。還有林青霞所證實的兩人裸泳並拍照留念，以及不穿胸衣上餐館等事，也都發生在法國。鄧麗君目前公開的幾張泳裝照，也是在法國所攝。她在國外，不再有既定規則的束縛，也不需要扮演人見人誇的好榜樣。她終於可以擺脫外界的眼光，自由自在地做自己想做的事。

泰國是鄧麗君過世的地方，雖然她在這裡待的時間不長，但由於和她生命結束的時間重疊，因此特別受到矚目。在鄧麗君的人生中，最後在泰國的日子最令人好奇，每一本傳記都會將此地列為敘述的重點。有的書甚至以此地為主要敘述主題，調查她最後這段時間的遭遇。如《鄧麗君的真實世界》及《我的家在山的那一邊（鄧麗君第十年的真相)》二書。

鄧麗君在泰國的猝逝，引起廣大歌迷的關切，她在泰國的一切自然也讓人好奇。日本的電視臺曾派員採訪了泰國清邁當地的小販、店員、旅館人員、醫生等人。可是就是沒辦法採訪到真正與鄧麗君整天在一起的法國男友保羅，雖然他才是知道最多實情的人，但由於他不

---

2 同註1，頁6。

願受訪，因此鄧麗君最後的日子仍撲朔迷離。不過經由各國報社及電視臺記者多次調查，相關結果其實也都已經呈現在各傳記之中。綜合來看，鄧麗君在泰國就是休息和度假。她每天關在旅館房間內，開著極強的冷氣看電視。晚上偶爾會和男友保羅出去走走，到小攤子上吃點東西，或逛玉器店、錄影帶店等。她從不張揚自己是誰，也不希望別人知道她的身分。雖然飯店員工和附近商家早就認出她，但也都儘量不去打擾。

泰國是她休息及放鬆的地點，鄧麗君選擇在這裡過著遺世獨立的生活。對於唱歌這件事，似乎已經不再有熱情。她在臺灣的歌唱事業早已停擺，日本的唱片公司請她灌錄新唱片，她也一再拖延。更重要的是，這些時候她的身體已經出了狀況。早在第一次到清邁時，便已經因氣喘而就醫。最後一次赴日本宣傳，工作人員形容她幾乎連路都不能走，講話有氣無力。這樣的身體自然不可能再有心思經營演唱事業，只能夠休息靜養。

這裡的生活也是孤單又自由，在泰國清邁這個地方，鄧麗君徹底的放鬆自己。由於精神不再緊繃，戒心也較低，她甚至還對當地人講述早年的辛酸，對家人讓她六歲就出來賣唱感到難過，還會邊說邊掉眼淚，可見她沒想到這些話會被傳出去。而她也在這裡迎向了自己人生的終點。

對鄧麗君而言，只要出現在眾人面前，就是工作。但是這三個國家就像是辛苦工作之餘的休息空間。當她坐著飛機來到這裡，就等於是擺脫了外界監督的眼睛。如果鄧媽媽還像早期那樣隨侍在側，跟著她來到這些地方，相信那些裸泳，交男友，上餐館不穿胸衣，整天關在房裡看錄影帶的事情都不會發生。而美國、泰國和法國，相較於其他地方而言，就代表著休息和充電的地方。這三個國家的地理位置天差地遠，各處一洲。不過在鄧麗君的心理空間中，它們都是相同的。

四　日本

每一本鄧麗君的傳記都會提到她在日本的經歷，其中又以她的日本經紀人西田裕司所寫的《美麗與孤獨：和鄧麗君一起走過的日子》一書最為詳盡，因為鄧麗君在日本時經常只能依靠西田打點所有大小事情，因此兩人有許多近距離接觸的機會，經常一起吃飯、聊天等。其書內容偏重在鄧麗君赴日發展時的艱辛，對她在日本如何上節目，如何突破困境等有詳細紀錄。

鄧麗君初到日本時，只有二十五歲。當時港臺及東南亞已經很有名氣，但在日本卻無人知曉。她在日本出道時，並未引起太多關注，日本民眾對她仍然很陌生。她的第一張唱片在日本賣了幾個月，卻乏人問津，放在唱片行裡積灰塵，根本賣不出去。為了爭取曝光的機會，讓日本人認識她，鄧麗君必須上搞笑節目，扮演武士或藝妓。甚至到夜總會唱歌，還要應付酒醉的客人。這些事情鄧麗君並不喜歡，但是為了工作，她仍然勉強自己去做。要在一個完全不同的文化環境中從頭開始是很困難的，必須要有十二萬分的毅力和努力，因此她是帶著開創事業的決心去的。在這樣的情況下，她要盡力將自己最好的一面展現出來，除了歌藝，還有她那為人稱道的溫婉有禮。最後她不但學會日文，流暢地接受日本主持人訪問，也能夠以日本式的動作行為應對進退，例如九十度的鞠躬，還有日本女性的說話時頻繁點頭彎腰、笑時掩口等日本社會文化習慣，這些行為表現透過電視放送，也讓日本民眾更容易接受她。由於鄧麗君天賦甚高，先天條件就不錯，再加上日本演藝界專業的訓練，以及她自己不懈的努力，終於在日本成名，還拿下多個獎項，創造許多紀錄，也讓鄧麗君成了日本歌壇的傳奇之一。

日本對鄧麗君而言，是個又愛又恨的地方。她的歌曲雖然在世界上許多地方大賣，卻只在日本有著穩定的版稅收入，而其他許多地方流通的大多是盜版磁帶。在鄧麗君過世後，日本的唱片公司老闆依然每年將屬於她的版稅如數交給其家人。就這點而言，她對日本的歌迷以及努力幫她錄音及宣傳的唱片公司員工們是有著感激之情的。她後來旅居泰國，也曾打電話向日本的社長預支版稅，可見日本對於她的經濟能力有著極重要的影響。

但令她遠走美國的假護照事件也發生在日本，她曾被日本警方拘留詢問，加上早年在日本出道的種種辛酸，令她對這個地方有著複雜的情緒。她對日本付出過很多心力，也獲得應有的回報。但自九〇年代以後，隨著鄧麗君逐漸淡出歌唱事業，被她視為工作地點的日本也就越來越少去。於是出現一個有趣的現象，早年鄧麗君因為情治單位的刁難，想去日本卻去不成。而後來卻是日本方面請她去宣傳，但她自己意興闌珊，好不容易才成行。由此也可以看到空間與人的關係是十分密切的，當這個地方與工作的結合太深，相關的不悅經驗都會隨之而來。除了工作的任何其他時候，都不會有想再次探訪的念頭。日本不是鄧麗君選擇常住的地點，恐怕不只是語言文化問題，因為法國的語言文化也不同，泰國亦然，香港講廣東話，語言也不同。但她卻在這些地點長住。重點在於她將日本視為必須勤奮工作的區域，而不是一個可以悠閒度日的地方。

五　香港、大陸及其他地方

香港是鄧麗君很喜愛的地方，她在此深耕多年，很早就來香港發片，也常到這裡宣傳。她在這裡取得了很不錯的成績，擁有眾多樂迷。在她剛到香港時，只有十多歲，知名度尚未打開，必須十分謹慎小心，努力經營。她在母親的陪同下，積極參加各種活動，除了慈善表演，歌唱活動以外，連夜總會，歌廳等龍蛇雜處之處也必須去。眾人對她的印象都是乖巧、有禮貌，可見她這時對工作是十分投入的。

鄧麗君第一次來香港就很喜歡這裡，由於香港是華人文化區，飲食習慣各方面都很熟悉。加上離臺灣不遠，不但有出國度假的感覺，又有習慣的社會文化。所以她不但在赤柱購置房產，最後幾乎是常住香港，反而不大回臺灣。依照她對空間的喜好來看，香港一定是讓她感到自在的地方，果然在傳記中，可看到她向友人提及在香港讓她感到放鬆的記載。她自從淡出歌壇後，在香港每天看海看書，對外界的邀約也是拒絕的多，過著閒雲野鶴的生活。與她當年剛來時的拚勁相比，有著很大的落差。

對鄧麗君來說，香港像是個介於中間的地區，一端是需要隨時小心，繃緊神經的臺灣和日本，另一頭是可以非常放鬆的法國、泰國和美國。在香港雖然也有緊迫盯人的記者，也有應接不暇的演唱邀約，但或許是因為當時在英國統治下，沒有臺灣情治單位的無形壓力，她可以比較放鬆自己，因此她一直對香港有好感。

大陸是較特殊的地方，鄧麗君一輩子都沒去過大陸，對她而言，這是一個想像中的空間。她知道自己在大陸有許多歌迷，也曾多次表示想去看看。不過她對大陸的了解多來自於叔伯長輩、親朋好友，另外就是報章電視與小時候所受的教育。這些不同來源，共同建構了她心中的大陸。

鄧麗君的父親是河北大名人，母親為山東東平人。大陸是她父母的故鄉，她對這裡是有感情的。只不過在她腦海中描繪的大陸景象，與實際的狀況究竟有多大的落差，我們已經不得而知。因為這些鄧麗君對大陸印象的來源，如父母親，已離開家鄉多年，對當地的印象應該還停留在以前。而鄧麗君在臺灣受的教育，在當年兩岸對峙的環境中，對大陸的介紹必有失真之處。臺灣媒體在情治單位管控下，對大陸的報導也未必是事實。雖然她經常來往世界各國，對大陸必有更深的理解，不過這畢竟是一個她常聽到卻未見過的地方，卻因為當時的政治形勢而未能親眼目睹，也是件憾事。

讓人好奇的是，鄧麗君如果真的來到這個想像中的空間，究竟如何表現？目前當然已經無法求證，不過以她認真敬業的習慣，這又是一個全新的事業空間，她應該會將其視為工作場所，努力表現最好的一面。她在法國做的事情，相信不會在這裡發生。

鄧麗君還曾待過其他地方，當她還只有十多歲時，就已經在東南亞走紅。所以很早就常去東南亞的印尼、馬來西亞及新加坡等地。不過這些地方多為宣傳行程，鄧麗君到此主要是為了工作，並未長住。

但是既然出國，心情必會不同，閒暇之餘也會放鬆一下，例如安排騎馬、遊河等活動。也因為如此在十八歲時，就與她的騎馬教練林振發在馬來西亞傳出第一次誹聞。另外曾論及婚嫁的郭孔丞，也是馬來西亞人。這也是之前所提到的，除了日本之外，鄧麗君在國外比較會表現出不同的一面。

六　明星的空間

影視明星對一般大眾而言，是可遇而不可求的。這些明星十分神祕，除非是公開的宣傳行程，否則想見到本人幾乎不可能。偶爾在機場遇到，他們身邊也都有重重保鑣圍繞，迅速上車直奔飯店。這是因為他們為了保護隱私及公眾形象，除了必須出席的表演或錄音錄影行程，都不會在外走動。再加上他們往往經濟能力高，可以負擔一般人難以想像的奢華生活，其日常作息更讓一般民眾想一探究竟。然而名人們為了保護自己的隱私，所採取的種種低調隱藏的舉動，卻又反過來加深了一般人的好奇。正由於這種彼此互不妥協的隱藏與窺視，造就了相關傳記書籍的興盛。

鄧麗君在實際生活中，也是個十分注重隱私的人。雖然她本人非常隨和，也喜歡與人相處，但作為一位明星，她有不得不自我保護的苦衷。林青霞就曾說過，鄧麗君與她一同由法國回香港，事前沒有通知任何人，但是抵港後第二天，報紙上就有鄧麗君回香港的新聞。可見她很受矚目，隨時都會有人注意她的行蹤。她雖然全世界跑，但是其實能夠進入的空間只剩下電視臺、機場和自己的家。平日待在家裡，出門就是去機場或電視臺。就算到了國外，也是到這三個類似的地方。其實由傳記中對圈內人的訪談可知，許多人都說她很神祕，摸不透她在想什麼，即使是朋友邀約，也不一定會出現。在鄧麗君年輕的時候，鄧媽媽會幫她過濾可以去的場合。等到鄧麗君可以作主的時候，她自己過濾的更嚴格。隨著她在世界各地走紅，她能夠隨意出入的空間也就越來越少。這點與現在的影視名人大同小異。除非能夠到無人認識的地方，他們才能有隨意出入其他空間的可能。

因此我們可以在空間的分類上再加上一個「明星空間」，意指擁有影視明星身分的人所常見的空間特性。通常就是前段指的表演場地、機場、家三者所組合而成的生活區域。雖然他們的形象，透過電視的傳播而無所不在；他們的聲音，也會穿透國界到達世界任何一個角落。但那只是虛擬的複製品，是經由現代化工業生產的無數電子訊號分身。明星本人卻可能整天待在自己山上的豪宅中，足不出戶。或者去電視臺或錄音間工作，繼續將美好的形象與聲音傳播給大眾。這些不是任何人都能去的地方，必須有相應的名人身分和財力才能進入。但是對明星而言，年復一年地重複待在類似的空間，不啻為一種心靈的禁錮。但是他們假若離開這個空間，又可能成為娛樂新聞的頭條。

明星空間的存在是有普遍性的，每一位歌星都想大紅大紫，但是跟著盛名之後的就是空間受限。外人看來，就像是刻意的躲藏，外界所能得到的個人資訊幾乎都是公司統一發布的消息。如果一位明星公開出現在「明星空間」之外，通常只有三種可能，一是故意安排的行程，為了行善或宣傳的目的而去；二是她／他已經不紅了，不再享有待在那個空間的權利；三是明星自己不小心，或受不了空間拘束而自我放縱，否則不會有其他個人訊息外流。因此明星本人在公私兩方面都要小心謹慎，以免損害公司的利益和自己的名聲。這樣的日子並不輕鬆，但由於影視名人在星海浮沉的速度很快，大部分僅是曇花一現，一般人還能熬得過去。但是像鄧麗君這樣歷久常青的巨星，從小就過這種生活一直到過世，可以想見鄧麗君長期以來所承受的壓力有多大。

由於名人引人好奇，卻又刻意隱藏，許多瘋狂追星的粉絲也常有不理性的舉動。使得名人們不惜花費巨資聘請保鑣，購置豪宅，以躲避人群，保護自己。在這樣的現實情況下，能夠實際見到他們的只有身邊的親朋好友或經紀人，也就是只有身邊好友或工作人員能夠見到本人，一般民眾都只能看電子複製品。如果需要為明星立傳，也只有這些人有能力為傳記提供第一手資料。這也造成影視名人傳記常有的「拼貼」特色，也就是將許多人的片段回憶集合起來，由種種生活及工作點滴中，還原名人的真實人生。但是即使如此，每個身邊的好友所能見到的也就是某些人生片段。若非集合眾人之力，不可能有完整的紀錄。

鄧麗君的傳記就有這項明顯的特色，除了她身邊的經紀人之外，所有傳記作者都必須遍訪所有曾與鄧麗君有一面之緣的人，蒐集各種報章雜誌上的報導，試圖將她的人生完整拼湊出來。也有書籍將鄧麗君的公開的相片集結成書，並依其圖像解釋她當時的境遇，例如《鄧麗君私房相冊》、和《Teresa Teng, love & peace：鄧麗君1953-2005夢的延續》二書即是。這樣的傳記不容易寫，因為大眾想要看到名人的隱私，但是暴露太多又容易成為八卦小報。其中的尺度拿捏很重要。而且明星在世時，很注重形象及隱私，能夠蒐集的資料本就不多。過世之後，親朋好友可能也會為死者諱，採訪不易，這也是可以理解的。這樣的傳記不可避免的會受到採訪對象的限制，所見所聞可能侷限在某些領域，但是已經提供了讀者進一步了解傳主的管道。

七　結語

空間對一個人的影響是很大的，如同處在一個狹窄的地方，會讓人感到侷促一樣。若某個空間的社會文化對不同職業或性別有不同的腳色期待，甚至有嚴格的道德要求，也會讓身處其中的人感受到壓力。而當來到一個社會規範完全不同的地區，原有的道德或文化約束會消失，取而代之的是當地的習俗與認同模式，此時人的行為也會隨之出現變化。而由此也衍生出許多不同的空間概念，如性別空間、心理空間等，對於空間對人的限制做了更細緻的劃分。在閱讀鄧麗君傳記的過程中，可以將空間的概念帶入，就會發現她的一些作為，其實是有跡可循的。鄧麗君雖已過世多年，但她身後留下的影響十分深遠。相關的傳記作品透過空間角度的解讀，相信對於鄧麗君的人生可以有更深入的認識。

參考書目

宇崎真、渡邊也寸志　《鄧麗君的真實世界》　臺北　臺灣先智出版社　1997 年

西田裕司　《美麗與孤獨——和鄧麗君一起走過的日子》　臺北　風雲時代出版社　1997 年

有田芳生　《我的家在山的那一邊——鄧麗君第十年的真相》　臺北　普金傳播出版社　2006 年

莊　奴、楊曦冬　《怎能遺忘鄧麗君》　臺北　普金傳播出版社　2006 年

師永剛、昭君、方旭　《十億個掌聲：鄧麗君傳》　臺北　普金傳播出版社　2006 年

師永剛、樓河　《鄧麗君私房相冊》　臺北　聯經出版公司　2005 年

姜　捷　《絕響——永遠的鄧麗君》　臺北　時報文化出版社　2013 年

楊蓮福　《戀戀蘆洲情——鄧麗君在蘆洲的歲月》　臺北　博揚文化出版社　2001 年

劉曉瑩　《在旅途中遇見鄧麗君》　臺北　東森媒體科技公司　2001 年

瀧川淳，尤文君　《Teresa Teng, love & peace：鄧麗君 1953-2005 夢的延續》　臺北　普金傳播出版社　2005 年

附錄

評*Remembering China from Taiwan: Divided Families and Bittersweet Reunions after the Chinese Civil War*

By Mahlon Meyer
Hong Kong University Press 2012
234 pp.　ISBN 978-988-8083-86-2

本書作者馬一龍（Mahlon Meyer）目前（2013年）於華盛頓大學任教，講授中國歷史與文化。曾任記者多年，著有*Taiwan Personalities*《台灣群英錄：一位外籍記者的訪談》一書。馬一龍對臺灣社會十分了解，也嫻熟於口述採訪技巧，在*Remembering China from Taiwan: Divided Families and Bittersweet Reunions after the Chinese Civil War*《在台灣懷想中國：中國內戰後的分裂家庭與苦樂參半的重逢》一書中，就充分展現了此方面的長才。

本書以口述歷史的方式，採訪多位跟隨國民政府來臺的外省籍人士及其家人。一方面呈現出身處動亂年代時，個人的窘迫與無奈；一方面也深入探討外省人的身分認同議題。由於每位受訪者的家庭情況不同，書中大部分只採訪了外省第一或第二代。但有一個家庭作者連續訪談了三代，甚至跨海到大陸採訪其親人，全面地呈現分裂在兩地的家庭歷史樣貌。

除了前言與結語外，全書共分為四章。第一章採訪隨國民政府來臺的外省第一代，其省籍職業與各異，有人來自湖北，有人來自河南，有人來自福建；其中有軍人，也有銀行行員、警察，甚至是聲樂家。受限於口述訪談的研究性質限制，受訪者人數不多，但藉由一對一的訪談，作者深刻呈現了他們當年在大陸的生活，以及初來臺時的慌亂惶恐。

第二章接著敘述他們帶著各自的記憶來到陌生的臺灣後，開始建立自己的事業及家庭，嘗試在此重新開展新生活的辛苦歷程。在開放探親後，許多人帶著錢和禮物以及自己的想像回去，結果卻是苦樂參半。隨著大陸經濟崛起，加上分隔日久，大陸老家對臺灣親人的情感也日趨淡薄。於是這些人又回到當初來臺時的孤獨狀態，不同的是，當年還能懷抱回家的夢想，現在是連此夢想也沒有了。

第三章則是採訪外省第二代及第三代。第二代雖有本省母親及臺灣親戚，不過對政治與文化的看法還是與父親較為相似。但整體而言，他們最關心的還是實際生活以及人生意義的問題。第三代的外省人意識更為淡薄，有人直言不認為自己是外省人，轉而認同母親的原住民身分；也有人將自己認同為基督徒，甚至認為將基督教傳遍大陸，也算是另一形式的反攻與統一。

第四章將訪問觸角擴展至大陸上的親人。這些親人都因為有一位家族成員在臺灣而飽受折磨，不能升遷，不能升學，文革時甚至有人因此活活餓死。本章還訪問了一位在兩岸開放後才嫁來臺灣的大陸新娘，其心態與當年的外省第一代自然截然不同。最後則以一個大陸家庭的故事做結，其親人被國民黨徵兵，從此音訊全無，六十年來無聲無息，但他的親人堅信此人一定還活著，並且隔海懷想臺灣，正如當年的外省人隔海懷想大陸一樣。

全書所呈現出的主旨大略有二，一是苦難，二是認同。戰爭造成家庭分離，本就是苦難的來源。許多人當年為避戰禍而渡海來臺，獨自生活在異地，雖然懷念老家卻歸鄉無門。在書中有不少令人鼻酸的情節，如薇薇夫人當年在金門為不識字的官兵代筆寫家書，有人希望家裡寄錢，有人邊說邊哭。她會幫他們潤飾文句，寫一些他們想說卻說不出的話。但實際上這些信寫完後都會被扔到海裡，因為兩岸根本不通郵，連她自己都無法與在大陸的父親聯繫。然而留在大陸的親人也不好過，只因為有位跟著國民黨去臺灣的親戚，就受盡政治上的歧視，有些人根本從未謀面，也無端受到牽連而遭禍。

本書除了反映大時代亂離的悲歡離合之外，更重要的是探討「認同」的問題。許多不同的認同概念如中國人、臺灣人、外省人、本省人、原住民、基督徒、中華文化、菁英階級、國民黨等，都會影響每個人對自我的定義，以及對外在世界的反應。尤其外省第一代的特殊經歷，加上當時的時空背景，使其認同問題更加複雜。由於此問題十分敏感，一般人也不願意公開，造成某些既存的想法無法知曉，臺灣社會的某些現象也就因此難以解釋。作者以其游離於臺灣社會之外的外國人身分，加上中文流利，在採訪時容易獲得受訪者信任，因而能夠得知一些連家人都不曉得的想法。而作者本身也很熟悉臺灣當代社會的幾次重大事件，所以描寫相關歷史背景時也能夠貼近實際狀況而又不失客觀。

本書為少見的以外省人為寫作主題的專書，同時也介紹了臺灣與大陸過往的歷史與當今的政治情勢。但由於是以外省人為討論主體，自然會遺漏當年本省人的看法與經歷，此點可能需要另外的書籍再加以補足。

史學研究叢書·人物傳記叢刊 0601002

傳記研究論集

作　　者　鄭尊仁
責任編輯　林以邠
校　　對　曾湘綾

發 行 人　林慶彰
總 經 理　梁錦興
總 編 輯　張晏瑞
編 輯 所　萬卷樓圖書股份有限公司
排　　版　林曉敏
印　　刷　百通科技股份有限公司
封面設計　菩薩蠻數位文化有限公司

發　　行　萬卷樓圖書股份有限公司

臺北市羅斯福路二段 41 號 6 樓之 3
電話 (02)23216565
傳真 (02)23218698
電郵 SERVICE@WANJUAN.COM.TW

香港經銷　香港聯合書刊物流有限公司

電話 (852)21502100
傳真 (852)23560735

ISBN 978-986-478-334-2
2020 年 11 月初版二刷
2019 年 12 月初版一刷
定價：新臺幣 380 元

如何購買本書：

1. 劃撥購書，請透過以下郵政劃撥帳號：
帳號：15624015
戶名：萬卷樓圖書股份有限公司
2. 轉帳購書，請透過以下帳戶
合作金庫銀行　古亭分行
戶名：萬卷樓圖書股份有限公司
帳號：0877717092596
3. 網路購書，請透過萬卷樓網站
網址　WWW.WANJUAN.COM.TW

大量購書，請直接聯繫我們，將有專人為您服務。客服：(02)23216565　分機 610

國家圖書館出版品預行編目資料

傳記研究論集 / 鄭尊仁著. -- 初版. -- 臺北市：萬卷樓, 2019.12
面；　公分. -- (史學研究叢書. 人物傳記叢刊；601002)
ISBN 978-986-478-334-2(平裝)
1.傳記寫作法 2.文學評論

811.39　　108022361